Capodo

într-o colec... celor mai îndrăgite bestselleruri.

www.polirom.ro

Editura POLIROM
Iași, B-dul Carol I nr. 4; P.O. BOX 266, 700506
București, Splaiul Unirii nr. 6, bl. B3A,
sc. 1, et. 1, sector 4, 040031, O.P. 53

Descrierea CIP a Bibliotecii Naționale a României:

FLORIAN, FILIP

Băiuţeii / Filip Florian, Matei Florian; pref. Radu Cosașu; Ed. a 5-a. – Iași: Polirom, 2020

ISBN: 978-973-46-8257-7

I. Florian, Matei
II. Cosașu, Radu (pref.)

821.135.1

Printed in ROMANIA

FILIP FLORIAN
MATEI FLORIAN

Băiuţeii

roman

Ediția a V-a

Cuvînt înainte de Radu Cosașu

POLIROM
2020

FILIP FLORIAN s-a născut la 16 mai 1968, în București. Primul său roman, *Degete mici* (2005), a fost recompensat cu Premiul pentru debut al *României literare*, Premiul de excelență pentru debut în literatură al Uniunii Naționale a Patronatului Român și Premiul Uniunii Scriitorilor pentru cel mai bun debut în proză. În 2006, împreună cu fratele său Matei Florian, a publicat romanul *Băiuțeii*. *Zilele regelui* (2008), al treilea roman al lui Filip Florian, a fost distins cu Premiul „Manuscriptum" acordat de Muzeul Național al Literaturii Române și a fost desemnat Cartea anului 2008 la Colocviul romanului românesc contemporan. *Toate bufnițele* (2012), cel mai recent roman al său, a fost distins cu Premiul pentru cea mai bună carte a anului, secțiunea „Beletristică", la Gala Bun de Tipar, ediția a II-a. Filip Florian a beneficiat de importante granturi europene: DAAD Artists-in-Residence Berlin, Landis & Gyr și HALMA. În România, cărțile lui Filip Florian au apărut la Editura Polirom, iar în străinătate, traduse în cincisprezece țări, la editurile Houghton Mifflin Harcourt (SUA), Suhrkamp și Matthes & Seitz (Germania), Acantilado (Spania), Fazi (Italia), Magvető și Bookart (Ungaria), Czarne și Amaltea (Polonia), Didakta (Slovenia), Ciela și Panorama Plus (Bulgaria), Kalligram (Slovacia), University of Plymouth Press (Marea Britanie), Animar (Egipt), Altin Bilek (Turcia), Bokvennen (Norvegia), Ili-Ili (Macedonia) și Heliks (Serbia).

MATEI FLORIAN s-a născut la 8 ianuarie 1979, în București. A debutat cu poezie în revista *Cuvîntul*, în 1997. La Editura Polirom a mai publicat *Și Hams Și Regretel* (2009) – roman dramatizat în 2012 pe scena Teatrului „Radu Stanca" din Sibiu – și *Cexina Catapuxina* (2016). În 2008, ca titular al rubricii „Audio și n-am cuvinte" din revista *Dilema Veche*, a fost premiat în cadrul Galei Jurnalismului Cultural, la categoria „Critică muzicală". În prezent, semnează reportaje și povestiri în revista *Formula As*.

Băiuțeii a fost tradus în Polonia (Czarne), Marea Britanie (University of Plymouth Press) și Ungaria (Bookart).

Ei au făcut totul!

Ca tînăr dinozaur aflat în 2006 între cele două glaciațiuni de dreapta și de stînga,

țin să salut și la fel de voios să denunț (căci aici am ajuns în teroarea semantică și panica morală)

sfidătoarea incorectitudine politică făptuită de frații Florian, așa-numiții băiuței din localitatea bucureșteană Drumul Taberei.

Deși, la noi, scriitori de vîrsta lor, la fel de talentați, și-au descris pe larg, minuțios și sagace, copilăria, pubertatea și adolescența sub Ăla și sub Aia, parcă nici unul nu a ajuns la inconștiența lor, dacă mă pot exprima astfel, și nu văd de ce nu.

Băiuțeii nu mai demască trecutul, sistemul, structurile și conceptele celei mai recente, crude și nedrepte orînduiri. Ignorînd teze și antiteze de la Paris și București, ei scriu de la bun început și fără teamă: „ideea cu trecutul privește alte lucruri, cele care s-au dus, s-au consumat, au expirat, s-a ales praful de ele, li s-a pus cruce, gata... Ele nu trebuie desconsiderate, prea uităm lucrurile mișto, lucrurile importante".

Ca tînăr dinozaur, aflat și într-o avarie care îmi blochează chiar acum apa caldă din calorifere, mă simt alt om – cu sînge cald și cord inteligent – în fața dezinvolturii cu care cei doi numesc *lucruri importante* obiectele și ființele laolaltă, tot ce mișcă și nu mișcă, mamele, tații, bunicii, frățiorii, bicicletele, funigeii, profesoarele și fotbalul minut cu minut, duminică de duminică, vedeniile, fandacsiile și miracolele pînă la acel strigăt magic de pe stradă: „tiche goae, ooooo!".

Ei fac din fleacuri – precum săpunul Fa sau tenișii Drăgășani – idei decisive.

Ei fac din nimicuri, din bomboanele cubaneze, din șosetele flaușate, din chipiul unui maior, dintr-un chiștoc de țigară, o politică a sentimentelor și o imagine a Patriei.

Ei fac din „praful care s-a ales..." o cometă care le luminează „pătuțul cît un Titanic" și „bucătăriile cu care Dumnezeu a început lumea".

Ei fac cultul unor personalități numite Gioe Limonadă, Giani Morandi, Rome Ochelaru, Rahan, Brusli, Oneață, prinse cu toatele, ca în finalurile dansante ale lui Fellini, în filmele văzute cu tata pe Bulevardul Filmului.

Nonconformiști de mici, în timpul ritualurilor pionierești întrebările fundamentale sînt de ce nu a jucat Dobrin în Mexic, cum se intră la „Favorit" fără bilet, de ce e fonfăit Dan Spătaru.

Ei numerotează miracolele A, B, C, D, E, F fiind noaptea aceea în care, așteptînd să înceapă semifinala Dinamo-Liverpool, băiuțelul butonează pe programul 2 și dă peste *Zboară cocorii*, montînd vrăjit meciul cu filmul.

Ei nu-s idilici – toate cruzimile și căcănăriile le stau deja în fire –, ei sînt feerici, conform cîntecului la zi: „teleferic, ce feeric!".

Ei nu-s inocenți din p.d.v. politic, ei se joacă „de-a Nicolae și Elena", adorm cu Neculai C. Munteanu în gînd, știu că fata „cu muci" de la etajul 2 e fiica securistului și nu ezită să denunțe drept „o mîrșăvie", singura mîrșăvie a cărții!, zilele cînd Filip, dinamovist inflexibil, s-a dus să se antreneze cu Steaua, pe Ghencea.

Ei – dacă mi se permite această ipoteză de tînăr dinozaur – sînt cei mai perfizi scriitori anticeaușiști. Farmecul, hazul lor nebun, grav și tandru provin din inconștiența, da, inconștiența cu care au realizat terorizanta chemare a odiosului. Ei chiar au făcut din aleea Băiuț totul!

...Dar nu e gata. Mai rămîne – o știu din proprie experiență – ca, după lectură, prea corecții de dreapta și de stînga – vietăți și mai eterne... – să se scandalizeze și să le strige că recuperînd „lucrurile mișto“ și dîndu-le maximă importanță ei bagatelizează comunismul! Nu e caz de panică. Va fi suficient să li se citească fraza aceea despre diminețile duminicale „în care coboram din patul meu, lipăiam pe culoar, mă băgam sub pătură lîngă tata, mă lipeam de el și ascultam împreună teatru radiofonic pentru copii. Voi ați ascultat *Emil și detectivii*? Sau *Aventurile lui Tom Sawyer*? Sau *Comoara din insulă*? Dacă nu, vai de capul vostru!“.

Cu un asemenea scîncet de milă puerilă față de speță, nimeni dintre noi – după știința mea – nu a ieșit la lumină din acea dură orînduire.

Radu Cosașu

Pentru mama,
care n-a copt în viața ei o plăcintă,
dar ne-a făcut fericiți

1

Cîte ceva despre Cristos

Coşuţă mi-a spus întotdeauna să nu-l pocnesc pe Cristos.

Stăteam în troleibuz agăţat de bară (într-unul din momentele alea tembele în care nu poţi să spui altceva despre tine decît că stai în troleibuz agăţat de bară), cînd, dintr-odată, zbang, l-am văzut pe Coşuţă. L-am văzut oprit în mijlocul străzii, tîrşîindu-şi piciorul drept prin praf, pînă cînd praful s-a dat la o parte şi n-a mai rămas decît asfaltul, cu privirea aia puţin şaşie a lui fixată pe vîrful adidasului, încremenit parcă în acea lungă zi în care împlinisem cinci ani şi jumătate. L-am auzit apoi – ca şi cum troleul în care mă aflam acum n-ar fi fost decît un colţ din aleea Parva, iar lui i-ar fi fost perfect egal dacă îşi tîrşîia piciorul prin praf sau mergea cu troleul nouăşpe ani mai tîrziu – cum, fără să-şi ridice privirea de pe vîrful adidasului drept, îmi repetă profeţia aia înfricoşătoare: „Eu ţi-am zis, ţi-am zis mereu, şi tu nimic. Acuma o să vezi, lasă".

Am rămas agăţaţi de bară, eu şi Coşuţă, şi a fost de ajuns să mă uit la privirile celorlalţi oameni ca să-mi dau seama că nici unul din ei nu bănuiește nimic, că habar n-au de ce mi-a spus Coșuță vorbele alea și că – să fim serioși, pînă la Universitate nu mai era mult – nici n-aveau cum să le audă. Apoi am coborît și, evident, am uitat.

Acum încerc să-mi amintesc tot, să-l iau pe Coșuță cu binișorul, numai că el, ca un făcut, a început să zboare dintr-un colț într-altul, să-mi scoată limba, să țipe și să scuipe. Iar asta, la drept vorbind, nu-i face cinste, cum, la fel de bine, în anii în care l-am cunoscut, nu-i stătea în obicei. Nu știu cine e prieten astăzi cu Coșuță, însă nu pot să-mi închipui că între timp băiatul ăla timid și mai degrabă tăcut s-a schimbat într-atît, încît să facă figurile astea. Astîmpără-te odată!

Știa foarte bine de ce îmi zice asta. Știa pentru că, într-o înserare din aceea cu felinare pîlpîind, l-a văzut pe Cristos urcat pe bloc, gata să-și ia zborul. Coșuță jură că așa a fost. N-avea aripi și nici parașută, era doar el, împreună cu gașca lui fioroasă. În blocurile din față se aprinseseră luminile și la fiecare geam și balcon apăruse cîte un tată, cîte o mamă sau un bunic, care zbierau laolaltă către Cristos și ăia să nu facă vreo prostie și să sară, că ei nu cred în miracole, că nimeni n-are aripi și așa și pe dincolo, aiureli, zicea Coșuță. Și Cristos i-a ascultat și nu a sărit în seara aceea, numai că lui Coșuță i-a spus verișorul lui, iar verișorul lui nu minte, că, dacă Cristos și gașca n-au sărit de pe bloc atunci, e doar pentru că ei o făcuseră altă dată și că deja erau prea plictisiți ca să mai enerveze proștii. Se aruncau toți deodată, cădeau liber vreo două etaje, după care, așa, pur și simplu, în loc de mîini le apăreau aripi, din care începeau să filfiie încet, apoi mai tare, și toți ăia începeau să răcnească și să chiuie, mișcau din aripile lor, cică, pînă cînd o luau ușurel mai sus și mai sus și nu-i mai vedea nimeni, nici măcar verișorul lui Coșuță, și numai de pe undeva de prin cer le mai auzeai strigătele și cum îi înjurau pe dinamoviști. Că îi înjurau pe toți dinamoviștii, n-aveam nici o îndoială. Era un lucru la mintea cocoșului că cine stă pe Băiuț, adică în Drumul Taberei, ține cu Steaua. În afară de Filip și de mine, n-am mai auzit de nimeni – și mai erau și boșorogii, și mai era și Șchiopu Bărbosu – care să nu aibă ceva de împărțit cu Dinamo. Așa că, în afară de partea cu zborul, povestea lui Coșuță cu îngerii ăia sau ce naiba erau, care ridicau psalmi pentru moartea lui Dinamo, nu putea decît să mă înverșuneze și mai tare, să mă facă să-mi doresc nimicirea lui Cristos cu palme, pumni și picioare la prima ocazie pe care aș fi avut-o. Nu-i spuneam însă nimic din toate astea lui Coșuță, iar el continua, uitînd definitiv de verișorul lui, să-mi povestească cum l-a văzut pe Cristos la telejurnal prin R.F.G. zburînd și omorînd naziști, cum a aterizat pe urmă pe cel mai înalt vîrf din lume, unul de 12.826 de metri, cum s-a întîlnit cu Lăcătuș și i-a cerut un autograf, cum l-a rugat Ceaușescu să-l ia și pe el sus, acolo, și Cristos n-a vrut și atunci Elena a chemat toată armata care a tras cu agheele și bazucile, cu tunul și cu tancul și nu s-a întîmplat nimic, pentru că pe ăsta nu-l putea omorî decît cuțitul lui Rahan, care a stat două zile și două nopți într-un pahar cu sînge de antilopă amestecat cu venin de viperă. Asta îmi spunea Coșuță și, sincer, din toată povestea lui nu mă interesa decît partea cu gașca.

Nu, nu mă întrebați de serile cînd îmi luam inima-n dinți, îmi înghițeam uimirea și spaima și deznădejdea că totul s-a terminat și mama nu va mai veni niciodată să se așeze pe o băncuță de unde să-mi urmărească jocul stingher de copil care nu a împlinit trei ani, de copil care nu știe că strada e un loc plin de ființe ciudate care se aleargă, se împușcă și joacă fotbal, ființe ca și tine și tocmai de-asta atît de vrăjitorești și de misterioase (ca și cum ai crede despre ceilalți că sînt un fel de oglindă a ta și dintr-odată descoperi că nu e cîtuși de puțin așa, pentru că unul e Migu și altul e Pipiță, mai e și Doru, și mai ales Cristos, iar toți ăștia sînt ei și nimic mai mult, fiecare cu o altă mamă și cu o altă casă, fiecare gata să sară la bătaie din nimic, doar pentru a-și demonstra existența lor unică pe acea stradă și pe acest pămînt).

Și nimic nu-mi va scoate din minte ziua cînd timpul a rămas definitiv suspendat odată cu închiderea unei uși – apartament 40, fam. Florian – și soarele s-a furișat în scară printre ghivecele de flori atîrnate-n geamuri și a rămas așa, luminînd o balustradă verde, o balustradă verde ca o șopîrlă verde, singura ființă care mi se părea că ar mai fi avut viață în toată încremenirea lucie care mă aștepta să fac vreo mișcare și apoi să mă înghită cu totul, o dată și pentru totdeauna.

Ei bine, atunci am înțeles ce înseamnă Bau-Bau și că Bau-Bau nu-ți apare în viață decît în momentele alea puține și hotărîtoare și că doar atunci trebuie să fii cu adevărat puternic și că doar atunci lumea se urnește din datul ei într-atît, încît să o vezi altfel și, pentru o clipă, atît cît îi trebuie unei șopîrle să redevină balustradă, să ai străluminarea că nu mai ești cel de dinainte, ci că ai devenit mai mare. (Se pare că, în afara momentelor ăstora, ne însoțește o inerție uriașă, iar dacă ea dispare vreodată, atunci apare și Bau-Bau. Și aș putea să bag mîna în foc că el locuiește bine mersi în inerția asta și doar cînd îi zgîndăre cineva culcușul catadicsește să-și arate chipul.) Mama a rămas în spatele ușii, mă așteptau niște scări, iar dincolo de ele, strada. Am ieșit.

Mi-a luat multă frică și mult timp ca să învăț regulile jocului. Primul lucru cu care a trebuit să mă obișnuiesc a fost Cristos. El și sora lui mai mare au fost cei cărora le-a fost lăsat să-mi strunească frica, s-o mutileze și s-o facă să crească pînă cînd ea, pur și simplu, s-a stins de la sine. M-au simțit și au rîs.

Fără doar și poate, Cristos a fost răzbunarea lui Bau-Bau pentru că l-am înfrînt în după-amiaza aceea. N-am cum să-mi explic altfel aparițiile lui de nebun spre înserare, îmbrăcat într-un veșnic tricou albastru, cu un taur fioros desenat pe piept. (Știu că există niște cuvinte care, folosite brambura, au rostul să îndepărteze orice om de fraza pe care-o citește. Spre exemplu: „a fi menit". N-am încotro și-mi cer iertare.) Cristos mi-era menit mie, nu pentru că doar eu eram ținta atacurilor lui fără motiv, ci pentru că nici unul din ceilalți copii de pe stradă nu părea să-și dea seama ce se întîmplă cu adevărat. Era de parcă fuga lui spre mine cu taurul pe piept, răcnetele, urletele, spaima și plînsul meu se desprindeau de strada cu oameni, de înserare și de astelalte, ca să ajungă într-un loc special construit înainte, ferit de privirile muritorilor, în care Cristos și cu mine ne împărțeam pumni. Mint cu nerușinare. În vremurile alea, poate pentru că, după cum v-am spus, Cristos era locul de unde urla Bau-Bau, sufeream de aceeași încremenire neputincioasă care-mi paraliza pînă și respirația (este deci o dovadă de impostură să pretind că și eu puteam să lovesc cu pumnul). Singura persoană care-mi dădea de știre rînjind că știe ce se întîmplă între mine și Cristos era sora lui îmbrăcată-n roșu, Luminița. Ea avea rolul de martor, pentru că în chestiile astea trebuie să existe și un martor, altfel riști să devii nebun. În plus, Luminița se posta pe gardul de la scara ei și urmărea jocul celorlalți copii pînă cînd se lăsa seara. Atunci dispărea pentru o clipă și se întorcea cu Cristos. Arăta cu ochii spre mine și

strada se pierdea ușurel într-o hărmălaie
din ce în ce mai îndepărtată
se mai auzeau niște cîini lătrînd
luminile felinarelor începeau să pîlpîie și
să se rotească cu Cristos cu tot
vedeam geamul nostru de la patru luminat

strigam ma și Fi simțeam o primă bușitură
fugeam cu pumni în cap sunetele îmi dispăreau
mă trezeam în patul meu transpirat și cu lumina stinsă
tovarășa de la grădiniță mă punea să spun prima poveste.

Vă văd pe toți așa: așezați pe scăunele într-un semicerc (cum o să știu să-i spun mai tîrziu). Doar eu în fața voastră mai aud vrăbiile din curte, pentru că voi așteptați să vă spun povestea. Sînteți așa de tîmpiți cînd așteptați: cu mîinile la spate, cum v-a spus tovarășa, tăcuți, mă priviți pe mine, care nu știu să spun povești. Care n-am spus o poveste în viața mea. Sînt prea mic, trebuie să înțelegeți, și chiar dacă aș fi mare, tot n-aș reuși să scot vreun cuvînt din cauză că ați tăcut și mă priviți. Uite: tu, Paule, despre care am scris în liceu o poezie cu liță („hă, hă, lița e o rîmă", spunea Paul și moaca i se lungea pînă la pămînt), ție ți-a rămas gura întredeschisă, iar pe la colțul buzelor ți-au apărut mici bule de scuipat, care se sparg ca să apară altele, tu, Ana-Maria, ai închis ochii, vrei să dormi sau poate așa te-a obișnuit mama ta să-ți spună povești, doar cînd închizi ochii, Mariane, îți jur că nu știam atunci cînd am spus povestea asta prima oară că vei muri alergînd după o minge, pentru că, dacă aș fi știut, crede-mă că am fi vorbit numai noi, ți-aș fi înșirat toate poveștile din lume și, mai ales, ți-aș fi dat, naibii, porcăria aia de mașinuță de fier neagră și din Germania pe care mi-ai cerut-o doar un pic, mai ții minte?, și eu n-am vrut să ți-o împrumut fiindcă se strică și tu m-ai făcut calic și-ai murit mai tîrziu, iar eu pe atunci habar n-aveam ce înseamnă „calic“, darămite c-o să mori și, vezi, ăsta e ultimul lucru pe care ți l-aș mai fi zis: ai grijă să nu fugi după nici o minge, pentru că pentru tine o băltoacă va fi un nenorocit de canal deschis și plin de apă și degeaba mai spun toate astea o dată, tu rîzi acum și crezi că-i o poveste din alea ca ale lui Coșuță, fără început și fără sfîrșit, în care lumea se plictisește și face gălăgie, iar tovarășa îl trimite marș la loc Coșuță!, și Coșuță se duce cu capul plecat – ca la începutul romanului – pînă la scăunel (te rog, Coșuță, rămîi așa pînă am să mă întorc la tine), și e prea de tot, sînteți chiar toți aici, Angelica mucioasa, da, te văd mozolind același colț de pîine și-ți văd și scîrboșeniile alea verzi care picură veșnic ca un robinet stricat, Cornel și Diana, cum vă țineți de mînuțe și d-aia nu mai pot eu, Rox... – băiețică, povestea! – asta a fost o tovarășă care nu mă cunoaște (de parcă poți să cunoști un pișpirică de trei ani) și da, ăăă, a fost odată un fel de întuneric mare ca o pădure și în el erau un băiețel un vînător un taur și o vulpeee. Așa. Și o vulpeee. Și vulpea mergea pe-acolo și era ca un cățel pentru că îl iubea pe băiețelu ăla și dădea din coadă și mînca numai flori și cînd a venit noaptea tauru s-a ascuns într-o scorbură și l-a așteptat pe vînător și vînătoru s-a apropiat de scorbură și nu știa de nici un taur că el credea că e singur în toată pădurea unde stătea așa și pîș-pîș tauru a ieșit și pînă să vadă vînătoru și să scoată pușca tauru ăla l-a luat pe vînător cu coarnele și l-a băgat la scorbură și a pus acolo un bolovan ca să nu mai iasă niciodată și să rămînă singur în pădure ca să facă gunoi și să dea foc la tot da tauru l-a pus pe vînător și nu mai știa că acolo mai e și vulpea și un băiețel și a început să facă numai rele și i-a zis la vînător c-o să moară că în pădurea lui nu vine făt-frumos și el era un fel de zmeu singur și puternic. Și cînd s-a lăsat noaptea tauru a făcut numai gunoi și s-a culcat cu sora lui mai mare Luminița că credea c-au rămas ei singuri da băiețelu l-a auzit pe vînător și cu vulpea a împins bolovanu de la scorbură și l-a scos cînd s-a făcut de dimineață pe vînător d-acolo care era obosit și-l ciupiseră furnicile și vulpea i-a dat apă de la robinet pînă cînd s-a făcut bine și s-a dus la taur. Tauru a crezut că doar visează știți de ce? A crezut că doar visează că el credea că e doar cu Luminița și așa în fața lui i-a apărut și vînătoru din scorbura de unde-l pusese tot mereu și o vulpe care era cu flori și un băiețel. El a încercat să fugă și să facă gunoi da nu a reușit. Totu era de-adevăratelea. Atunci a fugit cu Luminița pînă la o stradă și s-a pitit. Vînătoru s-a îmbolnăvit de la furnici și-a murit dup-aia. Și băiețelu cu vulpea l-a îngropat da pe urmă pe mormîntu lui s-a făcut numai gunoi. Așa. Cine știe cine a pus gunoiu?

Vulpea, mi-au spus cu toții. De ce, pentru că e hoață, ea a pus gunoiul, pentru că așa s-au obișnuit, ca ea să rupă coada ursului, să-și bată joc de berze sau să facă pe moarta. Pentru că în orice povestire cu animale, știe oricine, există o vulpe care e veșnic vinovată. Pentru că nici măcar n-au ascultat povestea, pentru că nici măcar nu l-au băgat în seamă pe taur și pentru că un taur se întîlnește foarte rar în povești, iar atunci cînd totuși asta se întîmplă, el nu e vinovat cu absolut nimic. Pentru toate astea, taurul trebuia să dispară.

Trebuie să închizi ochii. Așa. Să lași vîntul să înceapă. Să-l auzi cum învie și dă roată străzii și scărilor de bloc și doar așa, cu ochii strînși, să simți bucuria lui șuierată de-a ieși la plimbare prin pungi și de a trînti geamuri și de a înnegri cerul. Numai în felul ăsta poți face niște lucruri să dispară sau îl poți trimite pe Cristos la țară pentru o primăvară întreagă.

Într-un fel sau altul, trebuie să rămîi mult timp așa (să ștergi cu răbdare pînă și amintirea blocului din față, a caietului și a pixului cu care se vor scrie toate astea acum), ca să-ți apară din nou Coșuță. Doar cu ochii închiși îl poți vedea pe el din nou, nu pe scăunelul unde l-a trimis tovarășa, ci cocoțat pe ceea ce noi numeam atunci cazemată (un garaj de beton, lăsat de izbeliște), bălăngănindu-și picioarele în gol și privindu-mă mustrător pentru prima oară.

Nu, nu ai dreptul să dai în Cristos.

El nu știa nimic pe-atunci de zborurile lui din înserare, nu știa nici măcar de Bau-Bau sau de Luminița și, mai ales, nu avea nici o idee cum că un taur care stă la țară prea mult se poate întoarce pe aleea Băiuț un băiat ca oricare altul. Ceea ce simțea Coșuță era, cred, un fel de gelozie surdă că eu învățasem să fluier și el nu, iar lucrul ăsta e unul din puținele cărora nu mai ai ce le face. Era clar și, cu cît îi era mai clar, cu atît trebuia să-l doară mai tare, că în clipa aceea lui nu-i mai rămînea nimic de făcut decît să mă asculte și să mă respecte. Știa că era de-ajuns un singur brînci de-al meu ca el să se rostogolească la pămînt de pe cazemata noastră și ca, odată cu bufnetul și plînsul lui, totul să se schimbe între noi pentru totdeauna.

Abia cînd a căzut de pe cazemată, Coșuță mi-a răcnit printre sughițuri că o să văd eu ce-o să mi se întîmple, că vărul lui, că știe el, că eu mă cac în pantaloni de frică; dacă îl ating pe Cristos ăla, o să văd eu pe dracu.

Ceva îmi spunea că ușurința cu care Coșuță cade la pămînt trebuie să fie cumva egală cu cea a lui Cristos făcînd același lucru. Închideam ochii atunci și vedeam asta mai bine ca niciodată: Cristos era totuna cu Coșuță, iar Coșuță era un prost. Ceva trebuie să fi simțit și Coșuță. Știa că pe undeva ultima lui salvare, dacă tot nu știa să fluiere, era ca necunoscutul de pe aleea Băiuț – Cristos Salvatorul – să nu ia bătaie.

O să-l bat, îi spuneam eu. Nu, n-ai voie, îmi spunea el. Și a trebuit să merg cu troleibuzul pînă spre Universitate ca să-mi aduc aminte de ziua în care împlinisem cinci ani și jumătate.

Cristos se întorsese de la țară Cristi. Era un țăran prost care nu-și mai amintea nimic (ca și cum înserările acelea erau doar niște vise de-ale mele, o poezie halucinantă de copil fricos, încremenit cu ochii închiși, refuzînd strada).

A încercat să mă dribleze, să-mi strecoare mingea printre picioare. Era o fentă previzibilă, mingea a sărit din piciorul meu, aut. Pui la cap, la cap, striga Cristos, se agita, mișca brațele. A fost apoi henț, Migu a aruncat prea sus, Cristos și-a întins mîinile. Am bătut repede, a tras Pipiță, 2-0. Se repetă. Nu se repetă nimic. Migu și Pipiță au început să se îmbrîncească, se vedea oftica. Portarul a aruncat mingea greșit, pînă la mine, eram singur, la pomană, 3-0. Portarul și-a pus mîinile-n cap, mingea se pitise sub Wartburg-ul lui Florea de la parter. Acum du-te după ea, a urlat Migu, se vedea oftica. Cristos a încercat din nou să-mi treacă mingea printre picioare, de data asta n-a mai fost aut, pasă la Bebe, 4-0, mingea sub Wartburg. Migu îi trage un șut în fund, portarul plînge și nu mai vrea să apere. Pauză.

Intră din nou în poartă, cu mănuși. Cristos mă driblează, trece de mine, apoi cade grămadă. Rămîne la pămînt. Cartonaș roșu, urlă Migu, dar eu n-am nimic cu el. Cristos se ridică, vine spre mine, cade din nou. Se ridică, se prăbușește, îl lovesc cu picioarele-n față, îi sparg nasul. S-au oprit toți și mă privesc. Cristos icnește, sîngerează, nu se mai poate ridica. Așa pățesc toți ăștia care se cred Lăcătuș, îi spun. Mă întorc cu spatele. E încă o dată în picioare. 6, are o cărămidă, zice Pipiță. Nu mă nimerește, iar acum m-a supărat rău. Fuge spre casă, urlă mama și Luminița. Îl ajung, îl lovesc, intră în scară și închide ușa. Se dădea prea șmecher, le spun, să jucăm pac-pac, v-am bătut cu 4-0. Au apărut Luminița și mă-sa, mă caută. Le scot limba și dispar după bloc. N-au cum să mă mai găsească, am cinci ani jumătate.

Pe Parva stă Coșuță. Singur, în mijlocul străzii, tîrșîindu-și piciorul drept prin praf pînă ce praful se dă la o parte și rămîne doar asfaltul, cu privirea aia puțin sașie a lui fixată pe vîrful adidasului, de parcă n-ar mai avea nimic de făcut în viață decît să stea acolo și să mă aștepte ca să stăm de vorbă. L-am caftit, i-am dat borșu'. Coșuță stă cu ochii în pămînt, își privește vîrful adidasului drept. „Eu ți-am zis, ți-am zis mereu, și tu nimic. Acuma o să vezi, lasă." N-ai o bîtă? O laie, bîtă, n-am. Coșuță n-avea bîtă și începea să mi se facă frică. Nu de Cristos, lui îi curge sînge și nu poate să mă bată nici cu cărămida, ci de mă-sa și de Luminița. Poate mă așteaptă pînă noaptea în fața scării, ce dracu mă fac. Poate s-au ascuns chiar acum prin tufele astea din spatele lui Coșuță și-o să mă înhațe. Unde naiba să mai fug? Uite-l p-ăsta cum rînjește. Ce zici să fac? Să te duci dracu, asta.

M-am furișat pe după mașini pînă spre Băiuț. Am luat-o prin spatele blocului, prin grădina întunecoasă de acolo. Ceva îmi bubuia înăuntru și făcea ca trenul. Dacă ar fi Migu sau Pipiță să-i întreb unde-s alea două. Nu era nimeni. Eu doar – și mă tîram pe burtă peste pămînt și frunze de la un copac la altul. Ca un indian. (Oricine m-ar fi văzut s-ar fi crucit: un copil singur, tîrîndu-se pe burtă de la un copac la altul.) Am găsit rîme și furnici. Am găsit o bomboană cubaneză roșie. Încă una. Un fraier le pierduse. Înaintam tîrîș cu două bomboane cubaneze roșii în gură. Uite-i. Mă așteaptă. Nici pomeneală de Luminița și de mama ei grasă. Renunțaseră de mult, n-aveau răbdare. În schimb, cu o bîtă, patrula Cristos. Era fioros, cu un leucoplast pe nas, înjura și dădea directive. Se vede că nu s-ar fi mișcat de la colțul străzii nici 1.000 de ani. Mai erau Cosmin din D 14, Nicu din C 38, unul pe care nu-l știam și Stafie dintr-a treia pe care-l vedeam doar în curtea școlii jucînd bambilici. Toți aveau bîte și toți mă așteptau pe mine. Simțeam clar că erau ultimele bomboane cubaneze pe care le mîncam în viață. Am rămas lipit de pămînt și priveam. Nu vroiau să se miște și în felul ăsta se însera. M-am răsucit pe spate și vedeam foarte bine lucrul ăsta. Cerul părea că se împuținează, arăta ca o apă cu valuri ușoare, rămînea suspendat acolo, își schimba culoarea, apoi un avion îi lăsa o dîră lungă și albă, iar dîra se înroșea de la soare și se decolora încet, aproape că dispăruse, iar avionul încă se mai auzea sau mi se părea mie și erau autobuzele de la Valea Argeșului, se întuneca și vedeam pești cînd s-au prins că sînt acolo. Am lăsat cerul baltă și am început să fug. Ei scoteau niște chiote groaznice și-și roteau bîtele-n aer, Cristos era în fruntea lor, îi simțeam răsuflarea în spate, aerul pe care-l tăia cu bîta. Am făcut un tur de bloc, nu obosisem și nici ei. Am mai făcut unul. Pe la începutul celui de-al treilea, l-am văzut pe Filip cu geanta pe umăr. Totul se terminase. Stafie a fost primul care și-a aruncat bîta și a dispărut.

Felinarele se aprindeau unul cîte unul. Era pe la ora cînd, după cum zicea Coșuță, Cristos începea să zboare. În loc de asta, în fața mea stătea Cristi și-și cerea iertare. Dîra aia de la avion dispăruse și ea de mult. Nici umbră de pești pe cer.

2

Pantofi ciocați și șosete flaușate

Acum, ce să zic, mare lucru nu-mi amintesc. De fapt, nu-mi amintesc o iotă. La urma urmei, de cîte ori nu m-am întors eu de la școală tocmai cînd se însera și de cîte ori n-or fi trecut avioane cu reacție pe cer și nu s-or fi auzit autobuzele de la cap de linie uruind, bufnind ca tusea măgărească, claxonînd sau ambalînd motoarele înainte de-a pleca în cursă. Ce-ar fi fost să le țin minte pe toate? Șahist nu sînt, nici elefant, nici vreo arătare cu memorie hipertrofiată. Dacă el spune că-n ziua aia l-am salvat de cinci puști care vroiau să-l snopească, că am fost scăparea lui, atunci așa trebuie să fie. Credeți-l! După cum sună toată tărășenia, e clar că a avut motive să n-o uite. E o treabă, nu?, să-i simți pe unii cum îți răsuflă în ceafă, agită bîte prin aer și jură c-o să te facă bucăți. Așa ceva nu se uită în veci. Deși, mă rog... Am și rețineri cînd vă îndemn să luați de bună povestea lui. Nu de alta, dar sînt unele lucruri pe care le-a înflorit cam tare, chiar tare de tot. De exemplu, chestia cu meciul, cînd a cîștigat cu 6 la 0 sau așa ceva și l-a bătut măr pe figurantul ăla, Cristos (ăla care se întorsese din vacanță un țăran prost, Cristi), cînd i-a tras un șut în bot de i-a provocat ditamai epistaxisul (adică i-a dat borșu'). E adevărat, juca bine fotbal de mic, cam pomanagiu, nu prea punea pase (nici din alea scurte, simple, darmite pase luminoase, cum văd comentatorii prin derbiuri sau prin partidele de importanță capitală), dar juca bine, ce mai, de-aia și cred că echipa lui a dat șase goluri sau așa ceva, dintre care el vreo patru. Mi se pare însă trasă de păr partea cu pedepsirea gîndacului ăluia zburător, care se-arunca de pe blocuri după asfințit împreună cu gașca lui. Nu contest că băieților le creșteau aripi și zburau în voie, tot ce se poate, în Drumul Taberei s-au văzut multe (ați auzit cred de Oltcitul roșu abandonat ani întregi prin față pe la Materna, din volanul căruia s-a născut o minune de fetiță, Mara parcă, după ce volanul a purtat o sarcină în toată regula, crescînd și crescînd vreme de nouă luni, nu dintr-odată, ca airbagurile de astăzi, umflîndu-se ca un pîntece de femeie, doar că-n loc de buric avea la mijloc claxonul; cunoașteți precis și istoria cu apartamentul acela de la etajul patru, s-a petrecut într-unul din D-uri, în care întreaga sufragerie, pereți, pardoseală și tavan, s-a umplut de ciuperci din cauza caloriferelor reci și a aburilor de la aragaz, pînă cînd proprietăreasa, o literată am impresia, culmea!, după ce a tot gătit ciulama, tocăniță, șnițele, drob, plăcinte, doar dulceață de ciuperci n-a făcut, a înțeles ce noroc a picat pe capul ei, a demisionat dintr-un teatru, unde era secretar literar, și s-a îmbogățit în Piața Moghioroș, vînzînd la tarabă pînă să intervină miliția). Revenind la discuția dinaintea parantezei, am să mărturisesc că versiunea mea e alta: de caftit, frati-miu a caftit insecta aia cu față de copil, Cristos, Cristi, cum vreți să-i spuneți, numai că eu știu că-n altă împrejurare, nu ca un indian apaș pe șeful de trib, în prerie, ca să-i ia locul, ci în scara blocului, odată cînd eu eram cam nervos și-l țineam cu mîinile la spate pe puști, unul gras și blonzișor, ca să-i tragă el una. S-ar putea totuși să confund, nu zic nu, și una să fi fost șutul de pe stradă, pe Băiuț, normal, și alta pumnul din scara blocului, cînd s-a lăsat tot cu hemoragie nazală și cu smiorcăieli. Oricum, băiețelul din scară, asta rețin, nu s-a șters, n-o striga cînd plîngea nici pe maică-sa, nici pe vreo soră Luminița, mîrțîia întruna: Mamaieee! Mamaieee! Ah, și ar mai fi ceva care-mi trezește suspiciuni... Dac-ar fi găsit o singură bomboană cubaneză cînd se tîra de la un pom la altul, roșie, galbenă, culoarea nu contează, aș crede totul cu ochii închiși, dar așa, cînd a găsit două bomboane, de ce nu mi-a păstrat și mie una? Nu e ciudat?

Ca să fie limpede cum stau lucrurile, eu sînt Filip, adică tipul cu geanta pe umăr, despre care frati-miu susține c-aș fi fost singurul din cartier, în afara lui, auzi!, care ținea cu Dinamo (de ce l-o fi amestecat și pe Șchiopu Bărbosu în treaba asta, habar n-am, mai ales că omul era sensibil, îl văzusem cu ochii mei la Muzeul Național de Artă cînd ne duseseră cu clasa, printr-a cincea, privea nemișcat un peisaj cu căpițe, parcă-l amețise mirosul fînului și adormise în picioare ca un cal). Vorbesc (scriu) la timpul trecut nu pentru că înainte țineam cu Dinamo și acum n-aș mai ține, ei bine, țin!, ar fi și culmea să nu mai țin cu cățeii lu' tata, să nu-i mai iubesc, cînd li se întîmplă atîtea pocinoage și-i mușcă atîția de fund; ideea cu trecutul privește alte lucruri, cele care s-au dus, s-au consumat, au expirat, s-a ales praful de ele, li s-a pus cruce, gata. Bunăoară, unul din lucrurile care intră în categoria asta ar fi părul meu, pe el chiar că l-a mîncat gaia, din bretonul care-mi atingea sprîncenele prin clasele primare (așa cum era el, lins și stupid, moale și bleg), din chica strînsă la spate în coadă de rîndunică, răsfrîntă peste gulerul cămășii, din perciunii lungi care-mi mai mascau urechile clăpăuge, dar îmi ascuțeau și mai rău bărbia, în fine, din toate podoabele astea capilare care în fond nu erau cine știe ce, dar erau, a răsărit o chelie pe cinste, nu genul O. Paler, dar nici departe. O să vă întrebați cum naiba de-aveam așa plete cînd toți elevii erau tunși chilug, cel puțin între Valea Ialomiței și Rîul Doamnei, poate și prin alte locuri, nu știu, asta știți unii dintre voi, eu nu mă bag unde nu mă pricep. Ei bine, scăpam de frizer datorită tovarășei Cîsu, învățătoarea care-o înlocuise pe prima învățătoare, tovarășa Ulărescu (trebuie să aflați că tovarășa Cîsu, alături de care am și poze 9/12 pe treptele școlii, ce e drept, poze de grup, cu încă treizeci și unu de pionieri minusculi cu tricolor, alb-negru, era o zînă, un pic zaharisită, fără baghetă, cu ochelari, înaltă, uscățivă, ar fi făcut sigur carieră în baschet dacă nu s-ar fi dedicat celor mici, în timp ce tovarășa Ulărescu, cu care n-am nici o fotografie, slavă Domnului!, fusese o harpie, bănuiesc neagră în cerul gurii, dar nu pot să certific cîtă vreme mi-a lipsit ocazia s-o pun să scoată limba, să zică aaaaaaa și să-i cercetez gîtul îndeaproape). Tovarășa Cîsu nu îngăduia oricui părul mare, era un privilegiu de care-am început să mă bucur în clasa a III-a, parcă în trimestrul II, după ce pălăvrăgise cu o colegă care-l cunoștea pe unchiul meu, pe Didi (cineast, pot să înșirui la orice oră din zi și din noapte titlurile peliculelor la care a semnat scenariul, sînt dispus să le-arăt scepticilor legitimația lui de membru ACIN), și-i intrase ei în cap, ca un șurub pe care nu-l mai scoți cu una, cu două, că urmează să joc și eu într-un film. Șurubul acela cred că i-a stîrnit imaginația pentru o perioadă îndelungată, în care a tot așteptat să se vadă în întunericul unei săli de cinema (nu la „Favorit"), frumos îmbrăcată și aranjată (așa cum se cuvine la o ieșire din Drumul Taberei în centru), cu razele aparatului de proiecție mîngîindu-i cocul, încît spectatorii de pe rîndurile din spate să admire sticlirile buclelor date cu fixativ, rezemată de umărul soțului, cu ochii umeziți de aparițiile pe ecran ale micuțului ochelarist, căutînd și descoperind în gesturile lui ceva din strădanița ei de dascăl, șoptindu-i lui Cîsu, nu de la bun început, abia către final, uite, dragă, copilașu' ăsta e elevul meu. În închipuirea ei se adăugau probabil și trăiri din cancelarie, unde cîteva vezici biliare ale cadrelor didactice ar fi suferit amarnic după premieră, chiar dacă limbile acelorași persoane ar fi găsit resurse s-o felicite. Oricum, visul nu i s-a împlinit, unchiul meu (mare iubitor de cockeri) negîndindu-se nici măcar o clipă să mă lanseze în cariera cinematografică. Pe la sfîrșitul clasei a IV-a, într-un moment de oboseală, de proastă dispoziție sau mai știu eu de care, în fond menopauza creează atîtea probleme, m-a scos la tablă să rezolv un exercițiu, m-a lăsat să scriu o mulțime de cifre și de semne aritmetice și așa, deodată, cînd eu manevram creta și aveam mintea plină de înmulțiri și împărțiri, mi-a zis auzi, Florian, ce-i cu lațele astea? ia să mi te tunzi frumușel! scurt, scurt de tot, da?! și pînă mîine c-o-ncurci! Printre buzele ei cu ruj carmin s-a strecurat apoi un sunet asemănător cu un behăit, din care lipsea însă consoana B, iar încărcătura emoțională nu inspira nimic ovin, ci o sfîntă indignare. Mă rog, ce-a fost a fost, sper din toată inima că tovarășa învățătoare Cîsu a biruit menopauza și a redevenit o zînă, cît privește lucrurile care s-au dus, s-au consumat, au expirat, s-a ales praful de ele, li s-a pus cruce ș.a.m.d., căci despre ele e vorba în fond, sînt de părere că nu merită desconsiderate. Ciocații negri, care erau altceva decît ciocatele (întrucît erau pantofi, și nu cizme, pentru că au fost ai mei, și nu ai altuia, fiindcă mi-e tare dor de ei, și nu-mi sînt indiferenți), putrezesc cine știe pe unde, în straturile adînci ale unei gropi de gunoi, pe vreun maidan desfundat, pe fundul unui lac (de-ar fi Cișmigiul!), la rădăcinile unui tei plantat de liceeni, în podul sau prin șopronul uneia din fostele femei de servici(u) ale blocului. Nu vă e milă? Mie îmi e. Mi-i cumpărase tata de pe Lipscani într-o duminică dimineața, atunci cînd magazinele păreau a fi deschise anume pentru șantieriști, ca să poată și ei să fie folositori familiilor, măcar arătîndu-se drăguți și cu bani dacă tot lipseau întreaga săptămînă de-acasă. Au costat 330 de lei, vă spun precis, iar tata n-a avut rețineri din cauza prețului, ci din pricina liniei lor impetuoase, de șalupă aflată în marș, mi-a pus palma pe frunte să verifice dacă nu cumva am febră, m-a întrebat de patru ori, ca și cum nu-mi auzea răspunsul și rugămințile, dacă sînt sigur că nu-mi place alt model, era mirat în orice caz, foarte mirat, încerca să-mi explice că sînt încălțări de papițoi, înțelegea încet, încet cum e cu trecerea din copilărie în adolescență, dar nu bănuia nimic despre succesul la gagici al lui Dan Anghel de la scara C care purta exact pantofi ca ăia și nici nu-și imagina ce însemnau ciocații pentru Nicoleta. Erau impecabili, cu vîrful ascuțit, cu toc gros și foarte înalt, cu o baretă transversală prelingîndu-se dintr-o parte în alta. Ce e drept, nu s-au dovedit prea comozi, parcă umblam pe picioroange, bocăneau cam tare și alunecau la multe din driblinguri sau din cursele pe extremă, la șuturile cu șpițul n-aveau însă egal, mingea pornea cu precizie și lua o viteză aiuritoare, ca și buzele Nicoletei cînd o conduceai acasă după ore și, fără să aprinzi lumina la subsolul scării, intrai cu ea de mînă pe culoarul boxelor, unde mirosea a gogonele și a cartofi umezi. Ciocații mei negri o făceau să rîdă strepezit pe Alexandra Ștefănescu, o ființă cu ochi puțin strabici, care-a izbutit să nu fie poreclită Sîrmoasa, deși dinții ei, ca să nu crească strîmbi, au fost protejați lung timp de-o întăritură metalică, tipa cu care cot la cot îmi spărgeam ochelarii izbindu-i de tablă de la mare distanță, în ovațiile colegilor cu vederea bună și spre supărarea maică-mii, care nu mai înceta să mă plimbe pe la oculiști și să-mi monteze lentile noi. Se chema gelozie, zic eu cu mintea de acum, dar atunci glumele ei acre purtau alt nume și aveau altă greutate, fiindcă, trebuie să vă mărturisesc, eu pe ea o iubeam, și nu pe Nicoleta Neagoe, care săruta focos în aroma murăturilor și a celorlalte rezerve pentru iarnă. De altfel, Nicoleta s-a ridicat odată la ora de română, nu în epoca de strălucire a pantofilor ciocați, mai tîrziu, și a rugat-o pe Marineasca, profesoară în pragul pensiei, îndrumătoarea cenaclului literar, să-i explice cuvîntul labagiu, pe care băieții îl pronunțau mereu cînd se certau sau cînd se încăierau și pe care bunica ei nu fusese în stare să i-l descifreze. În clasă au răsunat chicoteli, și ce chicoteli!, privirile noastre (inclusiv ochii puțin strabici) au învelit-o ca firele de mătase pe bietul cocon, iar Marineasca i-a răspuns sever stai jos, dragă, io nu ofer definiții pentru măscări. Nicoleta se înroșise ca un gogoșar, ochii puțin strabici licăreau triumfător și căutau ochii mei prezbiți, comparația cu gogoșarul ducea vrînd-nevrînd cu gîndul la murături, murăturile inspirau un subsol de bloc, întunericul de-acolo avea gustul unui sărut, iar sărutul acela, oricît de dulce fusese la vremea lui, căpătase un gust amar din pricina insistenței ochilor strabici. Dar înainte ca gloria ciocaților să fi apus, se petrecuseră fapte mai importante. EPISODUL 1: cu toate că nu ne mai spărseserăm ochelarii împreună de vreo lună jumate, Alexandra Ștefănescu m-a invitat pe la începutul lui decembrie la ziua ei și, așa, ca un hatîr, mi-a zis că pot să-l iau cu mine și pe Cezărică, noul meu prieten, un tip venit la noi în școală din Galați, pe care nu-l înghițea și-l trata de tolomac; la petrecere, unde mai erau cîteva colege și o verișoară nesuferită care vorbea fonfăit și ne bătea la cap cu bicicleta ei cehoslovacă, am mîncat fursecuri și bezele, am băut cico și-am jucat fațea (în traducere, *de-a v-ați ascunselea*) pînă ne-a ieșit pe nas sau cel puțin pînă mi-a ieșit mie pe nas în clipa-n care am deschis ușa șifonierului din dormitorul soților Ștefănescu și i-am găsit înăuntru, îmbrățișați, pe ea și pe Cezărică; m-am comportat rezonabil, nu vă îngrijorați, am alergat și i-am scuipat pe peretele din stînga bucătăriei, pti-un-doi-trei Alexandra, pti-un-doi-trei Cezărică, doar nu era să fi rămas stană de piatră și să-i las să iasă dintre rochiile, fustele și pardesiele alea și să mă scuipe ei pe mine; pe Cezărică l-am scuipat ultimul, ca să se pună, iar eu să-ncerc s-o conving să intre și cu mine-n șifonier și să mă țină strîns, strîns, pînă să-mi stea respirația; mi-a arătat cotul, era micuț, ascuțit și roz, mi-a scos limba; tortul o fi fost de fructe? de ciocolată? asta nu-mi aduc aminte. EPISODUL 2: ne aflăm în plină pauză mare, afară e frig, pe coridoare e frig, sîntem în sala noastră de clasă de la etajul unu, cu becurile aprinse pentru că afară nu e doar frig, ci și înnorat, facem și noi ce putem fiecare pe limba lui, încît toți să producem larma recreațiilor, Alexandra Ștefănescu stă în banca ei la propriu, nu la figurat, fiindcă la figurat nu stă deloc, gura nu-i mai tace, deși bag mîna în foc că nu e bolnăvioară, tot trăncăne ceva cu nasul în vînt, în ciuda faptului că, mă repet, e frig, dar vîntul chiar că nu bate, observă deodată șosetele mele flaușate portocalii (noi-nouțe, trăsnet, în dimineața aia le furasem din dulapul lui tata și, știți, șosetele flaușate nu sînt pe numere, urma călcîiului se formează abia după purtare), începe să arate cu degetul către vestimentația mea rupătoare, ciocați negri dați cu cremă și lustruiți, ciorapi portocalii, în sus uniforma de elev, mă rog, banală, rîde prefăcut, hi-hi-hi, cu capul într-o parte, strigă-ntruna ce țăran! ce țăran! eu văd roșu în fața ochilor, asta e, sînt născut în zodia taurului, mă reped spre ea s-o potolesc, s-o oblig să tacă, țin între degete un creion chinezesc a-ntîia tocmai scos din ascuțitoare, ea se zbate fiindcă nu-i o făptură supusă (v-am spus, a reușit să nu fie poreclită Sîrmoasa, deși dinții ei sînt prinși în sîrme), vîrful creionului se înfige din greșeală în dosul palmei mici și roz, apare o pată de sînge cît un bănuț, bombată ca un clăbuc de săpun, ea țipă scurt, sar destui să mă prindă și să se-arate cocoși, umflatul de Andi se umflă și mai tare în pene, el e sanitarul clasei și are pretenția ca victima să fie proprietatea lui, cercetează rana cu aere de chirurg, nu pierde ocazia s-o prindă de talie și să-i maseze spatele, fuge la cutia albă cu cruce roșie pe capac, vine înapoi cu o sticluță nedestupată de rivanol și c-o pungă cu vată, toarnă lichid pînă cînd mînuța roz și manșeta albastră a cămășii devin galbene, apasă cu un tampon uriaș și bandajează, în tot timpul ăsta o atinge, o mîngîie, îi șoptește la ureche niște chestii pe care nimeni nu le-aude, o ajută să se scoale, o sprijină, aproape c-o duce el pe sus către cabinetul medical, din ușă ne dă verdictul nouă tuturor, dar mai ales mie, tetanos, ce groaznic, nu!?, sună mai rău ca holera, îmi tremură genunchii și aștept să fiu pus în lanțuri din clipă-n clipă. EPISODUL 3: e strîns legat de episodul precedent; diagnosticul lui Andi nu s-a confirmat; pe drumul către cabinetul medical, Alexandra i-a ars o palmă de-a văzut stele verzi; la-ntoarcerea în clasă, le-a poruncit tuturor să mă lase-n pace și mi-a propus să ne bușim ochelarii de tablă; i-am scos limba; nu i-am arătat cotul, fiindcă ar fi fost prea complicat să-mi suflec una dintre mîneci. EPISODUL 4: culmea, tocul ciocatului stîng n-a cedat nici la fotbal, nici la vreo alergare, atunci probabil doar a obosit, iar de rupt s-a rupt la o simplă coborîre de pe trotuar, la traversarea aleii Parva într-o după-amiază de mai cu pufi de plop, cînd tocmai ieșisem de la școală și mă îndreptam domol spre casă; în asemenea situații nu ești niciodată singur, ba chiar ești însoțit sau înconjurat de-o mulțime de indivizi antipatici, nu se-ntîmplă nicidecum nenorocirea într-un loc retras, ci fix în mijlocul străzii, una peste alta te simți brusc în fundul gol în fața unor tembeli; intuiți, nu-i așa?, că orele de curs nu se încheiaseră doar pentru mine și că pe poarta școlii, ca și cum s-ar fi ridicat un zăgaz, începuse să curgă un pîrîu tumultuos de elevi, un pîrîu care după aceea își mai pierdea din puteri și se rupea în pîrîiașe funcție de geografia cartierului și de locurile de vărsare ale fiecărei particule, prin urmare, căderea tocului s-a bucurat de-o asistență numeroasă, pestriță și gălăgioasă, iar eu n-am avut inspirația să mă descalț și să umblu-n ciorapi (unii gri, renunțasem definitiv la șosetele flaușate portocalii), am cercetat talpa pantofului stîng din care ieșeau patru cuie zdravene (piroane, ce mai) și am mers șontîcăind mai departe, cu tocul în mînă, la vedere, cu o senzație ciudată că nu ating pămîntul cu piciorul stîng și că pășesc în gol, cuiele rămase-n pingea scîrțîiau cînd loveau asfaltul, se îndoiseră care-ncotro, am avut parte pînă peste cap de hohote, strîmbături, fluierături și poante fîsîite, din fericire n-am zărit ochii strabici prin jur, mulțumesc lui Dumnezeu, fiindcă, vă zic eu sigur, mare lucru n-aș fi făcut, dar tot aș fi strigat ce vrei, bă Sîrmoaso?! SFÎRȘIT(ul serialului)

N-ar strica acum puțină istorie și contabilitate. Cînd presupusul meu debut cinematografic îi părea iminent tovarășei învățătoare

Cîsu, deci cît timp (și ce de timp!) n-am călcat pe la frizer, Matei (frati-miu, coautorul, v-ați dat seama, nu?) nici nu se născuse. Ce trist! Să mă fi văzut și el măcar o dată-n viață cu părul mare... Pe urmă, după ce se consumase crepusculul școlii primare și bîntuiam prin zorii gimnaziului (orbit de strălucirea ciocaților negri), frati-miu exista, sugea la sîn și din biberon, morfolea suzetele între gingii pînă le făcea bucățele, scîncea, plîngea de-a binelea, făcea caca și pipi pe el, adică-n scutece, nu în pempărși, trecuse deja de operația de stenoză de pilor (dacă v-ar arăta burta lui, deși mă îndoiesc c-o să fie de acord, i-ați zări cicatricea datînd de la vîrsta de trei săptămîni), gîngurea baritonal și molcom, încît bunicul nostru o consola pe mama lasă, tu, p-ăsta-l facem popă, rîdea cu incuri și fără dinți, plescăia-n somn, își lărgea încet, încet alimentația, mai o brînză dulce făcută-n casă, mai o supă pasată de morcovi și pui, mere rase cu biscuiți, înțelegeți, cîte-un ou fiert pe săptămînă, ușor, cîte puțin din toate, ca să-i rămînă obrăjorii bucălați, să fie zdrumpeș cînd îl hîțînam seara și să vă scrie vouă acum povești frumoase, care să vă placă. S-a născut în aceeași zi cu Adi Mutu (detaliu pe care atunci noi, familia, n-aveam cum să-l fi cunoscut), iar acele cîntarului de la maternitate, cînd s-a pus problema primelor referințe despre el, au indicat 4,300 kg, ceea ce nu-i de colea. Astăzi, cînd datorită minuțiozității *Gazetei Sporturilor* dețin o informație-cheie referitoare la fratele meu, pot să vă destăinui, să vă jur că măcar în perioada prenatală, ca făt, Matei a fost un fotbalist net superior Briliantului (trebuie să acceptați gradul de comparație, fiind vorba de un comentariu sportiv). Nu sînt în măsură să mă pronunț asupra felului în care trata dl Mutu, profesor de matematică (cel care, mai tîrziu, trebuie să-i fi insuflat băiatului patima pentru poezie și filosofie), mișcările copilului din burta dnei Mutu (cea care-a uluit Londra cu preparatele ei culinare, apoi cenușiul oraș Torino), dar știu precis cum tratam eu mișcările copilului din burta maică-mii, fiindcă, cu rușine vă spun, dormeam cu ea încă, profitînd de faptul că tata tot lucra pe șantiere și dădea din an în paște pe-acasă. Ei bine, nu chiar la fiecare izbitură, dar la cele mai multe dintre ele, ziceam e Dudu, e Dudu Georgescu, pentru că eram convins că lovește cu capul. După aceea, mai exact după ce el a ieșit din burta uriașă în care se foise atîta vreme și a sosit pe aleea Băiuț, mititel, înfășețel, în scutec de bumbăcel și învelit într-o plapumă groasă de lînă, doar eram în ianuarie, eu am încetat să dorm cu mama și am trecut în patul meu, acolo unde mai ajunsesem și pînă atunci, rar, cînd eram pedepsit sau cînd tata era reținut de serviciu în București. De fapt, a fost o perioadă plină de noutăți: am gustat din laptele pe care mama îl stringea uneori într-o sticluță care avea la gură o pară țuguiată de cauciuc cu o găurică în vîrf și am rămas cu impresia că bebelușii au niște gusturi dubioase de vreme ce se dau în vînt după un lichid așa amar; am descoperit ceva mai spurcat decît un Bau-Bau, care te făcea să plîngi de-o mulțime de ori pe zi și pe noapte (nu pe mine, ci pe el) și care avea un nume asemănător cu rasa cățelușei Lassie, nu collie, ci colici; a trebuit să mă ocup mai abitir ca înainte de cumpărături și treburi casnice, chestie cam nasoală; era grozav să-mi plimb frățiorul cu căruciorul și toate fetele să se topească, să-i facă ghidi-ghidi-ghidi ăluia mic și să mă roage să le las și pe ele să vină cu noi. Din punct de vedere lingvistic, cînd a rostit primele cuvinte și apoi cînd le-a legat între ele și a format propoziții, frati-miu a avut două fixații, ambele sub forma unor chestionări: întrebarea *unde?* (se ținea după tine prin casă, c-o figură hîtră și te-nnebunea cu problema asta a lui, unde? unde?, unde ce sau unde cine era neclar, atît, unde? unde?) și întrebarea *apa asta te ia?* (pusă oricui și oriunde de cîte ori vedea apă, fie că era jetul de la robinet, un pahar plin, cada de baie umplută, o băltoacă pe stradă, clipocitul unei țevi sparte, stropi pe linoleum, un izvor, un rîu, un iaz ori ploaia lovind în geamuri). Din punct de vedere motric, a fost ceva mai leneș, ca toți băieții, iar prima lui incursiune pe propriile picioare, nu sprijinindu-se de obiecte, ci mergînd liber, s-a produs exact în ziua în care-a împlinit un an, înainte să sosească musafirii. Eram de față cu toții, eu, mama și tata, în camera lui taică-miu, cînd și-a luat mîinile de pe-un raft al bibliotecii și a pornit temerar în traversarea încăperii cu palmele întinse în față, s-a descurcat binișor la-nceput, noi eram muți de emoție și de încîntare (și de iubire, să fie limpede!), pe urmă s-a precipitat să ajungă mai iute la destinație și a nimerit cu fruntea în alt raft al bibliotecii, o scîndură cu muchii tăioase vopsită-n galben, care i-a spart capul, încît la tăierea moțului și la alegerea celor trei lucruri de pe tăviță a purtat deasupra unui ochi o uriașă gîlmă sîngerie (această cicatrice, vrea, nu vrea, n-are cum s-o ascundă dacă doriți s-o priviți). Cît privește premonițiile mele, cînd îl alintam Dudu, Dudu Georgescu, își probaseră clarviziunea. Lovea tare cu capul.

Pînă să se apropie clipa „cînd timpul a rămas definitiv suspendat odată cu închiderea unei uși – apartament 40, fam. Florian – și soarele s-a furișat în scară printre ghivecele de flori atîrnate în geamuri și a rămas așa, luminînd o balustradă verde, o balustradă verde ca o șopîrlă verde", adică pînă să fie lăsat afară de unul singur, luînd contact cu strada, cu aleea Băiuț, normal, și cu copiii de-acolo, Migu, Pipiță, Doru și mai ales Cristos (cum îi înșiruie el), s-au mai înregistrat destule povești care, cu el în prim-plan, s-au strecurat în fondul de aur al familiei (iar familia noastră deține un asemenea fond, așa cum Radiodifuziunea se fălește cu fonoteca ei de aur). Înainte de-a vă divulga cîteva dintre ele, sînt însă nevoit să fac o corecție, o rectificare, altminteri ar însemna că v-am mințit cînd am promis că mă voi ocupa de puțină istorie. Pe ușa apartamentului nostru n-au fost trecute nici numărul și nici numele și vă garantez că mama n-ar accepta niciodată împopoțonarea cu așa înscrisuri a unui obiect menit să te ferească mai mult de curent și de vecini decît de hoți. Altfel, Matei s-a căptușit la un moment dat cu o infecție urinară, care, din pricina laturii ei olfactive, i-a atras vremelnic porecla Sconcsul Puturel și i-a transformat popoul într-un ciur ca urmare a injecțiilor. Apoi, fapt neegalat de vreun predecesor ori de un membru mai tînăr al familiei, a spart trei oglinzi, toate venețiene, în decurs de nici jumătate de an. A nimerit cu o bilă mică, neagră și grea de la un joc de popice oglinda unui dulap care aparținuse cîndva străbunicii mamei, pe urmă a țintit cu un biet hopa-Mitică oglinda unei mese de toaletă cu blat de marmură, în final i-au căzut pradă (lui sau soldățelului de plumb cu care-a aruncat) geamul protector și oglinda unei vitrine din lemn de trandafir. Este interesant că bine cunoscuta oglindă de baie a blocurilor din Drumul Taberei, care costa 11 lei la orice geamgerie, nu l-a atras. Cît despre personajele fictive care-i însoțeau jocurile solitare, ele se chemau setița (a se citi, cu ochi de adult, fetița) Kindo, precum și cuplul Tim și Ștam.

3

Incredibilele aventuri ale lui Știm și Ștam

Știm și Ștam au apărut într-un borcan de muștar, în prima dimineață după ce am visat serpentine și draci. Dacă trebuia inventat un tărîm din care ei să se arate – niște mogîldețe serioase, străvezii, fără chip și fără vîrstă, fără altă însușire deosebită decît aceea că existau –, atunci borcanul acela pe care mama îl spăla bine odată ce muștarul se termina ca să-l transforme apoi într-un pahar gros, urît și rezistent, borcanul de care îmi agățasem privirea buimacă de la somn și vis era, de departe, cel mai potrivit.

Am învățat însă (fără să fie nevoie de vreo carte, ci doar de puțină atenție) că atunci cînd au loc miracolele, fie și unul mic ca acesta, nu e de ajuns să iei în considerare doar o singură chestie. Ca să vedeți că nu fac pe nebunul sau, mai știu eu, că vă duc de nas sau vă torn gogoși numai pentru plăcerea pe care o are aproape orice nene în momentul în care scrie, țin să vă precizez că îmi dau foarte bine seama cît de neverosimilă poate să arate apariția asta – hocus-pocus – a unor personaje dintr-un borcan de muștar. E drept, ar fi mult mai simplu să se întîmple așa, dar m-aș simți cumva stînjenit 1. pentru că aș arunca cu adevărul pe geam și 2. pentru că nu v-aș mai putea privi în ochi niciodată (ce să mai spun despre Filip care, sigur, nici n-ar mai vrea să audă de mine?). Așa că, măcar pentru el, dacă nu pentru voi și, în cele din urmă, pentru mine, am să încerc să clarific, cu toată delicatețea pe care o cer miracolele povestite, zămislirea aceea, într-o dimineață posomorîtă, probabil de octombrie, la ora 8, duminică, a lui Știm și Ștam într-un borcan de muștar.

Așadar, Știm și Ștam s-au ivit pe lume într-o dimineață posomorîtă, a doua zi după noaptea în care am avut visul cu serpentine și draci ce m-a urmărit (aproape vrăjitorește) pînă acum. Visul ăsta, pe care l-am scris într-o poezie mai demult, arăta cam așa:

> sau atunci ca printr-un tobogan de lemn
> o alunecare încetinită visată ca printr-o
> cochilie căptușită de întuneric luminată de
> neoane coboram serpentinele spre
> înserarea întoarsă
> (nu știu de ce mi se părea ca o) membrană
> (în fine)
> prin care pulsa respirația unei ființe
> uriașe și ascunse de dincolo de marginile
> prăpastiei de unde mai fumega încă
> cenușa unui foc Ioan (Ioan era un fel de
> sfînt căruia îi scriam eu poeziile) de unde
> limbile dracilor încolăciți continuau să luminezeze.

Aveți tot dreptul să nu vă placă, în definitiv nici mie nu prea îmi mai place, dar eram mult mai mic cînd am scris-o (asta ar fi o scuză), iar poezia era, în capul meu atunci, ceva mai pretențioasă decît proza (acum îmi pare doar mincinoasă: de exemplu, de ce naiba n-am adăugat că neoanele alea pîlpîiau stins, ca în baie, în așa fel încît simțeam cum se naște spaima ca o amenințare difuză și greoaie? Și de ce am spus „dincolo de marginile prăpastiei“ cînd în vis era vorba clar de o poieniță cu iarbă sfrijită la marginea prăpastiei?). Oricum, nu cred că mai are sens să mă învîrt prea mult în jurul acelui vis. Știu doar că m-am trezit buimac (asta v-am spus), cu pîlpîirile alea de neoane și draci încolăciți în minte, am luat o carte cu poze și text puțin, *Albă-ca-Zăpada*, și am intrat în bucătărie. Mama prăjea pîine pe plită, iar mirosul acela și becul aprins (era tare mohorît afară) făceau, nu știu cum să zic, ca bucătăria să pară primul și ultimul loc de pe pămînt, singurul de a cărui existență nu te puteai îndoi, ca și cum Dumnezeu crease, mai întîi de toate, nu lumina, apele sau uscatul, ci bucătăria asta a noastră din Drumul Taberei și pe mama înăuntru prăjind pîine, ca apoi să mă cheme și pe mine din somn cu o carte de povești în mînă. Nu știu ce rost avea cartea acolo, nu i-am aruncat nici o privire, o știam pe dinafară, dar, mă simt nevoit să repet, cînd ai de-a face cu un miracol, chiar și amănuntele lipsite de importanță își au sensul lor. Filip nu era, poate nu era nici duminică, dar în privința borcanului de muștar (în care privirea mea a intrat fără ca eu să percep nici cea mai mică neliniște), a dimineții și a mirosului de pîine prăjită nu trebuie să aveți vreun dubiu. Aș mai putea să mă prefac că auzeam, subțiat de geam, tropăitul cailor pe asfalt de la o căruță de țigani și pe țigani strigînd „tiche goae, ooo!“, dar ceva îmi spune că suprapun imaginile și lucrul ăsta, imaginile suprapuse, e ultimul de care am nevoie acum.

Nu așteptam nimic, visul își încetinise pulsațiile – aici poezia nu minte deloc (exista o ființă uriașă căreia îi mai simțeam încă respirația pulsînd) –, stăteam pe scaun, la masă, cu privirea în gol, pînă ce golul ăsta m-a absorbit cu totul, cît să realizez că ceea ce priveam era muștarul dintr-un borcan. Nu știu dacă ați avut vreodată curiozitatea să observați ce se petrece într-un borcan de felul ăsta, dar vă spun că, pentru început, nu veți da cu ochii decît de ceva ce s-ar putea numi galben. Dacă muștarul e început, e mult mai bine: lingurița sapă în el galerii, poteci, drumuri. De aici înainte e foarte ușor să te pierzi în ele, chiar așa, îngălbenite și umede, cum îți apar. Și cum un miracol (din păcate sau din fericire) se poate explica mai întotdeauna și logic, nu cred să-i fie prea greu cuiva să-și pună întrebarea „la ce bun atîtea tunele și răspîntii și cărări dacă nu e nimeni să locuiască înăuntru?“. Cred că asta m-am întrebat și eu. Și așa, ca o împletire firească între un răspuns la o întrebare logică și un miracol cu miros de pîine prăjită, fără ca mama, întoarsă cu spatele, să bănuiască măcar ce se întîmplă în bucătăria apartamentului 40, au apărut pe lume cei doi prieteni nedespărțiți, tovarășii de nădejde ai copilăriei mele, Știm și Ștam. Nu am chiuit de bucurie și nu am chiuit nici de groază, becul nu a pîlpîit ca neonul din baie, fereastra nu s-a dat în lături deschisă de vreo rafală de vînt, iar cîinii de pe stradă nu au scos nici măcar un scîncet cînd, de acolo, dinăuntrul borcanului de muștar a răsunat pentru prima oară în cartierul Drumul Taberei și poate și în tot universul (n-am de unde să știu) această discuție:

— Ce faci Știme?

— Bine Ștame.

— Da' Știma ce face?

— Bine. Da' Ștama?

— Bine. Pa Știme.

— Pa Ștame.

Vă rog să mă credeți că nici măcar nu am clipit cînd i-am auzit vorbind. Era o chestie pe care o învățasem nu cu mult timp în urmă: te obișnuiești repede cu miracolele. Mai ales la vîrsta aia.

Problema este întotdeauna cu frații mai mari. Nu că ei ar avea ceva cu minunile noastre, le-ar privi cîș sau mai știu eu ce, ci, pur și simplu, le vine mai greu să înțeleagă. Iar dacă au cu 11 ani mai mult, atunci chiar că trebuie să te oprești, să le explici totul frumos și clar, astfel încît, pe viitor, să eviți orice surpriză. Așadar, fie ce-o fi, trebuie să fac o pauză. Un ocol. O digresiune, o divagație, o deviere de la subiect. Chestia aia pe care ne-am obișnuit s-o numim paranteză. În fine, iată niște puncte (7):

• frații mici au realitatea lor distinctă și inviolabilă;

• dincolo de meritul indiscutabil de a fi privit burta mamei crescînd (cu tine înăuntru), de a te fi plimbat cu căruciorul, de a te fi ascultat gîngurind ca un popă ș.a.m.d. (înșiruirea poate să continue pe mai multe pagini), frații mari nu au dreptul să insinueze că amintirile tale (puține, vagi, cum or fi) sînt, de fapt, false;

• atunci cînd se petrece totuși acest lucru, el trebuie asumat cu toată convingerea pentru a se înlătura orice urmă de suspiciune. Drept urmare, o ambiguitate de tipul: „mare lucru nu-mi amintesc" (vezi capitolul 2, „Pantofi ciocați și șosete flaușate", rîndurile 1-2) nu-și va mai avea locul pe pagină cu o certitudine evidentă (rîndurile 22-23): „le-a înflorit cam tare, chiar tare de tot";

• obiecțiile, rezervele și reținerile ar fi mult mai ușor de acceptat dacă, doar și pentru o clipă, ni s-ar oferi și nouă, ăstora mici, dreptul de a decide ce e adevărat sau fals în privința unor întîmplări din viața de copii a ălora mari (exemplu: Filip + Alexandra Ștefănescu; Filip + tovarășa Ulărescu).

În concluzie:

• frații mici sînt invidioși pe cei mari;

• frații mici și cei mari nu pot fi niciodată egali;

• toate astea au legătură cu Știm și Ștam.

Și cum naiba să nu aibă? Ce garanție am eu, ca frate mai mic, că Filip n-o să amestece iarăși lucrurile cum, de altfel, a și făcut-o (un 4-0 clar ca lumina zilei cu un 6-0 îndoielnic, sper că vă aduceți aminte) cînd, chiar înainte de acest capitol 3, el uită cu totul de ș mare și-l transformă pe dragul meu Știm într-un englez sau american sau australian banal, născut dintr-o mamă și dintr-un tată și botezat Tim, ca alte milioane de Tim, într-o biserică cu nași și tot dichisul. Cum am să mă apăr cînd el va spune (și, la o adică, o va chema pe mama drept martor) că nu ei, Știm și Ștam, erau cei care se auzeau vorbind, ci mai degrabă eu? Ce-o să mă fac atunci cînd *mai degrabă* o să devină *cu siguranță*? Am să repet: cu miracolele te obișnuiești repede. Și, ca să vedeți că nu zic asta de chichi-de michi-de trei lei ridichi, am să vă povestesc cum s-a născut convingerea asta:

a fost de-ajuns să se lase noaptea, acolo, printre blocuri, printre copacii desfrunziți și cîini ca toți cîinii, cîțiva, rătăciți de pe cîmpul unde erau odată case, poate încă mai sînt – lucrurile astea contează prea puțin aici și acum – rătăciți pe una dintre aleile Băiuț și lătrînd la un fum înecăcios cum numai un cauciuc de tractor stropit cu benzină putea să împrăștie, lătrînd la noi, Migu, Pipiță, eu și Doru, adunați în fața focului, transpirați de bucurie, la flăcările enorme care ne luminau fețele, la cîte chestii nu latră cîinii cînd vine noaptea?, bunăoară luna, în fine: a fost de-ajuns să se lase noaptea și să apară luna ca să ni se facă, în sfîrșit, frică. Focul arată altfel în întuneric, capătă viață și-și bate joc de tine, dacă ar fi fost și Radu cu noi, ar fi spus „drace, vîlvătaia asta va cuprinde întreaga prerie“, dar nu era, eram doar noi și un foc care amenința să îmbrățișeze niște copaci desfrunziți, apoi, vedea el mai încolo – preria, blocurile, strada –, un foc pe care nu-l mai puteai stinge nici cu patru puțe căznindu-se să facă pipi, darămite cu scuipat sau cu pietre, un foc despre care am aflat atunci că-i place de minune să i se facă vînt cu cartoanele, că nici prin cap nu-i trece să moară, ci că, ba din contră, se umflă și mai tare, ca un Bau-Bau grăsun, și îi scoate pe toți tații din jur, din case, din papuci, din pepeni. Cam atunci e timpul s-o întinzi unde vezi cu ochii: numai un prost și un sisi poate să creadă că ăștia care ies noaptea din apartamente, mînați de neveste spre un cauciuc de tractor, au gînduri pașnice sau gospodărești. Toți copiii din lume care au strigat măcar o dată „nu mă doare c-am mîncat fasole tare" știu că ei sînt cei căutați, de parcă în mințile bărbaților ar exista o legătură magică între cauză și efect sau, mai bine zis, un gest ritualic care permite anihilarea efectului (stingerea focului fără apă) prin maltratarea cauzei (șuturile-n fund, palmele peste față, trasul de păr, de ureche, de nas, castanele și pumnii). Or fi avînd și ei minunile lor, dar, sincer să fiu, pe asta n-am văzut-o să se împlinească vreodată. Alergam de două ori mai tare, eu și Pipiță, așa ne nimeriserăm, spre cîmp: dacă nu ne omorau oamenii, așa cum promiteau, amestecînd crima cu Dumnezeii, iar Dumnezeii cu mamele noastre, ne-ar fi sfîșiat cîinii; poate asta a fost scăparea noastră, în afara scării de bloc unde ne-am ascuns.

Lăsați-ne un pic ascunși acolo, ne e bine, sîntem în siguranță, pentru că am ceva să vă spun cu vocea mea de om mare: minunile se lasă descoperite din cochilia lor aparentă (pe lîngă care ai trecut și peste care ai călcat de mii de ori) doar în momentele ciudate, atunci cînd cerul se înnegurează a ploaie și reverberează în tine cu praf, vînt și caiete dictando plutind, cînd îți bate inima (cu Pipiță) într-o scară de bloc de zece etaje, după ce ai visat serpentine și draci și ți-ai uitat privirea într-un borcan de muștar. Se prea poate ca în acele clipe să se rupă ceva din normalitatea cu care te-ai deprins să privești, să se nască o breșă, o fisură prin care poți vedea (simți, înțelege) și alte chestii. Sau aceleași chestii devin dintr-odată altele. D-asta e mult mai simplu cînd ești copil: obișnuința de a percepe lucrurile într-un singur fel e mai mică, despre inerție n-ai ajuns să înveți ceva, așa că nu e nimic mai firesc decît să ieși afară dintr-o scară de bloc (m-am întors, să știți) în care ai stat ascuns o veșnicie de cîteva minute cu inima bubuind pînă și în degetele de la picioare și să-i zici lui Pipiță „băi, luna s-a ținut după noi ca un cîine, ce ne facem, o să ne dea de gol“. Nu, nu intrase cu noi în scara aia, nici nu ar fi încăput de altfel, am căzut noi de acord, dar ne aștepta cuminte afară, deși eram la vreo trei sute de metri depărtare de locul unde apăruse prima oară ca să vadă focul. Existau două explicații pentru asta: 1. știa că Pipiță adusese benzina și că eu am aprins chibritul, iar acum ținea musai să fim pedepsiți, 2. se plictisea de moarte acolo în cer, iar noi i-am fost simpatici cu cauciucul nostru și vrea doar să ne împrietenim. E o căcată, a spus Pipiță, el era convins, mai curînd, de prima variantă. E un cîine rotund, am spus și eu, de unde se poate vedea că înclinam mai mult spre cea de-a doua. Așa că am supus-o la niște teste ca să ne dăm seama, atunci ori niciodată, cine are dreptate: am fugit în zigzag, apoi invers, ne-am tîrît pe burtă, am mers în patru labe, ne-am pitit și i-am zis uș: nimic, orice am fi făcut, ne urma peste tot. Avea și viteză. Era un cîine rotund. Pipiță însă avea și el dreptate: era totuși o lună, mai întîi că știa el și știam și eu, știam amîndoi, că nu e tot timpul așa, ca o minge cu pete, că se ciuntește, dispare, se face covrig și toate astea, după asta, mai spunea el, un cîine ar fi intrat în scară dacă-l chemai, nu?, și, mai ales, ultima: nu dădea din coadă. Era sigur o lună. O lună prietenoasă care fuge după tine orice ai face. Era, deși habar n-aveam ce-i aia, un miracol. Primul.

Vă spun vouă (profetică urmare) că lumea e plină de Știmi și Știami gata să fie descoperiți. De căcate, de cîini rotunzi, de luni care să se țină după voi. De Cristoși care zboară. De Setițe Kindo care se desprind de pe tricoul pe care au fost imprimate. De etaje patru pline de fantome, care te urmăresc pe stradă, ziua în amiaza mare, pe tine și pe Bebe, care te lovesc peste față și te proiectează pe asfalt spre uimirea tuturor acelor gură-cască ce nu stau la patru și, prin urmare, nu au cum să vadă ceva și, cu atît mai puțin, să priceapă că doar o mînă pusă pe fier te ajută să scapi în situațiile astea. De cruci săpate în lemn în grădinile din spatele blocurilor care se înroșesc pe scoarța copacului ori de cîte ori se ivește un pericol cum ar fi Șchiopu Bărbosu gata să te prigonească cu găleți cu apă rece pentru îndrăzneala de a căuta melci sub fereastra balconului lui. De astfel de miracole care te anunță ceva ce nu poți să eviți. De vise în care o vezi pe mama alunecînd cu capul în jos de-a lungul culoarului, pe lîngă dulăpioare și uși, venind, și de tovarășe de grădiniță care spun „doarme ca un înger, să nu-l trezim“, iar mamele pleacă, noi ne trezim, iar visul se confundă cu realitatea dacă cineva nu ar spune că așa ceva e imposibil atît timp cît tovarășele au zis ce-au zis, mamele au plecat, iar oamenii nu pot merge răsturnați. De scorburi pe care furnicile le caută toată viața pentru ca, ajunse acolo, să capete aripi și să zboare. De măști africane sub care găsești dulciuri, fotografii, mașinuțe. De copii care se fac mari și uită tot. De copii care se fac mari și nu uită chiar tot, dar nu vor să mai știe de nimic, găsesc explicații, luna e un satelit, fantome nu există, spiridușii nici atîta, era doar o mînă de om, a mamei, a lui Filip, care punea surprizele acolo, ce, parcă nu știm noi cum stă treaba.

Părerea mea sinceră e să nu-i bagi pe ăștia de la urmă în seamă (sînt niște clevetitori, niște fricoși). Cel mai bine e să te oprești puțin, să tragi aer în piept, puțină apă rece pe față poate să facă minuni, iar în felul ăsta, dacă ți-a dispărut bîzdîcul, s-ar putea ca unele lucruri să se milostivească de tine și să se întoarcă așa cum le-ai lăsat altădată.

Și s-ar mai putea să te obișnuiești atît de bine cu ele, încît nici să nu le mai numești miracole sau minuni. Luna se ține după tine. Punct. Dacă nu sînteți convinși, asta e, îmi pare rău.

Sau: Știm și Ștam vorbesc. Oriunde, oricît, oricum. Oricum, nu. Spuneți-le proști, tăntălăi, duși, dar mai mult decît ce faci Știme, bine Ștame și restul de vești, mereu aceleași, despre familia fiecăruia, ei n-au îndrăznit (sau li s-a părut inutil) să mai rostească. La ce vă așteptați de la niște ființe fără chip apărute așa, pe nepusă masă, dintr-un borcan de muștar? Pentru mine era plăcut doar să-i simt acolo. Și cred că și ei încercau pe pielea lor imaterială aceleași sentimente. Gîndiți-vă cum e să stai atît timp conservat într-un borcan de muștar, ca un gin într-o lampă să zicem, și într-o bună zi să vină un puști din Drumul Taberei care să te cheme lîngă el. Ce să-i spui? Că lumea lui e extraordinară și că-ți place și ție la grădiniță? Hai, scoate-ne și pe noi la fotbal? Aiurea. Ce vă face să credeți că niște duhuri d-astea au venit la noi ca să descopere fotbalul sau cît de uluitor e gustul unei bomboane cubaneze? Dacă aș fi avut, măcar o singură dată, pretenția ca ei să mă însoțească peste tot unde m-aș fi dus, ca niște vasali sau posesii sigure, probabil că și-ar fi văzut de treabă și n-ar mai fi catadicsit să se desprindă de lumea lor, din cînd în cînd, pentru o vizită. Dacă au venit de acolo, nu țin să mă dau mare, dar așa e, era doar pentru că le-am fost simpatic. Nu eram dumnezeul, inventatorul sau stăpînul lor. Eram, cel mult, descoperitorul (dar și asta e greșit, pentru că, de fapt, ei s-au lăsat descoperiți), eram, ce să mai, pur și simplu prietenul lor om. Vi se pare puțin? Să fim serioși; nu vă cer invidia sau acceptarea, dar n-am auzit pe mulți să se laude cu o prietenie de felul ăsta. Și trebuie să vă mai spun că erau flegmatici și bonomi, familiști într-un anume sens, plicticoși cu bun-gust, pentru că, între noi fie vorba, cînd te-ai născut într-o lume a certitudinilor, nici n-ai cum să fii altcumva. Apăreau cînd îi chemam, rareori s-a întîmplat să fie reținuți cu vreo treabă dincolo, își cereau întotdeauna scuze dacă întîrziau, erau bine-crescuți, politicoși, de mirare pentru cineva care are o părere proastă despre muștar, nu-și luau nevestele cu ei, dar vorbeau despre ele, ele făceau bine, ați aflat, și ei făceau bine, cel mai mult le plăcea să vină cînd făceam baie, vorbeau la telefon, îl confundau tot timpul cu dușul, nu i-am întrebat niciodată, dar se pare că telefonul era atracția lor principală aici, pe pămînt, de unde se poate trage concluzia că în anumite lumi așa ceva nu există, nici la desenele animate nu spuneau nu, o iubeau pe Viorica Bucur, stăteau lîngă mine cînd făceam curat în cameră, îmi țineau de urît, și ce poate fi mai urît decît să faci curat în cameră, în fine, aveau o relație cordială și cu mama, și cu Filip, fără „săru' mîna tanti“ și „cum a fost la școală“, dar se simțeau bine în preajma lor, nu i-am auzit vreodată plîngîndu-se. Cît despre chestia cu vorbitul, nimic nu e mai simplu: da, eu vorbeam pentru ei, dar cum naiba să nu fac asta cînd erau atît de căpoși sau discreți, cum vreți să le ziceți, și nu doreau să iște vreo debandadă cu lingviști care apar la ușă ca să cerceteze fenomenul, glasuri fără chip, pițigăiate sau grave, care se plimbă dintr-o cameră în alta fără să poți atinge locul din care se aud. Aveau fobie la miracole, nu puteau pricepe cum un lucru atît de normal ca prezența lor aici, printre noi, trebuie privit cu atîta curiozitate, frică sau neîncredere. Cred că ăsta a fost și motivul pentru care i-au plăcut atît de mult pe Filip și pe mama, ei nu puneau nici o întrebare, acceptau sau se prefăceau că acceptă existența lor ca pe ceva firesc, de la sine înțeles. Nici eu nu țineam prea tare să-i provoc să vorbească. Nu intra în codul relației noastre, plus că nu mi-a luat mai mult de două secunde pînă să înțeleg ce vrea să însemne telepatia (așa comunicau ei). Ca să fiu mai clar, eu eram un fel de unealtă care capta întrebarea unuia, un fel de gînd, să-i spunem, iar apoi, asta ne era înțelegerea, o rosteam împreună cu răspunsul celuilalt (ce faci Știme bine Ștame). Cînd te afli într-un loc, pe pămînt în cazul acesta, ești nevoit să respecți niște reguli. Dacă regulile astea spun că pentru a vorbi trebuie să folosești cuvinte și dacă te numești Știm și Ștam și n-ai chef, dispoziție și timp să înveți așa ceva, cel mai bine e să ai un Matei care să-ți înlesnească trecerea de bariere, să-ți ușureze drumul, să traducă, să facă legătura, contactul, să fie călăuza ta între niște granițe ale unor lumi aflate, pare-se, în război. Nu-mi era deloc greu și o făceam cu plăcere, n-aveam sentimentul de pionierat, de explorator, de mă-sa pe gheață, vă repet: nu-mi puneam nici o întrebare, totul era perfect. Abia mai tîrziu, cred că ne mutaserăm deja în Dristor, ori pentru că nu le plăcea cartierul – prăfos, murdar, nou –, ori pentru că mi-a trecut prin cap o teorie bălmăjită care se sfîrșea cu de ce?, n-au mai trecut să mă vadă și s-au pitit probabil prin borcanele de muștar ale altor țări, continente sau lumi. Așa trebuia să fie, n-am ce să explic mai mult. Oriunde s-ar afla acum, sînt convins că și ei, și nevestele lor fac bine. Și nu știu voi ce ziceți, dar gîndul ăsta mie îmi e de-ajuns. Pa Știme. Pa Ștame.

4

Cîteva miracole din biografia fraților mari

Așa, chiar la sfîrșitul capitolului 2, înainte de punct, am scris Tim în loc de Știm. Și mărturisesc că n-a fost o greșeală de dactilografiere. Pur și simplu, litera aia nesuferită, un ș, un ș mare, trebuie să fi dat din codiță atît de iute, încît a sărit din memoria mea cum sare un peștișor din apă, să zicem un oblete. Ea a făcut bîldîbîc, țușt sau pleoșc, iar eu am stîlcit numele unui spiriduș cumsecade și l-am întristat pe Matei. Îmi pare nespus de rău, mai ales că frati-miu, cu zulufii lui, cu obrăjorii preșcolari rotunjori, cu semnul de pe frunte din ziua în care a împlinit un an și cu vocea care-i inspira bunicului un viitor seminarist, îi tot plimba pe prietenii lui cu bărcuța prin cada de baie, arbitra partidele lor de polo jucate cu mingile mele de ping-pong, se scufunda cu nasul strîns între degete pentru a-i înveseli și a le da prilejul să cronometreze cît își va ține respirația, le înlesnea prin intermediul dușului orice legătură telefonică, îi implica în lupte deloc sîngeroase între soldăței de plastic, se folosea de aptitudinile lor de mecanici auto la demontarea mașinuțelor de fier, îi lăsa să asculte discurile cu povești puse la pick-up-ul lui tata (cred că se înnebuneau după *Făt-Frumos, fiul iepei*, prea chirăiau toți trei cînd zmeul hohotea și striga V-aam priiins, frumoaaaseloor!). Partea proastă este că eu nu i-am văzut niciodată pe Știm și Ștam, poate fiindcă sînt ochelarist, poate din alte motive. Îl auzeam pe Matei vorbind prin casă și, de ce să vă păcălesc, credeam că vorbește singur. Cînd se întîmplau atîtea pe aleea Băiuț, în subsolurile și în scările blocurilor, pe Parva, în curtea, în clasele și pe coridoarele școlii, n-am avut inspirația să spionez în apartamentul nostru (nr. 40) și să descopăr două ființe pitice, cu voci identice cu a lui. Ca să fiu sincer pînă la capăt, miracolul prezenței lui Știm și Ștam a trecut pentru mine neobservat, cum intră și iese pe fereastră cîte-o muscă în timp ce dormi. E rușinos să se petreacă un miracol chiar sub nasul tău și tu să nu bagi de seamă, e jalnic, ce mai, dar asta s-a întîmplat. Spiridușii ne-au fentat pe mine și pe mama, deși frati-miu susține că se simțeau bine în preajma noastră, l-au fentat și pe tata în scurtele, rarele și somnoroasele lui apariții de pe șantiere și, ce e mai curios, l-au păcălit pe Stoicescu, administratorul blocului (o față de șopîrlă, securist, căpitan), care nu i-a trecut la plata întreținerii. Iar dacă tot am pocit numele bonomului Știm, dincolo de remușcări și de ciudă, sper ca măcar voi să fiți cu ochii-n patru, să nu vă încredeți în *ș* și *ț*, fiindcă cu codițele lor vă pot băga în bucluc. Cît despre teoria enunțată de Matei în capitolul precedent

(„Problema este întotdeauna cu frații mai mari“), părerea mea e exact pe dos. Și, ca să arăt că problema este întotdeauna cu frații mai mici, înșirui și eu niște puncte (tot 7):

• o vreme, frații mici sînt convinși că realitatea e una singură, doar frații fiind de două feluri, mici și mari;

• frații mici nu bănuiesc că frații mari au făcut în trecut tot felul de lucruri cot la cot cu îngerii și spiridușii lor;

• ceasornicele ticăie independent de voința fraților;

• fiecare vîrstă are miracolele ei, fiecare miracol are martorul lui, fiecare martor are un frate (sau a fost pe cale de-a avea).

Prin urmare:

• frații pot scrie împreună o carte, dar nu pot întîlni deodată aceiași îngeri și spiriduși;

• chiar și cînd devin mari, frații mici rămîn mai mici decît frații mari;

• frații mici nu uită șuturile în fund încasate de la frații mari.

Pe urmă, există acea parte din biografia fraților mari la care frații mici au acces doar prin intermediul poveștilor. E o felie de copilărie, dar pare o felie de tort și frații mici și-o închipuie însiropată, cu glazură de ciocolată, plină de nuci și stafide. Sînt frații mari privilegiați? Hm! Ei știu ce știu despre partea neștiută a biografiei lor și mai știu ce știu despre toate părțile știute ale biografiei fraților mici. Pentru că au asistat la întreaga copilărie a fraților mici, bucățică cu bucățică, frații mari nu-și pot imagina nici una dintre bucățele măcar ca pe-o brioșă sau ca pe-o merdenea. Iar dacă se încumetă să aibă amintiri, fie ele imprecise (confundînd un 4-0 cu un 6-0, fără a pune însă în discuție numele cîștigătorilor ori superioritatea lor de pe teren, adică de pe Băiuț), ați văzut cum pătimesc. Sînt tratați ca niște moșuleți toropiți, plecați cu sorcova. În cap. 3, „Incredibilele aventuri ale lui Știm și Ștam", stă scris negru pe alb că lor, fraților mai mari, „le vine greu să înțeleagă", „iar dacă au cu 11 ani mai mult, atunci chiar că trebuie să te oprești, să le explici totul frumos și clar, astfel încît, pe viitor, să eviți orice surpriză". Ce mi-ar mai rămîne de făcut, mie, Filip, ascuns pînă acum sub masca *frații mari*? Să mă gîndesc cu nostalgie cum le trăgeam șuturi în fund *fraților mici*, să mă scufund printre miracolele mele și să înot pe-acolo liniștit, printre peștișori cu codițe mai puțin viclene decît litera *ș*.

Miracolul A. a: în adîncuri nu sînt răcușori cu clești și mustăți sau caracude în toate culorile curcubeului, nu sînt alge unduitoare, nici sirene, nici comori risipite pe nisip, fundul e mîlos și vrea să-mi înghită picioarele, apa e ca noroiul sau ca pămîntul galben și e peste tot, în stînga, în dreapta, deasupra, o apă care mă strînge, mă ține, îmi apasă obrajii umflați, îmi înmoaie brațele, îmi împinge în jos capul care se zbate să ajungă sus. Și mă sufoc și cred că țip, dar nu țip, pentru că am gura închisă sau am avut-o închisă mai demult, cînd încă dădeam din mîini și din picioare și cînd nu era atît de multă apă și parcă nici nu era așa de neagră, ca smoala, era pare-mi-se ca noroiul sau ca pămîntul galben, dacă nu cumva era roșie. Apoi am drept în față un nor mic, pufos, ca un măgăruș de pluș (și tusea mea seamănă cu tusea măgărească), sînt întins pe iarbă, tata stă în genunchi lîngă mine, e alb ca norișorul, ce ciudat!, are hainele uscate și ochii uzi, are buzele verzi-albastre și între buze o țigară stinsă, un chiștoc. Lîngă tata e Nicu, băiatul care ne vinde rîme și mai pescuiește cîteodată cu noi, are hainele ude fleașcă și ochii uscați, el m-a scos la suprafață, nu dintre miracolele mele (unde mi-am propus acum, scriind capitolul acesta, să înot liniștit), ci dintr-o groapă a Dunării în care am căzut la patru ani, cînd mă bălăceam pe lîngă mal și m-au păcălit valurile unui vapor.

Miracolul A. b: eu știu precis, am ieșit din casa în care m-am născut (și care, fiind casă, nu e în Drumul Taberei), plecam pe întuneric dintr-o vizită la vărul meu Struți, trebuie să fi fost foarte tîrziu fiindcă mama mă ținea în brațe (și mama mă ținea în brațe doar cînd picam de somn, iar eu picam de somn doar cînd era foarte tîrziu), eram singuri în curte, chiar la poartă, am văzut deodată luna peste fațade, calcane și felinare, peste copaci și acoperișuri, o lună uriașă, plină, în mijlocul căreia o altă mamă ținea în brațe un alt copil, de fapt, îl ținea în poală și-l legăna încet, un bebeluș adormit. Erau Maica Domnului și Pruncul, înțelegeți!? Ne priveau de pe cer cu așa prietenie, iar eu și mama i-am privit și noi, mult, mult, mult, pînă cînd am adormit și eu. Mama a zis mereu că am visat și zice și acum, cînd am chelie și nu mai am cinci ani, iar ea privește orice lună plină cu bucuria orbului care vede lumina. Se poate să fi visat, dar eu știu precis ce-am văzut.

Miracolul A. c (compus din submiracolele a', b', c', d', e', f', g' și h', toate din Turnu-Severin, unde a fost repartizat după facultate tata, unde și-a găsit post și mama, unde ne-am antrenat 29 de luni în cartierul Crihala pentru viața din Drumul Taberei):

a'. împreună cu spiridușul meu (al cărui nume nu-l divulg, nu fiindcă a fost unul și n-au fost doi, ca Știm și Ștam, ci pentru că prea seamănă cu marca unui suc din zilele noastre) și urmărit din umbră de îngerul meu păzitor (al cărui nume nu vi-l spun pentru că eu însumi nu l-am aflat niciodată), am încins un foc în camera mare, pe-un preș de iută, la care am folosit un teanc de ziare, două cărți cu povești urîte și un sul de hîrtie igienică. Din fericire, n-am intenționat nici o clipă să fie un foc de tabără, cu vîlvătăi, scăpărător, ci, tocmai, unul mititel, ca-n prerie, să nu mă încolțească fețele palide ori triburile dușmane după dîra de fum. Resturile covorașului le-am înghesuit la sfîrșit în coșul cu rufe murdare, iar cenușa și scrumul le-am împins cu mătura sub patul meu din camera mică. Mama n-a vorbit cu mine cinci zile, nici un cuvințel, cinci zile!

b'. în duminica aia am descoperit ce greșeală uriașă este ca, locuind în H 3, să te plimbi pe Valea Cernei cînd bîzîie bondarii, cînd razele soarelui se strecoară prin frunzișul arinilor și umplu cu punctulețe lucitoare rîul, cînd treci printr-o herghelie și inima îți bate fericit-speriată de parcă fiecare cal ar fi și prinț, și balaur, cînd mama și tata se pupă, cînd zgîndări cu un băț mușuroaiele de furnici, cînd clefăi gumă de mestecat sîrbească, roz, care imită țigaretele cu filtru, cînd intri desculț în apa rece ca gheața și ieși cît ai clipi, uimit și îngrozit, auzind rîsul părinților. Ei bine, după toate astea, cînd ajungi acasă (aici se vede greșeala), găsești o mare de caca și pipi în întregul apartament, pînă puțin mai jos de genunchi, o inundație ca la carte datorată înfundării coloanei de scurgere la etajul unu (cum explică oamenii mari), o situație pe care tu o numești infundație și, datorită bucuriei lingvistice a mamei, o transformi iarăși în rîs.

c'. cînd grădinița era închisă și cînd Ramona era și ea în vacanță, cu alte cuvinte atunci cînd nu ne țineam de mînă și nu coboram pe grămada de cărbuni din curte aplaudați și ovaționați de toți ceilalți, jucîndu-ne și noi, sub zîmbetele educatoarelor, de-a Nicolae și Elena Ceaușescu coborînd din avionul prezidențial, mă încuiau (după cum v-am mai spus) în casă. Într-o zi, să zicem joi, atunci cînd nu sînt trei ceasuri rele și nici nu se postește, tata s-a întors de la fabrică să ia un dosar uitat și m-a găsit în fața blocului. Nu spărsesem yala, nici n-o descuiasem cu un șperaclu. Pur și simplu ieșisem pe fereastra de la bucătărie, bucătăria noastră mică, cu butelie, de la etajul doi. N-a fost ideea mea, recunosc, mă învățase Cerasela să leg două cearceafuri și mă așteptase pe copertina de la intrarea în bloc (a fost, în fond, primul rapel din viața mea, unul premonitoriu, fiindcă aveam să fac armata la vînători de munte). Trecusem după aceea de pe copertină în casa scării, tot pe-o fereastră, și ajunsesem afară, de unde, ce-i drept, nu mă mai puteam întoarce sus. Noroc cu tata, care, în afară de faptul că mi-a tras niște palme cît opt injecții cu moldamin, avea cheile de la ușă în buzunar.

d'. vara e așa o căldură în Severin, o clocеală, că încerci să te ascunzi la umbră pe unde nimerești. Noi ne-am ascuns între niște tufe din cimitir, ne-am întins păturica pe-o piatră mare de tot (pe care cineva cioplise niște litere și niște numere), ne-am aranjat lucrurile prin casă și ne-am apucat să gătim într-o cutie de conserve ruginită (în care cineva aprinsese niște lumînări), eu am adus patru rîme, le-am rupt bucățele și le-am lăsat să fiarbă în tocăniță, fetele au mărunțit petale de trandafiri, boboci de crăițe, frunze de stînjenei, au presărat pietriș și praf, au amestecat bine în oală, să nu se prindă de fund, și, cînd a fost gata, au pus mîncarea în farfurii (niște bucăți de ziar rupte cît mai rotund). Dup-aia, dacă tot ne jucam de-a mama și de-a tata, a trebuit să ne dezbrăcăm în pielea goală și să stăm și noi prin casă, să ne uităm la televizor, ne-am agățat hainele în cuier, o cruce de lemn (pe care cineva cioplise niște litere și niște numere), dar tot nu era bine, fiindcă mama și copilul n-aveau puțe, așa că am căutat două bețe mici și le-am potrivit cum trebuie, ca să aibă și Cerasela și Lori cîte-o puță, ca toți oamenii.

e'. ne-am mutat din H 3 în H 4 seara, ca să nu se uite la catrafusele noastre toți vecinii, căram boccele și pachete mai puțin de-o sută de metri (doar nu era să fi luat un camion), pe urmă iară și iară, coboram de la doi, mergeam pe pămîntul ca o bătătură, urcam la trei, într-un apartament identic (dar cu ferestrele spre sud și-n care nu se petreceau infundații), blocurile fuseseră lăsate la cărămidă și balcoanele fără balustradă, o femeie scutura niște trențe la etajul patru și rîdea la glumele unor bărbați de jos, parc-ar fi gîdilat-o (asta s-a întîmplat la al șaptelea nostru drum ori poate la al nouălea), a alunecat apoi la drumul opt sau poate la zece, prea se hăhăia cu ăia și nu era atentă, a țipat groaznic, nici n-a încercat să dea din brațe, cine știe, poate ar fi reușit să zboare, a aterizat foarte aproape de mine și de tata, direct în șpagat, cu un urlet care sigur nu era al victoriei. Fac această comparație pentru că mai tîrziu, în Drumul Taberei, de cîte ori o vedeam pe Nadia aterizînd, iar Țopescu urla ca scos din minți, mă gîndeam la femeia aia, la șpagatul ei și la urlet.

f'. fondul însorit din H 4 nu mi-a priit, nu-mi făceau bine nici altitudinea (era totuși un etaj în plus) și nici noul peisaj din fața geamurilor (care conținea o Pobeda bej, parcată de-a latul). Chiar dacă noua cameră mare era la fel ca vechea cameră mare, nu mi-a mai ars de jocuri de-a indienii, de rapeluri sau de altceva. Cînd mă încuiau în casă (după cum v-am mai spus), mă lipeam pur și simplu de un scaun și nu mă clinteam.

Mi-era atît de frică de duhurile rele, cu ochii lor bulbucați, cu ghearele, cu schimonoselile și cu boturile lor rînjite, încît așteptam ore în șir să vină hoții. Fiindcă hoții te scapă de duhuri. Hoții n-au venit niciodată, iar eu, care nu mă mișcam din loc, care priveam ușa de la baie ca pe cel mai îndepărtat și mai înspăimîntător loc din lume, am făcut de cîteva ori pipi pe perete, doar nu era să fac pe mine.

g'. Pobeda bej pleca pe pămîntul ca o bătătură și ridica nori de praf, pleca prin băltoace și arunca stropi ca o șalupă, pleca prin zăpadă și lăsa în urma ei șanțuri, dar se întorcea uruind în același loc, ca s-o văd eu pe fereastră parcată de-a latul. Mai era și treaba cu Fane din a șasea, care de obicei îmi trăgea palme peste ceafă și zicea că am capul ca o lubeniță, care după fiecare etapă ori meci din cupă mă alerga, mă prindea, îmi sucea mîinile la spate și-mi dădea bobîrnace în urechi (și ce urechi clăpăuge!) pînă cînd mă ustura așa de tare, că începeam să plîng și, cînd plîngeam, lui i se părea că accept și recunosc că Nelu Oblemenco e mai bun ca Lucescu, Lucescu care în vremea aia nu era nea Mircea, era și el o extremă dreapta cu centrări covrig, un tătic grijuliu care precis îi aducea lui Răzvănel munți întregi de gumă sîrbească, roz, ca țigaretele cu filtru. Și într-o miercuri, cînd campionatul era întrerupt, iar în Severin nu-și mai amintea nimeni de cupă, fiindcă Rapidu bătuse Știința în finală și patruzeci de zile nu e bine să-i tulburi pe morți, Fane mi-a împrumutat praștia lui. Și a zis că nu pot să nimeresc Pobeda. Și Pobeda nu mai stătea de-a latul, pentru că eu nu eram sus, în camera mare sau în camera mică, ci eram jos, pe pămîntul ca o bătătură, într-un loc din care Pobeda se vedea parcată de-a lungul. Și normal c-am nimerit, am nimerit din prima, i-am făcut parbrizul pulbere, am umplut capota de cioburi mici și albăstrii (ca solzii de plătică), iar Fane m-a alergat, m-a prins și mi-a sucit mîinile la spate pînă au venit plutonierul și nevastă-sa (asistenta care îmi făcuse odată moldamin, cînd eram răcit), țipau roșii ca racii fierți, el în pijama, ea în capot, au venit pe urmă toți și Fane le-a zis că țin cu Dinamo. Mai tîrziu a venit și tata (care ținea cu Steagu), pe urmă a plecat, nu chiar imediat, peste vreo două zile, a plecat la București să cumpere un parbriz de Pobeda cu banii lui de concediu pregătiți să mergem la Sarmizegetusa.

h'. H 3 și H 4.

Pauză de miracole (piua): ca să am răgazul să repet că miracolul A, cu stufoasele lui puncte și subpuncte, s-a petrecut înainte de viața în Drumul Taberei, a fost practic un miracol pregătitor.

Miracolul B: Harun Al Rașid era de ceva timp la război, își iubea țara și vroia s-o apere. Dar își iubea și soția, așa că, după ce c-o păzeau eunucii de oamenii răi, Harun Al Rașid, fără știrea ei, mai aranjase s-o păzească și djinii lui credincioși, ca să nu se întîmple cine știe ce. Și știți ce s-a întîmplat? Eunucii ăia nu erau eunuci, se prefăceau că sînt eunuci, dar de fapt puteau să facă tot felul de lucruri și, cum și femeii îi era dor de ce-i făcea Harun Al Rașid cînd era pace, ea s-a înțeles cu eunucii să-i facă ei lucrurile alea sau, în fine, să le facă împreună. Noroc cu djinii. S-au înfuriat groaznic de ce-au văzut prin iatacuri și s-au băgat sub palat (pe la fundații, cred) și-au început să-l zgîlțîie cu toată forța lor, tare, tare de tot, ca s-o pedepsească pe soția lui Harun Al Rașid și pe eunucii care mințiseră că sînt eunuci. Și atunci, cînd citeam în *O mie și una de nopți* cum se zgîlțîia palatul și ce supărați erau djinii, chiar a început să se zgîlțîie tot, deși blocul din aleea Băiuț nu era un palat. Pereții și mobilele trosneau, lampa se balansa de parcă m-aș fi suit pe-un scaun și i-aș fi dat vînt cu mîna, jucăriile, caietele, cărțile, creioanele tropăiau pe rafturi, pe policioare și pe masă, veioza sălta pe noptieră, chiar și eu, oricît m-aș fi străduit să stau locului, alunecam către marginea patului, dar cel mai cumplit era zgomotul, clănțănitul geamurilor în cercevele, bîțîitul ușilor, niște bufnituri, apoi o bufnitură mare, un vacarm care răzbătea din altă parte, obiectele care se săturaseră să tropăie și cădeau pe podea, djinii ăia erau apucați de streche, oricît de credincioși i-ar fi fost lui Harun Al Rașid prea semănau cu duhurile rele din Crihala și năvăliseră în Drumul Taberei, nu pricepeam cu ce-am greșit eu, un copil de nouă ani (mai inofensiv ca eunucii), și am aruncat pătura și am sărit în picioare și pe culoar m-am întîlnit cu tata, care venea pe trei cărări, sculat din somn, în chiloți, fără ochelari pe nas, și a apărut și mama, a ieșit din baie, udă, doar cu un prosop în jurul corpului. Eu încercam să le spun despre djini (ca să înțeleagă), bolboroseam, tremuram și mă încurcam în cuvinte, ne clătinam toți trei ca pe-o corabie în furtună, mama mă strîngea la piept, mă mîngîia pe păr, a înțeles deodată ce era cu djinii și mi-a zis că e cutremur. Era cutremur, știți, un mare cutremur și, cînd am aflat asta, m-am liniștit. Tata se trezise de-a binelea, ne-a tras sub tocul unei uși (tata se pricepea foarte bine la ce trebuie făcut cînd e cîte-un cutremur), ne sprijinea cu brațele și am stat acolo lipiți unul de altul, mult, mult de tot, pînă cînd obiectele s-au potolit, trosniturile, tropăiala, clănțănitul, bîțîitul și bufniturile au încetat, lumina electrică s-a oprit, a rămas doar lumina lunii (o lună mare și roșiatică) și au început să tropăie oamenii, să iasă din blocuri ca furnicile din mușuroaie, să țipe și să fugă, cred că lor nu le spusese nimeni că a fost cutremur și n-a fost furia djinilor abătută peste Drumul Taberei. Pe urmă am dibuit cu lumînări ce fusese bufnitura mare dintre bufniturile mici, fusese televizorul, căruia îi plesnise ecranul ca un parbriz de Pobeda țintit cu praștia. Înainte de-a adormi, mama mi-a povestit cum dintr-o ciupercă cu picățele albe ieșeau o groază de pitici, care fugeau printre floricele și printre firele de iarbă din poieniță și țipau fericiți, la fel ca oamenii de afară.

Miracolul C: mă așezam pe sanie, țineam bine de lesă și doar șopteam hai, Kita, hai! și se opintea din trupușorul ei lunguieț, puțin mai închis la culoare ca mierea, pînă urnea sania din loc, asta era mai greu, după aia alerga ca o nebună, cu gura deschisă și cu limba atîrnînd într-o parte, în vînt, auzeam cum ne bat inimile, cum ticăie ca două ceasuri de bucătărie, cum își potrivesc încet, încet cadențele pînă se aude un singur ticăit, cine mai avea de la Valea Ialomiței pînă la Valea Argeșului așa un cîine?, nimeni, vă zic precis, nimeni.

Miracolul D: D 13, cu patru scări, cu patru etaje, cu patruzeci de apartamente și noi la ultima scară, la ultimul etaj, ultimul apartament, la nord.

Miracolul E: profesoara de spaniolă stătea picior peste picior, fusta profesoarei de spaniolă stătea răsfrîntă într-o parte și-n alta, eu stăteam în picioare lîngă catedră și urmăream cum profesoara de spaniolă îmi corecta cu cerneală roșie o compunere, pulpa stîngă a profesoarei de spaniolă era dezgolită, ziua era însorită, pantoful cu toc al profesoarei de spaniolă se bîțîia ușor, pe compunerea mea cu cerneală albastră pulsau tot felul de semne roșii, pulpa stîngă a profesoarei de spaniolă se colora în cafeniu cînd vreun norișor aducea un pic de umbră, aș fi vrut să fi scris o compunere lungă, lungă, cu destule greșeli, fiindcă pulpa stîngă a profesoarei de spaniolă ațipise, sigur ațipise, se vedea după cum respiră și nu merita trezită pentru nimic în lume.

Pauză de miracole (iară piua): ca să-mi trag și eu sufletul și să precizez că toate miracolele astea și-au găsit loc în calendare înainte de ziua, ora, minutul și clipa nașterii lui Matei; ca să mă gîndesc dacă e bine să continui.

Miracolul F: băieții pe Anfield Road, Dumnezeule, și inima mea țîțîind încă de dimineață, mai întîi o inimă cît un triunghi de brînză topită, cît o prună după orele de chimie și geografie, cît o ridiche după toate orele, la prînz ca o cireașă, după-amiaza cît un cățel de usturoi, seara, lîngă un dinamovist (Matei) prea mic ca să tremure în așteptarea unui meci așa de mare, o inimă ca o boabă de piper. Pe urmă seara s-a făcut noapte, mama și Matei s-au culcat, în apartamentul 40 s-a întins liniștea țiuitoare dinaintea bătăliei și inima mea s-a făcut cît un purice fiindcă trupele (ambele sub steaguri alb-roșii) nu aveau să se înfrunte în zori, cum se obișnuise secole de-a rîndul, ci peste o jumătate de ceas, la fluierul unui tip în șort și tricou negre, nu la semnalul trompeților și gorniștilor. Și cum să nu fi țiuit liniștea în momentele alea, cum să nu fi bîzîit ca un transformator electric cînd mustața lui Ian Rush tocmai se zburlea într-un vestiar, cînd pupilele lui Kenny Dalglish prindeau să sfîrîie și să scapere ca jarul, cînd Whelan fornăia ușor, iar palmele lui Țețe Moraru, în celălalt vestiar, creșteau văzînd cu ochii, împreună cu chica Țînțarului și cu pofta de samba a lui Gigi Mulțescu. Secundele se leneviseră, treceau șontîc, șontîc, rămîneau întruna mai mult de o mie, am renunțat să le mai țin socoteala și am dat pe programul doi. Acolo, o fată cu părul negru legat în coadă și un tînăr blonziu se iubeau grozav și s-au logodit și a început războiul și cele două echipe trebuie să fi ieșit la încălzire și el a trebuit să plece pe front pentru măicuța Rusie și ea era așa de frumoasă și de tulburată și el i-a dăruit un coșuleț cu alune pentru că ea era veverițușca lui și la fundul coșulețului, sub alune, era ascunsă o scrisoare de dragoste, dar ea n-a știut și a alergat după camionul cu care el, în uniformă, pierdut într-un șuvoi de uniforme, pleca pe front și imnul „You'll Never Walk Alone“, intonat de zeci de mii de glasuri, trebuie să fi vuit dincolo de danele portului, pînă deasupra mării, și el avea un frate pianist care o curta la rîndul lui pe fata cu părul negru legat în coadă, un frate care nu fusese chemat sub arme pentru că armata roșie avea și ea nevoie de puțină muzică (nu numai cormoranii) și niște conțopiști vlăguiți de atîtea retrageri din fața nemților și de atîtea pierderi de vieți omenești le-au trimis o misivă oficială, ei și fratelui pianist, anunțîndu-i că el a murit și ea a plîns, a plîns, a plîns pînă s-a măritat cu pianistul și cine știe cum ataca F.C. Liverpool și ea a rămas însărcinată și pianistul a început să bea și s-o lovească și, într-o bună zi, fata a găsit scrisoarea de dragoste ascunsă în coșulețul cu alune, a citit-o și a plîns, a plîns, a plîns, mai ales că a mai primit o scrisoare, tot de la el, care de fapt nu murise și lupta cu bravură și cine știe cum rezista apărarea lui Dinamo și pianistul se purta ca o cizmă și ea a născut un băiețel și el, aflînd pe front ce s-a întîmplat acasă, s-a aruncat în calea gloanțelor inamice într-o misiune nobilă, și-a salvat camarazii și s-a stins și cine știe cum s-ar fi clădit istoria dacă smocul acela de iarbă (blestemat) n-ar fi schimbat traiectoria șutului cînd Oneață Augustin a pornit singur de la mijlocul terenului, a trecut ca un bolid pe lîngă fundașii insulari, l-a păcălit pe Grobbelaar și mingea a mușcat bara și el, înainte de a-și da duhul, a văzut o lumină blajină risipindu-se prin frunzișul mestecenilor, o lumină din ce în ce mai intensă, reveria propriei lui nunți cu fata cu părul negru legat în coadă, așa de frumoși unul lîngă altul, el în frac, ea într-o rochie ca spuma laptelui, radiind amîndoi sub cîntări pravoslavnice și cine știe cum ar fi fost dacă n-ar fi fost golul insipid al lui Souness și pianistul băutor, brutal, curvar și cartofor a primit din partea sorții ce merita și, cînd s-a proclamat pacea, deodată cu încheierea meciului, fata a plecat să-și aștepte iubitul într-o revărsare de soldați fericiți, într-o gară, neștiind că el ajunsese în armata îngerilor (conțopiștii n-o mai înștiințaseră a doua oară asupra decesului sau pianistul tăinuise vestea, nu-mi mai amintesc) și un vlăjgan de la infanterie i-a smuls copilul din brațe, l-a ridicat către cer și a rostit niște vorbe memorabile despre viitor și după aceea a scris pe ecran koneț filma, în alfabetul slav, și eu, ca dinamovist aprig, cu lacrimi în ochi, am aflat că văzusem *Zboară cocorii*, și nu semifinala Cupei Campionilor Europeni. Ratarea lui Oneață Augustin și golul nesărat al lui Souness mă urmăresc datorită reluărilor televiziunii, iar scîncetul pe care mi s-a părut că-l aud în noaptea aia, spre sfîrșitul filmului, se explică abia acum. Erau Știm și Ștam, care probabil plîngeau împreună cu mine.

5

Frații pot scrie împreună un roman

Destinatar: Matei Florian, aleea Băiuț, numărul 1, bloc D 13, scara D, etaj 4, apartament 40, sector 6, București.

Expeditor: Matei Florian, etaj 1, sector 5.

Iubitul meu Matei,
cîteva lucruri trebuie lăsate deoparte – eu
care devin tu atunci cînd scriu, tu
care o să devii eu peste 20 de ani, timpul
ăsta stupid: atunci sau cîndva, cel mai
bine
e acum: dormi, Matei, mama
a lăsat veioza cu lumina verde aprinsă,
Bau-
-Bau te-a pîndit ce te-a pîndit de acolo, după
colțul umbros al camerei lui tata (veșnic
așa,
întunecos, de acum pînă pururea și-n vecii
vecilor amin) n-are
nimic a face dacă tata va
mai veni vreodată va aprinde lumina va
cere senvișuri va citi va pleca
iarăși, pentru totdeauna altundeva, ce
contează e aici și acum cum

el așteaptă să-ți țiuie urechile de atîta
întuneric și
mai ales tăcere ca
să se desprindă de unde e ascuns, un
om cu ochi fosforescenți care plutește într-un
sac negru, invizibil, o
bucată de întuneric mișcătoare, cel
mai bine e să-i ardem una peste bot, Bau-
-Bau tîmpit, marș din scrisoarea asta
în care Matei doarme
în care cocorii încă mai zboară prin sufra-
gerie
în care Oneață Augustin nimerește bara
fără să-l observe cineva
în care Anglia e atît de departe printre
cețuri și lumini de reflectoare, nu
se poate altfel, nu putem începe alt-
cumva, e
clar că
numai de moaca lui rînjită n-avem noi
chef acum, să
intre să ne deranjeze să ne încremenească,
ușcheala
jigodie, e
destul c-am apărut eu pe aici nebărbierit
cu pixul în mînă în capitolul cinci, gata
să te trezesc, Matei, sau mai rău, să te
sperii, tu, Bau-Baule,
unde crezi că mai încapi, fă pași, lasă-ne
singuri, e
musai să fac asta, să iau pacostea de
pe capul nostru, să rămînem singuri
unul cu altul, eu
aici și tu acolo, împreună
de parcă așa ar fi de cînd lumea,

de parcă ăsta ar fi cel mai normal lucru
cu putință
(un Matei mic și un Matei mare
sporovăind fără vorbe
într-o carte în care e tîrziu, e noapte)
așa, pur și simplu, fără ca eu să
fiu vrăjitor și nici măcar altă bazaconie
clarvăzătoare, fără să
fie nevoie de altcineva decît
de Filip și de „scîncetul pe care mi s-a
părut că-l aud în noaptea aia,
spre sfîrșitul filmului", de scîncetul ăsta
care mi se
pare mie că are nevoie de explicații, de
Știm
și Ștam care poate că plîngeau (deși eu
nu mi-i amintesc să fi plîns vreodată) și
de nevoia asta, poate
ridicolă,
de a da naibii timpul trecut,
de a abandona pentru cîteva pagini povestea,
de a intra în timpul prezent ca într-o piua
unde
totul se liniștește unde
îmi pot aminti că cea mai frumoasă căsuță
din lume e sub plapumă unde
mai pot asculta cu mîinile la urechi cum
trece trenul pe dinăuntru ca pe un pod
care zăngăne ușor
spre coșul pieptului și chestia aia pe care
mama o numește stomac unde
în sfîrșit îți pot scrie îl
pot afurisi pe Bau-Bau îți pot explica unele
chestii despre

literele astea șmechere,
singurele care ne
pot apropia unul de altul mai
mult decît orice fotografie și orice amintire, e
de ajuns să crezi, să
nu le batjocorești să nu le preacurvești să nu le iei cuvintele
în deșert, literele astea care
trebuie să sufere un
ocol cumplit, să bîntuie coclauri să
se furișeze pînă la tine, pe
care nu le poți citi decît
așa,
în vis, de
care trebuie să
mă împiedic și să dau socoteală, în
care trebuie să
mă regăsesc pe mine în tine, afurisită treabă să
apari tiptil ca un
hoțoman cumsecade ca un
tîlhar drăgăstos care
face plecăciuni care
spune bună seara care
se golește pe sine ca să se umple de tine care
dă iama peste tine se cuibărește în tine care
te fură cu totul care
are nemaipomenitul tupeu, nemaiauzita îngîmfare să
se pretindă tu, auzi tu, ca să
se îndepărteze apoi, cu
nesfîrșită dragoste, cu cea mai parșivă umilință,

aici într-o carte capitolul cinci, unde
eu redevine *tu*, iar eu nu mă mai bag unde
nu-mi fierbe oala și
toate astea
ca să te pipăi și să urlu: ai fost!, moașă-sa
pe gheață, cumva trebuie să mă ierți, să
mă strîngi în brațe și să-mi zici noi, măcar
pentru ca
lumea să
ofteze să aplaude și să strige
bis mai vrem, vai ce frumos, măcar pentru
fratele nostru mai mare,
Filip, pentru
tristețea care trebuie să-l fi cuprins la
moartea lui Kita, cîinele
ăla pe care noi n-am apucat să-l mîngîiem
niciodată, care nu
înseamnă pentru noi nimic altceva decît
o fotografie alb-negru, atît, și poate
literele alea mari, de cariocă verde pe
care mama ni le-a citit demult
„astăzi a murit Kita“, apoi
ziua și luna și anul cu altele ceva mai
mici, la
fel de verzi, sau poate pentru
vrăjitoriile lui,
vrute: el care le transforma pe fete în băieți
cu un simplu băț care nici măcar nu
era magic,
și nevrute: el care a adus pe lume un
cutremur grozav doar pentru că l-a citit
într-o carte,
ca și cum
Uca ți-ar spune o poveste despre păsări
și ele ar începe,

dintr-odată să
zboare ca nebunele prin tot apartamentul
40 să
se izbească de geamuri și pereți să
găsească într-un tîrziu fereastra și să
se ascundă, poate
în plopii din curtea școlii, printre
vrăbiile și gugușțiucii ăștia din Drumul
Taberei,
ca și cum
ar fi noapte într-o carte și noi
chiar am sta de vorbă într-un vis de-al tău
un vis de-al tău cu un Matei mare care
boscorodește ceva despre
o scrisoare, un roman, despre iertare și
alte
bazaconii, lucruri d-astea pe
care trebuie să fii nebun să le visezi atîta
timp cît o ai pe Setița Kindo și mai știu
eu ce
alte labirinturi cu pești prin
care, mă rog, voi ăștia
mici găsiți întotdeauna ceva de făcut, o
scoateți la capăt într-un fel sau altul, iar
dimineața mergeți la grădiniță și așa
și pe dincolo, chestii importante nu
baliverne mizilicuri mustrări de conștiință
mai
mult sau mai puțin improbabile care
n-au ce
căuta în visele unui om întreg la cap, și cu
atît mai puțin
în cele ale unui copil, vezi, pentru
toate astea trebuie să mă ierți, sînt
mincinosul care roade osul sînt

Ioan nebunul care trage cu tunul sînt
un nene care latră și mușcă sînt
gata să fiu băgat în cușcă,
îți inventez vise pe
care nu le-ai visat niciodată, te
iau de unde ești și te
aduc altundeva, aici, îmi
zic că atît
timp cît poveștile tale mai mișună prin
mine înseamnă că
nu sînt un bulangiu așa de mare, că
mai am șanse de scăpare mai pot fi sal-
vat te
mai pot afla pitulat prin mine mai putem
sta de vorbă, fără
să-mi dau seama că
nu am nici un merit că
nu ți-am cerut voie că
doar tu îmi îngădui să
te găsesc să te îngrădesc în povești sau
scrisori, ce să
zic: mersi
nenicule că m-am trezit și eu acuma să
fac pe politicosul – domnule Matei Mic...,
îi dați voie lu' Matei Mare să se joace un
pic cu dumneavoastră?,
ieșiți nițel afară?,
vă mai uitați la returul Dinamo-Liverpool
cum
alunecă bou' de Al. Nicolae și
mustăciosu' de Rush îi
dă gol lu' Moraru, pe urmă rîde și aleargă,
iar
ecranul se împarte în
patru la reluare, atît cît

să simțiți că-i prea mult,
că nu se mai poate, că
asta trebuie să însemne tristețea deznădej-
dea nefericirea trădarea, atît cît
să vă închideți în baie și să
vă bușească plînsul, ca să
scriu și eu, dacă nu vă supărați prea tare,
toate
astea și să
duc povestea mai departe?,
îmi mai împrumutați niște simțiri
speciale ca să par și eu mai șmecher?,
îmi spuneți ce veți face mîine, ce-ați
făcut ieri și așa
mai departe ca să
nu mă mai contrazică fratele meu
care e și al dumneavoastră?,
vă mai lăsați folosit un pic, doar atît cît
să nu m-apuce durerea de cap că
v-am spus *eu* dumneavoastră?,
asta e, Matei, pe bune, dacă
ar fi după mine, mi-ar
fi de ajuns să te știu acolo,
bine, sănătos și înconjurat de soldăței cu
care porți bătălii nemaivăzute, te-aș
lăsa să mă cotropești fără nici o remușcare,
m-ar
durea în cot de
toți și de toate, numai că e
bine să știi că
oamenii mari au un Bau-Bau invizibil care
îi ține în lesă, pe
unii mai mult pe alții mai puțin, o

dihanie d-asta parșivă care nici măcar n-are
curaj să ți se arate, barem să știi cu cine
lupți,
da, cre'
că tre' să fie neapărat un schepsis și
în treaba asta, prea uităm mulți lucrurile
mișto, lucrurile importante, prea ne
dăm de ceasul morții cînd
nu vă mai găsim, prea ne
bușește starea asta că trebuie
să vă cerem iertare, prea vrem
ca soldățeii noștri
să cucerească alte lumi în
care să
ne simțim mai bine, să
fim singuri, fără
Bau-Bau prin preajmă sau alte sperietori
de oameni mari (noi și cu
toți Mateii noștri
mici și mari
de la început pînă la sfîrșit,
bine mersi și fără nici o treabă
într-o poveste care nici nu mai trebuie
scrisă,
tihnită și atît), mă înțelegi, pînă una
alta, dacă jigodia nu dispare, ar
putea să meargă și așa cu
povești și cu scrisori care
să ne aducă mai aproape, eu și tu și
Filip și toată lumea, dormi Matei, cred că
fratele nostru tocmai o
să stingă televizorul, cred că
e sfîrșitul filmului ăluia și s-a

făcut tîrziu.
Și chiar nu are nici un rost să scîncești acum, Matei.

6

Măruntișuri, vechituri, oameni și omuleți

Tare trebuie să se mai bucure Mateiul mic! Cred că mușcă dintr-o plăcintă cu mere, bea sirop, citește și recitește scrisoarea primită de la Mateiul mare, mănîncă pufarin cu pumnul, ronțăie o pastilă de mentosan, suge un drops și se gîndește la lucrurile înșirate așa curios pe hîrtie, cum n-a mai pomenit prin cărticelele lui. Nu mă îndoiesc că destinatarul cu zulufi se află în posesia textului pe care tocmai l-am parcurs împreună (eu în calitate de frate al Mateilor, voi în calitate de cititori), doar într-o chestiune atît de personală, de intimă, erorile funcționărești nu s-ar fi putut strecura, fiindcă epistola n-a urmat traseul obișnuit, n-a avut nevoie de plic, de timbru, de ștampile. Precis nu un poștaș, ci un altfel de mesager a dus-o acolo unde era hărăzit să ajungă, printre soldăței și mașinuțe ori deasupra revistelor cu Rahan. Și ce grozav ar fi ca Mateiul mic, după ce se va lămuri cum arată viața și lumea douăzeci de ani mai tîrziu, să-i răspundă Mateiului mare! Adică să sosească deodată niște foi (dictando, veline ori în pătrățele), cu litere mari și stîngace, cu desene pastelate (căsuțe, brazi sau omuleți), care să probeze că *unul* și *altul* sînt (și nu sînt) același, că *atunci* comunică (și uneori chiar se contopește) cu *acum*, că timpul e ca apa unui rîu, curge într-un singur sens, dar poate fi străbătut înainte și înapoi. Poate nu degeaba Mateiul mic a spart oglinzile familiei cu o bilă mică și neagră de popice. Cu obrajii lui rontunjori, a intuit probabil că sticlele argintate, în ciuda semeției și licăririlor venețiene, ignoră trecutul și nu descifrează viitorul. E de bănuit că s-a întristat. S-a temut că oglinzile îl vor lega de prezent, de prezentul cel mai acut, de fiecare oră, minut și secundă și-l vor împiedica să comunice cu Mateiul altor vîrste. Și le-a făcut țăndări. Adormit înaintea meciului acela care a înfierbîntat blocurile (gata să le pună în pericol structura de rezistență) și a filmului care a mîngîiat cartierul ca un vînticel blajin (răcorindu-l), s-a foit în așternuturi, a fornăit și a respirat mai mult pe gură (din cauza polipilor), a visat, ce-o fi visat?, eu presupun că îngeri alb-roșii, fiindcă Dinamo juca semifinala Cupei Campionilor Europeni chiar în bîrlogul lui F.C. Liverpool, iar zborul cocorilor, invocat de titlul peliculei, s-a dovedit a fi doar o metaforă, un truc menit să înșele cenzura moscovită, fiind vorba în realitate de un fîlfîit de aripi mai fragil, mai tandru și mai stins decît al păsărilor călătoare, ivit mai întîi în camera mare a apartamentului 40 (din D 13), revărsat apoi prin fereastra deschisă peste Drumul Taberei. Dacă ar fi să vină scrisoarea de la Mateiul mic, dacă o să apară într-o bună zi pe masa, sub perna sau printre tricourile Mateiului mare, sper să cuprindă și povestea mică, foarte mică, a acelui vis.

Mi-e așa de dor de băiețelul care se dezvelea în somn! Știți, era frățiorul meu...

*

În ceea ce mă privește, eu nu mă încumet să-i trimit o epistolă Filipului mic. Mi-e frică să nu-l dezamăgesc, să nu-l tulbur. Puștiul care-mi purta numele, cu bărbia lui nemaipomenit de ascuțită, cu părul lins și bleg, dar cu păr, înțelegeți?, va fi nedumerit să se vadă azi cu barbă și chelie. Oricît ar încerca să se liniștească și să se împace cu gîndul că două decenii și jumătate (socotite de cînd Matei a ieșit de patru kilograme trei sute din burta mamei) provoacă o mulțime de schimbări, tot nu-și va reprima uluirea și nu se va mulțumi să recunoască în noua fizionomie (a mea, dar într-un fel și a lui) doar urechile clăpăuge și ochelarii de pe nas. Pe urmă, în seara în care mama prăjea cartofi și nu bănuia că o barză își va face cuib în burta ei și-l va cloci pe Matei, Filipul mic a scris pe-un șervețel, în bucătărie, că vrea să ajungă argitect și gebul. Or, ce s-a ales? Argitect în nici un caz, asta e clar, în familia noastră doar o mătușă s-a aplecat deasupra planșetei, cu pasiune, după ce toată copilăria, ca elevă într-o școală de muzică, stătuse aplecată deasupra harpei. Ar fi ușor, în schimb, să vă duc de nas și să vă spun că eu, Filipul mare, am îndeplinit cealaltă jumătate de dorință. Nimeni nu va ghici ce-i aia *gebul*, așa că m-aș putea lăuda în liniște cu o asemenea ocupație. Citind biletul sub sfîrîitul cartofilor din tigaie, bilet care e posibil să fi supraviețuit într-unul din sertarele ei pline de hîrtii și hîrtiuțe, nici mama n-a înțeles despre ce îndeletnicire era vorba. Și m-a rugat să traduc. De fapt, l-a rugat pe Filipul mic, aflat pe atunci în plin proces de îmblînzire a literelor (sau de alfabetizare). Vedeți însă cum se întîmplă, cam nedrept, amintirile lui sînt întotdeauna și ale mele, nu și invers, idealurile lui sînt de obicei eșecurile mele, iar gîndurile mele lui nici prin cap nu i-au dat. Înzestrați cu un certificat de naștere comun, cu același ADN și cu un singur înger păzitor, numai noi cunoaștem semnificația unui cuvînt necuprins în dicționare ori în nomenclatorul meseriilor. N-o să mă joc, n-o să vă mint și o să vă destăinui și vouă, așa cum el a mărturisit în bucătărie pentru mama, că *gebul* vroia să însemne *handbalist*. La capătul micului puseu de schizofrenie (convins că dedublarea seamănă cu o mașină de spălat – curăță omul, dar îl stoarce ca pe-o cîrpă, pînă la ultima picătură), recunosc că eu, Filipul unic, n-am avut și nici nu am de-a face cu ocupația asta.

Eu am fost portar de fotbal. La Steaua. La pitici. O treabă încurcată, fiindcă într-a cincea, cînd galeriile nu se înnebuneau după sex oral și nici după amorul cu mame (de arbitri, de jucători, de antrenori, de impresari, de funcționari federali etc. etc.), cînd se răgușea (și răgușeam) cîntînd „Trăiască România/ Trăiască tricolorul/ Trăiască și steliștii/ La fel ca Aldo Moro“ și „Vine, vine primăvara/ Se dărîmă clubul Steaua/ Iordănescu prin copaci/ Joacă fotbal cu gîndaci“, m-am găsit să mă duc în oborul din Ghencea, printre dobitoacele care pășteau pe-acolo și dădeau cu copita în minge. Deși în sîngele meu colcăiau microbi alb-roșii (bine asortați cu leucocitele și hematiile), am intrat de bunăvoie și nesilit de nimeni în mediul puturos de la capătul tramvaiului 41, un loc învecinat cu atîtea cimitire, năpădit de terenuri de antrenament cu iarbă și zgură, infestat cu viruși, bacili și streptococi gheboși, toți roș-albaștri. Adevărul gol-goluț e următorul: mi-am pus plonjoanele, reflexele, degajările, plasamentul, detenta, genunchii juliți și coatele vinete în slujba dușmanului. A fost groaznic. Sufletul meu se perpelea ca pe jar și, vă jur, la culcare parcă mirosea în cameră a inimă de cîine roșu arsă. Mă apăsa ceva pe piept, nu era pătura, nu era nici Fifi, pisica, dar atîrna greu, cam oprea respirația, trebuie să fi fost privirile mustrătoare ale băieților ațintite asupra mea prin întuneric, de pe perete, din afișul în care stăteau aliniați frumos pe trei rînduri, pe gazonul proaspăt tuns din Groapă, într-o zi însorită, cu nea Angelo Niculescu în mijloc, cu Lucescu pe vine, sprijinit cu palma dreaptă de pămînt ca să fie limpede cine poartă pe braț banderola de căpitan, cu Dinu privind în zare, către Spitalul de urgență sau către războaiele marcomanice, cu Dudu Georgescu undeva în margine, înalt, blond, cu plete ca o perucă. Am tot felul de scuze, de justificări, pot să explic cum s-a petrecut totul, cum un dinamovist convins a putut păcătui așa cumplit:

A. Problema prieteniei și a singurătății

a) într-a cincea, fiecare zi măsura 24 de ore; *b)* din 24 de ore, cam un sfert se topeau cu miuțe, perețelu, la mălai, tenis cu piciorul, băruța, măgărușu, douășuna, obligata, respinsa, centrata, cubaneza ș.a.m.d.; *c)* miuțele, perețelu, băruța ș.a.m.d. ș.a.m.d se jucau în fața blocului și-n curtea școlii; *d)* în fața blocului și-n curtea școlii roia de prieteni și amici; *e)* prietenii și amicii, în Drumul Taberei, erau în majoritatea lor zdrobitoare steliști; *f)* steliștii, cum îi țineau picioarele să meargă un sfert de oră pe jos, se duceau la Steaua; *g)* ca dinamovist topit după fotbal și prieteni, ca să nu fiu singur, m-am dus și eu la Steaua.

B. Problema transportului în comun, a banilor și a timpului

a) de pe aleea Băiuț pînă pe Ștefan cel Mare era cale lungă, se schimbau două autobuze și-un tramvai; *b)* în autobuze și-n tramvai mirosea a transpirație și a pîrțuri; *c)* mirosul de transpirație și de pîrțuri dura o oră la dus și o oră la întors; *d)* o oră la dus + o oră la întors = două ore; *e)* două ore + ora din stațiile I.T.B. (unde ți se lungeau urechile așteptînd patru autobuze și două tramvaie) = trei ore; *f)* trei ore de drum pentru un singur antrenament la piticii lui Dinamo era timp, nu glumă; *g)* timpul era puțin într-a cincea, fiindcă intram la școală la prînz, iar dimineața era scurtă; *h)* dimineața, nu știu de ce, urechelile controlorilor I.T.B. usturau cel mai tare; *i)* ca să nu fiu urecheat, trebuia să iau bilet;

j) un bilet I.T.B. era ieftin, șase erau scumpe; *k)* ce era scump însemna bani; *l)* n-aveam bani; *m)* n-aveam nici voie, ca băiețel într-a cincea, să merg zilnic în oraș; *n)* zilnic se făceau antrenamente și la piticii de la Steaua, în cartier; *o)* ca puști topit după Dinamo, ca să joc fotbal, m-am dus la Steaua.

C. *Problema fratelui mai mic*

a) într-a cincea, în vacanța de iarnă, s-a născut Matei; *b)* Matei era un bebeluș; *c)* cînd într-un apartament din Drumul Taberei apărea un bebeluș, apăreau și sute de treburi; *d)* cu treburile se ocupau, de obicei, mamele, tații și bunicile; *e)* tata era plecat pe șantiere, pe-o bunică nici n-o cunoșteam, cealaltă ne vizita o dată pe an, cînd aducea cremșnituri de la „Leonida“ și cruciulițe de alamă; *f)* cremșniturile erau gustoase, cruciulițele simpatice, iar treburile îmi reveneau mie, singur cu mama pe-acasă; *g)* dacă ieșeam la miuțe, perețelu, băruța ș.a.m.d. ș.a.m.d., se chema că mă jucam; *h)* nu puteam să mă tot joc cînd mama era frîntă de oboseală și erau atîtea de făcut; *i)* dacă mergeam la antrenamente, se chema că am o ocupație serioasă, iar treburile puteau să aștepte; *j)* ca puști topit după mama și Matei, ca să mai scap de treburi și să-mi mai văd de copilărie, m-am dus la Steaua.

Astea ar fi împrejurările în care s-a comis mîrșăvia. Disprețuiți-mă, huliți-mă, luați-mă în tărbacă, în derîdere sau în balon, batjocoriți-mă, uitați-vă chiorîș, în fine, simțiți-vă bine. Tot ce vă rog e să priviți faptele cu detașare, doar a trecut atîta vreme. De trădat, am trădat, dar la urma urmei eram un puști, m-am dus și eu la Steaua, nu m-am înscris în P.S.D. De altfel, cariera mea în Ghencea a fost scurtă și anostă. Antrenorul mă alerga de-mi săreau fulgii, cîte zece tururi de stadion, nici măcar în jurul terenului de joc, ci prin afara tribunelor, ca să fie mai lung. Dacă pentru atacanți, mijlocași sau fundași lucrurile aveau o brumă de logică, pentru un portar mi se părea o tîmpenie. Nu venisem acolo ca maratonist, dar tipul, cu ochi de șprițar și creier micuț, nu stătea la discuții cu mine. Îi plăcea să mă vadă stacojiu la față, leoarcă de transpirație, sufocat ca-n pragul crizelor de astm, cu picioarele împleticite și cu sufletul pilaf. Parc-ar fi ghicit că țin cu Dinamo. Pe urmă, după ce ne încălzea bine, ne împărțea în două, în trei sau în patru echipe, ne arunca niște mingi tocite, cu șiret, și ne lăsa să jucăm. Era ca la ping-pong, învingătorii rămîneau la masă, învinșii treceau în spatele unei porți și-și așteptau iarăși rîndul. El stătea pe margine și mînca semințe, uneori, rar, îl mai înjura pe cîte unul sau îi trăgea o palmă după ceafă. Nu știai dacă-i convine ce faci și, oricît m-am tăvălit între bare, oricîte șuturi și centrări am respins, oricîte ghionturi, pumni și bocanci am încasat, nu m-a băgat niciodată în meciuri din campionat. Dacă tata l-ar fi vizitat ca alți tați, cu damigene și sacoșe, cu plicuri, cu canistre de benzină, cu sticle și lădițe, poate aș fi apărat și eu în partidele oficiale. Dar tata n-o lăsa deloc mai moale cu șantierele lui, mai ales că se născuse Matei și Matei era bebeluș și, odată cu bebelușii, apăreau în casă o mulțime de treburi.

După vreo trei luni, nu l-am mai vizitat nici eu pe antrenorul ăla, deși visam să-i scriu pe capota mașinii, cu o șurubelniță, „Huo Steaua“.

*

E nevoie acum de clarificări, de precizări, altminteri povestirea devine înșelătoare. Există în textul acesta lucruri mici, spuse sau subînțelese, par mărunțișuri, dar nu sînt așa, fără lămurirea lor întregul n-o să fie întreg. Bunăoară, plăcinta cu mere din care mușca Mateiul mic nu era doar o plăcintă pătrată, acoperită cu zahăr pudră. Era un simbol. Mai întîi, pentru că mama n-a făcut în viața ei plăcinte, iar de cîte ori am rugat-o să facă, ne-a dat bani să mergem la cofetărie. Pe urmă, fiindcă plăcinta cu mere despre care e vorba, una grozavă, era specialitatea lui tanti Lucica. Or, tanti Lucica, sora unei mătuși prin alianță, e una și aceeași persoană cu Uca. Iar Uca a fost pentru Matei mai mult decît două bunici, mai mult decît șapte, a fost un înger păzitor pămîntean. Boieroaică, frumoasă (semăna într-o poză din tinerețe cu Liz Taylor, iar cînd i-am spus asta în garsoniera ei de la Frigocom, s-a îmbujorat și m-a pupat), a avut o căsătorie beteagă după ce soțul ei, avocat, a suferit la cîțiva ani după nuntă un accident de călărie. Lui i-au decupat o bucată din calota craniană și i-au pus în loc o placă de platină, ea l-a îngrijit ca o infirmieră și a suportat o lungă văduvie. Comuniștii i-au luat tot, au redus-o la rolul de arhivar într-un subsol de minister, umed, neîncălzit, unde, printre pînze de păianjen, căcăreze de șoarece, gîndaci și limacși, apăreau sub dosare și șobolani striviți. Își ajuta și-și împrumuta surorile chiar dacă avea o pensie mică și nu căpăta nimic înapoi, îi plăcea să meargă la cinematograf, la teatru, să călătorească cu autocarul. Cînd mama a trebuit să se întoarcă la serviciu după concediul postnatal, s-a înduplecat să-l îngrijească vremelnic pe Matei, mai mult din compasiune și ca să-și umple timpul decît pentru banii pe care-i primea. Apoi, înainte ca mama să găsească o bonă adevărată, așa cum fusese înțelegerea, s-a produs un scurtcircuit. Inima ei a înflorit (ca liliacul toamna, cum ar zice un gazetar mustăcios de la *România liberă*, altfel ziarul ei favorit, în special pentru rubrica de decese). N-a mai vrut să plece, cu vremea n-a mai acceptat nici să fie plătită, o certa pe mama că nu-i gătește cum trebuie copilului, că nu-i calcă și nu-i coase, s-a ofuscat cînd un băiețel mai mare, în parc, nu i-a dat lui Pușița o sabie, iar mai tîrziu s-a făcut foc și pară cînd un băiețel mai mic, tot în parc, i-a cerut lui Pușița un camionaș. Pușița era Matei, ați înțeles, iar băiețeii din parc erau răi și prost-crescuți. Uca a cerut o pungă cu *bisicuți* în alimentara de la Valea Ialomiței, croșeta veste, căciulițe și botoșei (mie mi-a croșetat un fular alb-roșu, lung, îl înfășuram de două ori în jurul gîtului și tot îmi ajungea pînă la brîu), se trezea cu noaptea-n cap, stătea la coadă în piață și ne aducea primele căpșuni din fiecare an, după zacusca ei te lingeai pe degete, a plîns cînd am pus la pick-up un disc cu Jean Moscopol, după mine nu se topea, dar îi eram drag. Într-o zi, vorbind cu mama (era precis o zi fără ploaie sau ceață), tanti Lucica a spus că, fără Matei, ar fi murit și n-ar fi știut ce e iubirea. Și i-a mulțumit. Și avea șaptezeci de ani. Pe la optzeci, cînd nu mai locuiam în Drumul Taberei și Pușița era la liceu, am văzut-o pe Uca aplecîndu-se și legîndu-i șireturile. Dumnezeu s-o ierte!

Stă scris apoi, tot pe la începutul capitolului, că epistola Mateiului mare către Mateiul mic trebuie să fi ajuns printre soldăței și mașinuțe ori deasupra revistelor cu Rahan. Nu e o informație de duzină, întrucît fratele meu, pe atunci preșcolar, mucos, pici, țîcă, pruncotean, codănel, cum vreți să-i ziceți, se refugia ore întregi în camera lui și desfășura ample mișcări de trupe, conducea războaie imaginare vorbind de unul singur, te privea mirat cînd deschideai ușa și te ruga fîstîcit s-o închizi la loc. Mașinuțele erau piese auxiliare, nu prea contau în atacurile de pe șesurile covorului, în retragerile precipitate sub pătură (unde cutele și pliurile formau peșteri și tuneluri) ori în regrupările din înălțimile bibliotecii. Rolul principal îl jucau soldățeii. Și nu pentru că așa e-n bătălii, ci pentru că Matei le împărțea suflete mititele, cîte unul pentru fiecare, iar apoi îi trata ca pe camarazii lui, omuleți cu firi, cu reacții, cu sentimente diferite. În privința revistelor cu Rahan, cum n-avea habar de orientarea socialistă a editorului, frati-miu era căzut în cap după ele. Îl adula pe sălbaticul blond, care nu pridídea să fie curajos, justițiar, viteaz, proaspăt bărbierit, agil, iscusit în mînuirea armelor și curtenitor cu femeile de grotă. A suferit nespus cînd acel homo sapiens exemplar, revoltat de apucăturile exploatatorilor rupeștri, a fost atins de-o săgeată otrăvită și s-a prăbușit fără suflare la marginea unei mlaștini. Atunci am văzut cu ochii mei că o săptămînă poate fi plumburie chiar și pentru un puști de grădiniță. Noroc că-n epoca de piatră ploua cîteodată torențial, stropii erau atît de deși, de mari și de pătrunzători, încît au fost în stare să spele veninul din rană și să alunge bacteriile care plănuiau o infecție. Rahan s-a făcut bine, îngrijit de-o brunetă amețitoare care nu se sinchisea că umbrela și pelerina nu fuseseră inventate; fata, în costumul ei de baie din blăniță de leopard, a aprins și a întreținut un foc, a pregătit leacuri și fierturi din plante, s-a mișcat unduios și tămăduitor printre stalactite și stalagmite; Matei s-a înveselit; viața a mers înainte.

Un alt pasaj incomplet este cel care-o privește pe mătușa arhitect. În ciuda episoadelor cu harpa și planșeta, ea n-a avut și n-a dobîndit vocația de-a sta aplecată în fața oamenilor; au împiedicat-o caracterul, principiile și durerile de spate. Ca fetiță, arunca cîte-o păpușă pe podea, țipa dăăă-mi-o! și zgîlțîia patul pînă-i era dată, zădăra cu bețe cîinii de prin curți, nu lingușea pe nimeni, își reclama drepturile în fața adulților de cîte ori se simțea păcălită sau ignorată. A emigrat în Germania în 1978, iar cînd a venit în prima vizită (împreună cu fostul soț și cu iubita lui nemţoaică), a produs o mică furtună. Pe aleea Băiuţ, printre Dacii 1100 şi 1300, Skodiţe, Trabanturi, Fiaturi 650 şi 800, Moskviciuri, Wartburguri şi Pobede, a parcat un BMW uriaş, cărămiziu, cu număr de Frankfurt. Timp de cîteva zile am fost celebru, doar exista o legătură directă între mine şi limuzina aia care avea ceva din sfintele moaşte, prea se perindau toţi s-o vadă şi s-o pipăie. Şi am mestecat gumă Doublemint pînă am obosit.

După aceea se pune o problemă antropologică, într-un fel şi etică: cum să fi trăit steliştii la fel ca Aldo Moro? Tipul, născut la 23 septembrie 1916 în Maglie, în sud-estul regiunii Puglia, jurist, membru în '46 al comisiei care elabora prima constituţie postbelică a Italiei, ministru al Afacerilor Externe şi al Instrucţiei Publice în '55, uns secretar al creştin-democraţilor patru ani mai tîrziu şi preşedinte al partidului ceva mai încolo, de cinci ori prim-ministru, om cu familie şi responsabilităţi, adept al colaborării cu porcii de socialişti în cabinetele pe care le-a condus, răpit de Brigăzile Roşii la începutul lui '78 şi, după eşecul tuturor negocierilor, asasinat la 9 mai acelaşi an, în fine, el, strălucit legist şi om de stat, ucis ca un cocoşel care urmează să devină supă, ce legătură ar fi putut să aibă cu năpîrliţii din Ghencea? Zău, ca dinamovist, sînt de părere că-i mai bine „muie, Steaua" decît „trăiască şi steliştii la fel ca Aldo Moro".

Descriind perpelelile mele nocturne (cînd în cameră parcă mirosea a inimă de cîine roşu arsă), apare în treacăt şi un nume: Fifi. E urmat de-o precizare: pisica. Or, nu-i posibil ca lucrurile să rămînă așa. Despre Fifi, draga de Fifi, sînt atîtea de spus! Era maidaneză, n-ar fi avut cum să se cuibărească pe pieptul meu într-a cincea, pentru că se adîncise printr-a treia în viața monahală, era cam schiloadă oricît ar fi mîncat, n-a prins timpurile cu Whiskas, Kitekat și nisip absorbant, dormea pe unde apuca (mai ales pe pernele noastre), făcea pipi și caca la baie, la sifonul din pardoseală, alerga ca o zăludă, n-a ținut nasul pe sus (ca domnișorică de apartament) și s-a aruncat în vîlvătaia amorului împreună cu motanul ăla de tomberon (care, pentru ea, a umplut de sînge alți motani de tomberon), după zile și nopți petrecute prin boxe și-n tufe s-a întors la etajul patru flămîndă, rebegită, jumulită, smotocită și cu burta gata să se umfle. Vara am plecat la munte, eu, ea și mama, în mașina unui unchi cu suflet de contabil, era cald, foarte cald, mie ca de obicei mi-era greață, ne-am oprit la mînăstirea Țigănești să întrerupem un pic transa mistică a străbunicii, unchiul și-a amintit din senin că fusese ofițer de intendență, că ținuse socoteala gamelelor, bocancilor, bonetelor, petlițelor și lopeților Linemann, a avut revelația că în stufosul inventar cazon nu figura nici o pisică și a luat hotărîrea s-o lăsăm acolo cu străbunica, s-o călugărim. Am protestat, am bocit, am zis tot ce mi-a venit la gură, n-am vrut să mă urc înapoi în mașină, m-au luat pe sus, în gît îmi apăruse un guguloi acru, care creștea, creștea, fiindcă mama n-a smuls valiza din portbagaj și nu le-a zis pa, nu i-a ocărît și nu i-a zgîriat cu unghiile pe fată. Fifi a rămas în iarbă tărcată și speriată, eu mi-am turtit nasul de geamul portierei, l-am mînjit cu lacrimi și muci, pe urmă, tot ce-am mai putut să fac, am vărsat pe ceafa și pe haina unchiului o vomă plină de jale și ură. Mama tăcea.

Ar fi cazul, pe urmă, ca prietenii și amicii din Drumul Taberei, amintiți în treacăt la punctul *A* (*Problema prieteniei și a singurătății*), subpunctele *d* și *e*, să se transforme și ei din noțiuni în personaje, să prindă chip. Măcar unii. Cum s-a întîmplat deja cu Luigi, mai întîi în '90, într-o proză scurtă a unui Filip foarte, foarte tînăr, cu destul păr, tipărită într-o gazetă literară. Cine știe de ce, Filip scria pe-atunci la persoana a III-a, iar însușiri și fapte de-ale lui erau împrumutate unui personaj imprecis conturat, Andrei M. O să vă las să citiți, ca să aflați cîte ceva despre Luigi:

Rahatul

Sau atunci cînd plecase cu un prieten din blocul de alături, într-o după-amiază, n-avea nici zece ani, se plictisea, strada era pustie, se duseseră la grădiniță, unde fratele ăluia onora grupa mare. Mîncau biscuiți ca să-și găsească o ocupație, asta pînă au traversat curtea școlii, cînd s-au săturat de gustul ăla făinos și fără nici un Dumnezeu și s-au gîndit să-i arunce. Erau pe maidanul plin de buruieni de sub ferestrele laboratorului de biologie, ocoleau bălțile fără să le prea ia în seamă, discutau despre un film de război care rulase la cinematograful din piață. În rahatul de cîine călcase amicul lui, Luigi îl chema, nu era țigan, mai curînd mă-sa fusese amorezată de vreun cîntăreț italian în timpul sarcinii sau cînd îl botezase. Îl fleoșcăise zdravăn, se murdărise și pe tenişi, avea cultul tenișilor altminteri băiatul ăla, bă, zicea, ca să simți mingea ca lumea pe picior, trebe neapărat să joci în teniși, în fine, înjura și el cum se pricepea mai bine dihania cît vițelul care abandonase pleașca pe lume. Pe atunci erau prea puștani ca să se suporte rîzînd unul de altul, așa că au aruncat cu pietre în ochiurile de apă, s-au stropit de sus pînă jos, arătau ca porcii. Ideea i-a venit lui, personajului principal, Andrei M., care, așa cum am mai spus, era copil în vremurile acelea. Adică ce-ar fi, mă nene, să mînjim noi biscuiții cu porcăria asta, să facem un fel de senvișuri. În curtea școlii ieșiseră copiii de la semiinternat, băieții alergau după o minge spartă, fetele jucau „țară-țară, vrem ostași", profesoarele nu se zăreau, dar era imposibil să nu fie și ele pe undeva, într-un loc mai însorit, croșetînd și trecînd în revistă meniurile casnice ale săptămînii. Știa foarte bine toate astea, avea semiinternatul în sînge, nici nu era nevoie să se uite în spate, înspre școală, după strigăte și chiräituri putea să descrie tot ce se întîmpla. Era ora la care începeau să apară părinții, și el aștepta mai mereu pînă la cinci-șase, ziua aia fusese o excepție, scăpase maică-sa mai devreme de la serviciu și-l luase acasă. Îi cunoștea pe toți, erau camarazii lui, oameni serioși cu care catapulta bucăți de pîine la masa de prînz și cu care slăbea șuruburile de la paturile pliante ale fetelor atunci cînd pedagogul ieșea pe culoar să fumeze. Ungea biscuiții tacticos, fără grabă, parcă-l gîdila ceva pe dinăuntru, lua cu un băț din resturile digestiei cîinelui și întindea cu grijă, puțin cîte puțin, pînă arăta totul aidoma cremei de la eugenii. Țipase o femeie care trecea pe poteca dintre bălți, ce-i tîmpenia aia pe care-o fac?, se dăduse la ei chiar, o gospodină pursînge, mare, grasă, cu sacoșe în mîini. Nu izbutise să-i prindă, își obosise degeaba varicele, o auzeau drăcuind undeva în urmă, la mai bine de o sută de metri. Erau pe terenul de fotbal deja, ronțăiau biscuiții păstrați curați, pe ceilalți îi ofereau cu larghețe în stînga și-n dreapta, ca pe cea mai firească faptă din lume, mai trăncăneau cu unul și cu altul, aiureli. Doar doi băieți au poftit, oricum gustarea se împărțise cu un sfert de oră înainte, foamea nu era prea mare, totuși ce însemna și gustarea cînd era vorba de stomacuri sănătoase? Unul mai durduliu a hăpăit și a tulit-o după mingea care tocmai trecea prin dreptul lor, n-a comentat, nici n-avea timp s-o facă, mișca din fund ca o văduvă și tot încerca să tragă la poartă. Celălalt, un tip oarecare, cu cele mai mari strădanii și nu-și putea aminti decît o figură turtită, nu juca fotbal, comenta, dădea sfaturi, așa că și-a îngăduit să se așeze lîngă ei și să înghită trei biscuiți cu cremă. Le-a și lăudat gustul, dar asta scurt, pînă s-au auzit iarăși zbieretele femeii, ce faci nenorocitule? aruncă-i imediat! Doamne, ce se întîmplă și pe lumea asta, grasa care-i fugărise în timpul preparativelor era chiar mă-sa, iar ei au sărit ca iepurii peste gardul care împrejmuia terenurile. Adevărul e că omul împrumută diverse trăsături de la animalele din fauna patriei, fie ele sălbatice, fie domestice, băiatul cu figură turtită, spre exemplu, fusese hărăzit cu însușiri de catîr. A venit la gard, le-a cerșit alți biscuiți, ei i-au dat, ce puteau să facă?, să-l refuze?, îi înghițea aproape pe nemestecate în timp ce maică-sa căuta disperată să pună mîna pe el, urla aruncă-i, boule, că au căcat pe ei!, aruncă-i cînd îți zic, dobitocule, idiotule, 'tu-ți crucea mă-tii de copil!, aruncă-i că te omor!, el clefăia de zor, le zîmbea complice, ei stăteau cu degetele agățate de plasa gardului, priveau, meciul de fotbal se oprise, femeia gîfîia, era mai roșie decît un gogoșar, off, uuu... 'tu-ți copilu' mă-tii, pun eu mîna pe tine, scuipă, mă boule, nu-nghiți! Pedagogul apăruse și el, venea agale, se scărpina după ureche și pufăia țigara din colțul buzelor, una dintre profesoare lăsase croșetatul, se înțepenise în picioare, cu mîinile în șolduri, privea de la depărtare, ce pricepea și ce nu era treaba ei, celelalte lucrau în continuare, două ochiuri pe față, două pe dos, două pe față, două pe dos.

Luigi a dispărut apoi din povestiri, s-a odihnit cam un deceniu și jumătate între copertele unui dosar și în memoria mea, a ieșit de-acolo acum vreo doi ani, cînd a redevenit personaj principal într-un alt textuleț, semnat de-un Filip chel, pe care au început să-l roadă reumatismele, tusea tabagică, gastrita și nostalgiile. E nostim și plăcut să te autocitezi, e ca și cum ai îmbrăca o cămașă pe care ai spălat-o și ai apretat-o singur, căreia i-ai cusut cîțiva nasturi cu mîna ta. Iată textulețul:

Eu și Pătrașcu Luigi, pionieri

Aș putea să vă spun că razele soarelui, subțiri ca niște tăieței, se strecurau prin frunzișul plopilor din curte, se prelingeau pe zidurile școlii, pe tencuiala gri, zgrunțuroasă (despre care Pătrașcu Luigi știa bine că nu e calcio-vecchio, ci un strop dat cu măturica), pe urmă intrau în clasă pe ferestrele deschise și, fiindcă tot semănau cu tăiețeii, iar din tăieței picură supă călduță, împrăștiau bobițe de transpirație pe frunțile elevilor, la subrațele tovarășei învățătoare Ulărescu și poate pe spatele ei, jos, unde bluza făcea pliuri și se petrecea cu fusta. În legătură cu muștele, cu zumzetul și cu acrobațiile lor aeriene pe deasupra catedrei și a pupitrelor, mi-ar fi iarăși la îndemînă să vă zic cîteva lucruri. Faptul că bîzîiau și se izbeau de geamuri nu era ieșit din comun, dar întreceau măsura, o făceau într-un chip necuviincios și în momente nepotrivite, bunăoară cînd una dintre vocile acelea de clopoțel, în rochiță albastră și cu funde albe, recita ceva din manualul de citire, aducînd laolaltă trandafirii, hărnicia, gărgărițele (cu accent pe *i*), lanurile de grîu, partidul și cununile de pini de pe creste. S-a întîmplat apoi ca un muscoi negru-albăstrui să pice amețit în decolteul tovarășei învățătoare și să zboare pe-acolo, pe dedesubt, amețind, cred eu, și mai tare, pentru că razele soarelui, vă amintesc, păreau să fie tăieței, iar ceea ce se scurgea din ele părea să fie supă. Ce m-am mai bucurat! Ulăreasca n-a țipat, dar buzele ei (cu rujul ca tomata) scoteau un șuierat greu de imitat și, vă dați seama, cu atît mai greu de reprodus în scris, un șuierat recunoscut oricînd în gramatică drept interjecție.

Şi tot ea, Ulăreasca, sărise de pe scaun în faţa tablei, unde scutura din tot trupul pe fundalul unor adunări şi scăderi rînduite cu creta, pînă şi-a tras bluza din betelia fustei şi a vînturat-o de cîteva ori, încît să iasă bărzăunele la aer şi să mă conving şi eu, văzînd culoarea, că Pătraşcu Luigi ştia el ce ştia cînd vorbea de sutienul mov al tovarăşei.

Mai tîrziu, ca şi cum razele soarelui, muştele şi sutienul n-ar fi fost de-ajuns într-o singură dimineaţă, peste noi toţi, a II-a D, s-a abătut o emoţie mare, mare de tot, un fel de vînticel nesuferit care, în loc să răcorească, dădea fierbinţeli. Tovarăşa învăţătoare Ulărescu se reaşezase la catedră, liniştită, trăsăturile ei se legau din nou în alcătuirea de cucuvea sau de bufniţă împăiată, ne striga unul cîte unul şi ne asculta făcînd propuneri pentru cele zece locuri din prima serie de pionieri. Cînd mi-a venit rîndul, pe la sfîrşit (doar stăteam în banca a patra, pe rîndul de la perete), am rostit numele lui Pătraşcu Luigi, fiindcă, după părerea mea, deşi silabisea împiedicat, mînca litere şi încă socotea pe degete, lui i se cuvenea înaintea tuturor să-i cînte trompetele şi să-i fluture drapelul alături. Tovarăşa mi-a cerut să enumăr o parte dintre calităţile şi meritele colegului meu de bancă, să-i descriu însuşirile şi, ce e drept, am tăcut un timp, m-am mişcat de pe-un picior pe altul (mamă, ce tenişi Drăgăşani aveam!), ea s-a răstit „ce te bîţîi atîta?!“, iar eu am izbutit să bolborosesc „e un elev silitor“. Doar nu era să-i explic cîte ştia Pătraşcu Luigi! A consimţit, „mda, mda, poate fi un imbold...“, însă puţin după aceea, cînd s-a ridicat şi el, şi-a tras nasul şi m-a recomandat pe mine, ochii învățătoarei n-au licărit cu blîndețea căprioarei, cum așternuse pe hîrtie un poet, ci s-au bulbucat, v-am mai spus, ca la cucuvea sau la bufniță. Palma ei a căzut pe catalog cu un plescăit, mustrătoare, convinsă că ne înțeleseserăm între noi (palma, da, nu tovarășa învățătoare Ulărescu), cît să ajungem amîndoi pe lista ei. Și m-a respins.

La Academia Militară a fost o festivitate a-ntîia. Ce de cămăși albe pe esplanada din fața statuii! Ce de cravate purpurii cu tivul tricolor! Cîte centuri cu cataramă de-aia mare, cu stema republicii! Noi, mulți, foarte mulți, cei care nu aveam privilegiul să fim făcuți pionieri în prima serie, veniți nu dintr-o singură clasă ori dintr-o singură școală, ci din zeci de clase din vreo șase școli, priveam la ei, la fruntași, ne uitam cu ochii căscați și la eroii din piatră și la veteranii de război, nu prea ziceai că au dat aceleași lupte, noi, cei aflați mai jos la învățătură, dar și acolo, pe platoul terasat din fața Academiei Militare, cîntam din tot sufletul „Ta-ra-ta-ta, goarneleee au sunaaat", iar ei ne răspundeau de sus „Fluturăăă în gîîînd/ Zălooog de legămîîînt/ Întîiul meu cuvîîînt/ De piiiooonier". Pătrașcu Luigi era pierdut printre ei, nu-l recunoșteam dintre atîția, știam că știe cum e lenjeria intimă a corpului didactic, de ce n-a jucat Dobrin în Mexic, cum se intră la filmele de la „Favorit" fără bilet, cînd sare Dudu la cap și cînd scoate Manix revolverul, de ce e fonfăit Dan Spătaru.

În ceea ce mă privește, am devenit pionier în seria a doua, la noi în clasă, cînd muștele bîzîiau ca de obicei și se izbeau de geamuri. A fost frumos. Cred c-ar fi fost și mai frumos dacă tovarășa învățătoare Ulărescu ar fi dat și ea puțin, pe steag, cu fierul de călcat.

După ce-am scuturat de praf două texte vechi și le-am reprodus aici, constat cu uimire, recitind, că portretul lui Luigi e neterminat. Lipsesc cîteva treburi – era crăcănat, fura mere de la aprozar și de pe tarabele din piață cu îndemînare de șuț, cocea semințe și împărțea la toată strada, încerca să imite driblingurile lui Gigi Mulțescu (fără sclipirile jupînului), nu-l ura pe antrenorul cu ochi de șprițar și creier micuț, murea după filmele cu nemți și după Roșu Daniela, avea o casă fără tablouri, unde mirosea ușor a usturoi și a murături.

Ca să apară Cubanezu, a fost nevoie să se construiască C37, un bloc cît un sat, cu 10 etaje, 6 scări și 264 de apartamente. În timpul șantierului, s-au dat lupte grele între armatele din D-uri, pentru cucerirea fundațiilor. Ne făceam redute din bolovani și bulgări de pămînt, ne înarmam cu bîte, praștii, țevi cu cornete, buzdugane, sulițe, scuturi și scări de asalt. Ne băteam ca chiorii. Seara, cînd părăseam groapa plină de cofraje și mustăți de fier-beton, echipe de cercetași se strecurau în spatele liniilor inamice și distrugeau cazematele la adăpostul întunericului. Diminețile, la școală, funcționa un fel de armistițiu, după aia redeveneam dușmani și-o luam de la capăt. Într-un asediu prelungit, căruia i-am rezistat cu chiu, cu vai, capul lui Guță Bogdan s-a spart, adică i-a apărut o găurică în frunte, din care sîngele țîșnea ca un izvor mititel. Guță, cu supranumele Puță, a căzut în genunchi, a căscat ochii mari și a leșinat. Găurica din frunte s-a făcut imediat cît o prună, cineva (nu eu) și-a sfîșiat tricoul și l-a bandajat, altcineva (nu eu) a arborat steagul alb. Propriu-zis n-a fost o capitulare, ci mai degrabă o încetare forțată a ostilităților, de-a lungul căreia agresorii s-au albit la față și-au tremurat ca frunzele. Cînd a sosit, în pijama și pantofi, dl Guță i-a ars o scatoalcă fiului, de încălzire, pe urmă a pus mîna pe doi băieți, primii pe care i-a prins (culmea e că unul era din trupele noastre) și i-a snopit în bătaie. Mai tîrziu, a avut loc și-un proces. Iar dl Guță a plătit două mii de lei pentru dintele pe care i-l scosese lui Gigi Maimuță. În fine, Gigi Maimuță și-a cumpărat din banii ăia niște blugi Lee, o minge de piele „Flacăra Roșie" și-un radio, încît ne-am dorit cu toții, o vreme, să luăm un pumn în gură de la dl Guță. C37 n-a fost însă un bloc obișnuit. De la bun început. Macaralele, buldozerele, betonierele și muncitorii au uruit, au boncăluit și au înjurat la înălțarea lui mai tare ca-n alte părți. Sîngele care i-a picurat la temelie, din rănile și juliturile noastre (căpătate în luptele fratricide dintre D-uri), n-a fost un sacrificiu mulțumitor pentru trainicia zidurilor. A fost nevoie de mai mult. Într-o zi, cînd mama întindea rufe pe balcon, a trecut hurducăindu-se un camion, camionul era plin cu panouri, panourile au început să alunece și să zboare, unul a lovit în zbor o femeie, a strivit-o de trotuar și i-a retezat carotida, era tînără, țipa cumplit, a murit înainte să vină

Salvarea. De fapt, C37 nu e un bloc obișnuit nici astăzi. Există, se pare, o legătură între blocul ăsta și Al-Qaeda, iar firul pleacă de pe aleea Parva, chiar din dreptul Școlii generale nr. 57, traversează țara și continentul, trece Atlanticul, se întinde, atinge țărmul nord-american, ocolește Long Islands și Statuia Libertății, cotește pe străzi și bulevarde, se strecoară prin obositorul trafic newyorkez și ajunge la Turnurile Gemene. A scris în ziare, s-a dat și la televizor. L-am văzut cu ochii mei pe tatăl lui Troc, la știri, pe mai multe posturi, explicînd tot felul de chestii despre un arab care a închiriat un apartament la prima scară, s-a prefăcut că-i plac fetele tinere, mercedesurile în vîrstă și micile afaceri, dar a șters-o cînd Sereiul a prins de veste că se ocupă cu mari mîrșăvii și că e omul lui Bin Laden. Prezentat la televizor ca administrator de bloc și cu numele întreg, Agop Chircorian, tatăl lui Troc arăta bătrîn, cumsecade, emoționat și puțin culpabil. Nici n-ai fi zis că fusese un ofițer bățos, cu ochelari, care-i interzicea fiului să se țină de fotbal (deși juca fantastic și-l cucerise pe antrenorul cu ochi de șprițar și creier micuț) și care-l obliga să stea cu burta pe carte (unde, mă rog, nu dribla și nu trăgea prea grozav). Într-a cincea, cînd el era maior și sever, noi îi ziceam Agop, iar lui Troc, pe care-l chema Silviu, îi mai spuneam Oagăru. Troc locuia la scara A, la etajul unu, și învăța la I. Tot în C37, tot pe scara A, dar la trei, locuia Cubanezu. Băiatul ăsta (și el tot la I, tot cu tată ofițer, dar comandant de unitate, locotenent-colonel) umbla în trening de opzeșpatru și-n cizme de cauciuc de douășunu, se ștergea la nas cu mîneca sau cu dosul palmei, dădea craci cui vroia dacă avea o minge, se ocupa cu capra, leapșa, lapte-gros, frunza, capace, bambilici, cartonașe și multe, multe altele, nu se prea lipea de fete și se scula cu noaptea-n cap ca să ajungă la antrenamentele piticilor de la Steaua. Cînd suna la ușa noastră, dacă eu lipseam, mama avea grijă să i-l dea la plimbare pe Matei, cu căruțul. Cubanezu era convins că frati-miu e foarte deștept, fiindcă își arăta fruntea cu degetul și știa cum face vaca. [În acest punct al narațiunii, Matei, în calitate de coautor, m-a rugat să consemnez următoarele: „Mă întreb cum ar putea ele, amintirile, să lumineze așa, tam-nesam, vreun colțișor din tine încît să te vezi dintr-odată bebeluș în căruciorul tău zîmbind blocurilor, autobuzelor și mai ales unei scăfîrlii blonde care îngînă la nesfîrșit deasupra ta vorbele (cel puțin ciudate, dacă nu magice) a basa basa basa, a riki tiki tiki tomba, a la-lue ba-lue ba-lue? tare aș vrea să știu pentru că, vedeți, mă roade al naibii ideea că n-am fost un bebeluș ca toți bebelușii și totuși, oricît m-aș chinui, așa cum îmi apar lucrurile, n-am nici cea mai măruntă dovadă că tot ce mi s-a povestit a fost și adevărat".]

Ping-pong-ul era trăsnet pe masa din sufrageria Cubanezului, mai ales cînd afară ploua și alegeam cărți din B.P.T. pentru fileu; într-o după-amiază, mi-a pierit cheful după vreo zece seturi (cred că pierdeam) și am vrut să plec acasă, mi-a ascuns ghetele cînd eram gata să ies pe ușă, a rîs cît le-am căutat, abia cînd am găsit încălțările în cămară, în spatele unui săculeț cu morcovi, s-a potolit și m-a rugat să mai stau; a scos dintr-un sertar niște reviste mototolite, nu cu poze, ci cu desene cu gagici goale în tot felul de poziții, am rămas să mă uit, cum să pierd așa ceva, mă îngrozea ideea că din lada recamierului, de pe balcon sau dintr-un dulap ar putea să apară maică-sa (șefă de tură la Nufărul), frati-su (student politehnist, fost jocheu, stăpînul revistelor) ori taică-su (burtosul locotenent-colonel).

Deodată e iarnă și sînt aprinse cîteva felinare, curtea școlii e albă și pustie, adie un vînticel înghețat, fulguie, fotbalul se poate juca și în doi din moment ce Cubanezu trage de oriunde, cu latul, cu șiretul, cu șpițul, cu exteriorul, și eu apăr tot, mă tăvălesc prin zăpadă, sar la rădăcina barelor, plutesc sub transversală, boxez, scot de la păianjen, urlu, țip, îmi frec colțurile gurii cu mănușile fleașcă, îmi tot ridic pantalonii care sînt grei de apă și m-au lăsat cu burta goală, resping orice minge și el plesnește, urlă, țipă (nu ca mine, de fericire, ci de neputință), șutează tot mai furios, pînă la urmă mă păcălește și-mi dă gol, urlăm, țipăm (acum el de bucurie, eu de deznădejde), ar fi frumos să spun că unul dintre noi scoate din buzunar o napolitană și-o împărțim, aș minți, am plecat din curtea școlii ținîndu-ne de gît, vorbind despre o tipă de la J care umbla cu un negru.

Apoi, tabăra de la Breaza a avut cam tot ce-ar fi putut avea o tabără din vacanța de primăvară: ciripit de păsărele, fustițele fetelor, macaroane, marmeladă și mîncărică de cartofi, colțul crud al ierbii, meditații la matematică cu Stăneasca, diriga mea (la D) și profa lui (la I), pasta de dinți de pe clanțe, o excursie la crucea de pe deal în care ne tot îmbrînceam cît să nimerim cu palmele în țîțicile fetelor, o baie în Prahova care-a lipit tricourile ude de țîțici, balegi de vacă, cîini pribegi, meri înfloriți, bătăi cu perne în dormitoare, discotecă de la șapte la nouă, jocuri, țară, țară, vrem ostași! (pe cineeee? pe Nicoleetaaa!), uliul și porumbeii, baba-oarba și mai știu eu cîte și, în plus, poate bijuteria acelei tabere, o terasă lungă la parter unde săream seara pe fereastră (fără să miroasă nimic Stăneasca), o terasă pe care-am aranjat primul sărut din viața Cubanezului, convingînd-o pe Nicoleta să pună puțin suflet sau măcar să-i arate ce știe.

P.S. 1: am uitat o scandare dintr-a cincea, „Steaua, sînteți buni/ La lopată și cărbuni".

P.S. 2: nici eu nu știam că revistele cu Rahan erau tipărite de socialiști.

P.S. 3: mai tîrziu, Cubanezu a fost poreclit Bursucu.

P.S. 4: Bursucu e acum antrenor de fotbal; cînd era jucător, la Mondialele din '94, la penaltiul din meciul cu Suedia, m-am închis în baie; am auzit c-a ratat.

7

Un întuneric beznă cu miros de brînză

Cred că se petrece ceva nasol cu scăfîrlia mea. Altfel nu-mi explic de ce a început să mă mănînce (și nu pe dinafară, ci pe dinăuntru, ceea ce e cu atît mai nasol pentru că, în cazul în care ar fi fost pe dinafară, aș fi pus totul pe seama mătreții sau, mai știu eu, a păduchilor, numai că treaba asta cu mătreața e prea simplă ca să țină loc de-o explicație, plus că, acum pe bune, n-ar fi mare brînză să cobor cu liftul și să-i cer lui nenea de la buticul din spate un șampon bengos cu care să mătrășesc făina asta din păr măcar pentru o săptămînă. Cît despre chestia cu păduchii, slavă Domnului, de cînd nu m-am mai întîlnit cu Paul, care-mi dona periodic dintr-ai lui – avea o crescătorie sau ceva pe-acolo –, să tot fie vreo douăzeci de ani, n-am mai reușit să mă pricopsesc nici măcar c-o lindină. Se pare că m-a păzit Dumnezeu sau o fi zis și El c-am pătimit destul sub instrumentul ăla de tortură cu dinți deși și ascuțiți care duhnea insuportabil a oțet și care se numea, aiurea!, pieptene, sau cînd zulufii care nu se lăsau descîlciți se prăbușeau apoi fără milă sub foarfecă pentru a-mi dezveli capul țuguiat, ori cînd gazul ăla puturos binevoia să-mi ardă pielea în căutarea dușmanilor și cînd o întreagă grupă mică, mijlocie, mare, bașca aleea Băiuț, înțelegea foarte bine de ce sufăr și mă ocolea fără milă, ca pe ultimul ciumat de pe pămînt. Nădăjduiesc din tot sufletul ca El să nu se burzuluiască pentru că-L invoc atît de des la acest început de capitol și mai sper să nu-I fi greșit prea tare încît să mă blagoslovească cu vreo serie nou-nouță, ultimul răcnet în materie de gîngănii parazite, tocmai la o vîrstă ce tinde să devină respectabilă. Nu de alta, dar chiar n-aș vrea să-mi alung viitoarea soție pentru un motiv așa nevolnic).

Cert este că mîncărimea asta (parcă cineva ar rîcîi cu unghia bobițele de calcio-vecchio de pe-un perete care-și face veacul în mintea mea) aduce îngrijorător de mult cu acel sentiment pe care oamenii se grăbesc să-l identifice ca fiind „mustrare de conștiință“. Indiscutabil, fiecare individ a fost înzestrat cu dreptul inalienabil de a-și numi mîncărimile pe dinăuntru după cum îl taie capul, așa că să nu care cumva să v-așteptați de la mine să fac pe nebunul dacă vreunuia(uneia) dintre voi îi vine cheful să mă arate cu degetul pe stradă „ah, uite-l și p-ăla care are mustrări de conștiință și nu vrea să recunoască“. Poate că o să mă supăr puțin, dar, pe cuvînt de onoare, n-o să las să mi se vadă oftica. Partea proastă cu mîncărimile de felul ăsta e că niciodată nu se mulțumesc să rămînă într-un singur loc. De exemplu, de cîteva rînduri încoace, am din ce în ce mai acut sentimentul că drăcia aia (acum e ca un fel de bîzîit) a început să alunece zbîrnîind pe gît (s-a oprit puțin și s-a făcut nod), pentru ca, exact în momentul în care scriu, să se fi proțăpit din nou zdravăn și ca lumea (de data asta fumegînd) fix în coșul pieptului. Trebuie să mă înțelegeți că, oricît aș vrea ca unele lucruri să stea pitite măcar pînă la Judecata de Apoi dacă nu pentru totdeauna, oricît mi-aș dori (și mi-am dorit ca un bezmetic) ca ele să rămînă departe de ochii culpabilizatori ai mamei și ai lui Filip, oricît aș încerca să mă fofilez și să mă mint că poate trece, mîncărimea asta devine insuportabilă și am nevoie mai mult decît oricînd (bănuiesc, ca orice om normal) să mă scarpin voluptuos și pe îndelete. Nu știu dacă e o soluție bună, fiindcă în unele cazuri, după cum bine știți, se întîmplă ca tocmai scărpinatul să te procopsească cu o eczemă sau cu ceva mai grav, dar, pînă una-alta (cum n-am încredere în doctori), nu întrevăd altă cale. Și pentru că nu e vorba nici de mătreață și nici de păduchi, chestii de care aș reuși pînă la urmă să scap prin metode știute, nu-mi vine altceva în minte decît să încep să cotrobăi cu scrisul, să bîjbîi niște povești, să iau la scărmănat secrete, în speranța că, odată și odată, mîncărimea asta nesuferită se va lăsa dibuită și, după o demascare publică, va binevoi să dispară. E de datoria mea (habar n-am de ce e de datoria mea, dar n-am ce-i face; se pare că posed și eu o chestie gen cod al onoarei sau bun-simț sau altă aiureală d-asta) să vă previn că scărpinatul pe dinăuntru se lasă mai întotdeauna cu mărturisiri și că, în fine, cu mărturisirile ar mai fi cum ar mai fi dacă n-ar atrage după ele tot soiul de epitete dubioase, de genul „tulburător", „șocant", „vicios", „violent" și cîte și mai cîte, care, după ce că se acordă cu substantivul „mărturisire" în gen, număr și caz, îți mai oferă și o cantitate nemăsurată de fiori reci pe spinare de-ți vine să-ți iei cîmpii, să lași totul baltă cît ai zice pește și să fugi definitiv din cartea asta. Nu vreau însă nici în ruptul capului ca, după ce v-am devenit suspect de mustrări de conștiință, să fiu terfelit ziua în amiaza mare ca un infractor de drept comun care nu știe și nu vrea să-și trateze cu respect cititorii. Cît despre mama și Filip, oricît aș căuta vreo soluție salvatoare, nu întrezăresc nici cea mai mică portiță de scăpare pe care s-o zbughesc înainte de-a le frînge inimile. Numai cînd mă gîndesc cum crede Filip despre Mateiul mic, la începutul capitolului 6, că „mușcă dintr-o plăcintă cu mere, bea sirop, citește și recitește scrisoarea primită de la Mateiul mare, mănîncă pufarin cu pumnul, ronțăie o pastilă de mentosan, suge un drops și se gîndește la lucrurile înșirate așa curios pe hîrtie, cum n-a mai pomenit prin cărticelele lui", și mă rușinez ca un țînc care-l descoperă pe Moș Crăciun în hornul casei. Nu știu ce-ați face voi să fiți cocoloșiți într-o carte cu o stare atît de hieratică cum e bucuria, bașca lîncezeala asta aproape paradiziacă în regatul atîtor minunății (care, doar prin simpla lor enumerare, oferă papilelor gustative un răsfăț luxuriant), nu știu dacă v-ați îmbufna răutăcios pentru lipsa cutiuței cu Cip sau doar dacă ați privi această omisiune (ca și mine) ca pe o grijă părintească și plină de tandrețe pentru fragilitatea dinților de lapte, nu știu dacă v-ați ascunde lacrimile ca orișice om mare care se respectă și, mai ales, nu am de unde să știu dacă pe undeva pe dinăuntrul vostru nu veți simți cum se strecoară ceva ce aduce cu o furnicătură sau, mai bine spus, cu un fel de mîncărime. Însă chiar nu pot să-mi imaginez ce suflet gîngav trebuie să zacă în mine ca să-i pot explica lui Filip de ce îl priveam mirat cînd deschidea ușa și de ce îl rugam fîstîcit s-o închidă la loc atunci cînd mă refugiam cu orele în camera mea, cînd desfășuram „ample mișcări de trupe“ și conduceam „războaie imaginare vorbind de unul singur“. Cum aș putea să-i spun că doar blestemata asta de mîncărime este singura care mă obligă să-i dezvălui tot acel carnagiu dichisit cu teroare și sînge, cu spaimă și agonie, pe care aș fi vrut să-l pot păstra ferecat în cel mai întunecos colț al amintirilor mele? Ce va crede el – să lăsăm acum pentru prima oară ușa larg deschisă – despre noaptea aceasta care se furișează duminica la ora două după-amiaza după perdele ca o pisică (ireală, străvezie, amenințătoare), ca un linx ce i învăluie tiptil pe ei, pedestrașii verzi, încă inerți, încă ridicol de mici, ce par să scruteze întinderile nesfîrșite ale tundrei, fără vreun reper real, fără să poată spune dacă sînt vii sau dacă sînt morți, atît timp cît însuși Dumnezeul lor nu a hotărît vreun gest, nu a poruncit nimic decît nopții să se apropie, iar ea s-a apropiat (ca o pisică poate, sau ca un linx), s-ar putea să se coboare și ceața la fel de bine cum s-ar putea să nu apară nicicînd, un fel de plapumă nevăzută îi acoperă ca bolta unei peșteri, apoi se retrage ca și cînd nu ar fi fost scornită vreodată, totul redevine tundră și nemișcat ca la facerea lumii, numai că acum nu mai e nevoie de nici un cuvînt, e de ajuns să existe o mînă, un braț, să se desfacă o palmă, iar degetul mare și cel arătător să-l înșface pe general, să-l rotească de jur-împrejur, să-l obișnuiască cu lumina difuză, cu împrejurimile, cu el însuși, să-l facă să înțeleagă rostul lui în acel loc straniu, să-l învețe să privească, va fi menirea lui, singurul scop pentru care i-a fost îngăduit să se afle acolo, iată binoclul, iată-l pe general, băieți, am dat de dracu', vine noaptea, iar noi ne aflăm în cîmp deschis, dacă ticăloșii ăia de indieni se hotărăsc să ne atace, sîntem pierduți, vă ordon să vă încolonați în liniște, ne îndreptăm spre marginea prăpastiei, cunosc cărarea ca nimeni altul, am învins în mii de bătălii, păzea, băieți, trebuie să fim cu ochii în patru, cu toții știm ce-i poate pielea puiului ăsta de cățea, Gioe Limonadă, trădătoru' ăsta alb care s-a înhăitat cu căcații de indieni ca să ne halească de vii, Gec, pușca-n sus, ciuruiești orice mișcă – înțeles șefu'! –, Bile, nu te mai smiorcăi, că te rîd și curcile, vreau disciplină, vreau să-i nimicim pînă la unu, după o stîncă uriașă care seamănă ca două picături de apă cu o carte s-au ițit cele două pene roșii ale unui indian cu arc, o mînă sigură îi ține calul, o alta îl ajută să descalece, indianul se furișează (ca o pisică poate, sau ca un linx) pe după stînci, ochește, țintește, vîjj!, o săgeată imaginară a pornit spre Bil, cealaltă, reală, a rămas înțepenită în coarda nefiresc de întinsă a arcului, un răcnet, aaa, inuman aproape, și Bil se prăbușește secerat, l-a împins se pare aceeași mînă, agonizează, cere: apă, Frenc, apă, m-a nimerit o săgeată, Frenc îi dă apă, deși este îngenuncheat cu pușca la umăr, generalul privește ca un nebun prin binoclu, degeaba, un cuțit a străfulgerat în bezna nopții și s-a înfipt între omoplații plăpînzi ai unui alt soldat fără nume, fără istorie, cu o ultimă sforțare se îndîrjește să arunce o grenadă, buuuuv!, tundra se zguduie, stîncile propagă ecoul, buuuv!, un indian bine camuflat după un deal ca o cută de pernă este aruncat în aer, aproape fără scăpare, după cuțitul pe care încă îl mai ține în mînă îți poți da seama că el a fost ucigașul grenadierului, își merită soarta, nu, suflul exploziei l-a adus chiar lîngă Frenc, Frenc se dovedește a fi un laș, fuge, dezertează, nu mai are muniție, cic, cic, cu care să găurească trupul și așa plin de schije al indianului cu cuțit, pentru cei lași nu se scriu povești frumoase, picioarele indianului încalecă grumazul lui Frenc, iar cuțitul îi sfîrtecă pieptul cu sălbăticie, sîngele curge șiroaie, Frenc pleacă într-o lume mai bună, e azvîrlit în prăpastie, torenții rîului îi spală rănile, arată ca nou, se întoarce rapid, o mînă îl ridică în zbor, pe cîmpul de bătaie, la fel de fioros, dar cu un alt nume, pînă și generalul pare să știe asta, hei, soldate Bob, unde te-ai ascuns pînă acuma?, nu mai e timp pentru introduceri, soldatul Bob își descarcă încărcătorul, tîf!, tîf!, tîf!, în țeasta indianului cu cuțit, pentru fratele meu Frenc, cretinule!, indianul în sfîrșit moare, rămîne nemișcat în mijlocul tundrei, va fi răzbunat, apare marele Gioe Limonadă, pe cal, cu un lasou pe care tot pare să-l învîrtă, de fapt, o bizarerie optică ți-ar putea spune că Gioe se mișcă cu tot cu calul, n-are a face, Gioe îl caută pe general, generale, te voi prinde cu lasoul meu, te voi face prizonier și am să te arunc la coioți, nimeni nu trece prin defileul lui Gioe Limonadă fără să plătească cu viața, oamenii tăi l-au ucis pe Inciuciuna, e rîndul lor să fie uciși, Gioe se ține de cuvînt, degetul arătător și cel mare al unei mîini îl ajută să facă un adevărat prăpăd, după o stîncă, de la mari înălțimi, un indian pe cal aruncă săgeată după săgeată, telefonistul generalului nu va mai apuca să cheme întăriri, o baltă de sînge anunță răsăritul, care nu întîrzie să apară odată cu o perdea trasă, tundra este înecată de sîngele unor cadavre minuscule de plastic din care se înfruptă o haită de coioți invizibili. „Mațele soldaților nu au nici un gust“, mai apucă să spună o voce, de undeva din înaltul universului, și, după toată chestia asta, nimic.

Dacă n-ar exista blestemăția asta de certitudine care să-mi șoptească perfid la ureche că nimic, chiar și urmat de punct, nu poate însemna altceva decît nimic atît timp cît mai ai o groază de chestii de zgîndărit, de povestit, de dat în vileag, totul ar fi în regulă, aș trage un somn bun, fără vise, fără uși deschise, fără mîncărimi, iar în nesimțirea mea – credeți-mă pe cuvînt, sînt în stare – aș putea să sforăi ore în șir. Partea proastă e că nu s-a inventat încă o metodă infailibilă prin care să poți alunga cu un șut în fund certitudinile, după care să te duci liniștit la culcare. Numai cînd mă gîndesc de cîte ori dispărea pila de unghii a mamei, fără ca ea, în inocența ei de mamă, să presimtă pașii hoțești, rînjetul diabolic, mîna tremurătoare și vicioasă care înșfăca pila ca pe un obiect sacru de pe policioara ei din baie (aceeași mînă care osîndea la moarte, fără milă, hoarde întregi de omuleți de plastic), mă ia cu amețeală și mi se înmoaie genunchii. Numai cînd îmi închipui cum se pot întuneca ochii albaștri ai lui Filip aflînd că Rahan avea ciudatul obicei de a ieși, cînd ți-e lumea mai dragă, din paginile revistei lui franțuzești, de a se asigura că nimeni nu-i dă vreo atenție, apoi, tiptil, mai curînd ca un bandit de cea mai joasă speță decît ca un sălbatic blond „...curajos, viteaz, proaspăt bărbierit, agil, iscusit în mînuirea armelor și curtenitor cu femeile de grotă", de a se strecura (ca o pisică poate, sau ca un linx) pînă în baia apartamentului 40 din aleea Băiuț, de unde mîna lui expertă în furtișaguri dibuia întotdeauna o pilă de unghii aflată pe policioară, ca apoi, îmbibat de o ferocitate vecină cu senilitatea, să se întoarcă în camera de unde s-a întrupat, singur, amenințător, trufaș, să dea glas strigătului acela care anunță mereu o mare confruntare (Rahaaaaan!) și, cu o ură monstruoasă, insuportabilă la privit pentru orice ființă vie înzestrată cu rațiune, să se repeadă în raftul întesat cu făpturi nevinovate și gingașe (fete și fetițe cu fuste și rochițe, cu obraji bucălați și ochi galeși, cu gene lungi, tremurătoare, pe care vederea înfricoșătoare a pilei de unghii ațintite asupra lor nu le va împiedica să clipească inocent, poate pentru ultima oară, toate aceste făpturi, Arădeanca, Oana, Luana și Sînziana, condamnate să piară de către un Rahan nebun, înarmat cu o pilă de unghii pe care numai orbirea lui pofticioasă îl îndeamnă s-o ia drept cuțit), să le apuce nemilos de părul lor scurt și creț, lung și mătăsos, blond și brunet, de umerii plăpînzi, ah!, atît de ușor de dezmembrat, de picioarele grăsuțe devenite dintr-odată inutile, să le învîrtă amețitor ca într-un dans al morții prin întreaga încăpere, să le izbească cu pumnul bărbiile micuțe, să le dea drumul, iar ele să zboare, scurt și amețitor, pînă la întîlnirea cu tavanul, cu vreun perete, cu podeaua, să se azvîrle deasupra lor răcnindu-și pentru a nu știu cîta oară infamul său nume, Rahaaaaan!, și să le împlînte, în sfîrșit, izbăvitor, pînă la prăsele, teribila lui armă, o dată, de două ori, de o mie de ori, pînă ce pe trupul de plastic nu se va mai afla nici măcar un singur loc care să nu fi devenit o rană, numai cînd îmi imaginez cum se va îngrozi Filip citind această plăsmuire diavolească a lui Rahan pe care, sînt convins, editorul sau editorii francezi, fie ei și socialiști, nici nu au cutezat s-o gîndească vreodată, și mă simt definitiv pierdut, scufundat într-un întuneric beznă cu miros de brînză.

Poate o să vi se pară straniu, dar acel Rahan din apartamentul 40 eram eu. Și cum naiba să nu vi se pară straniu, cînd pînă și eu m-aș cruci să aflu că ucigașul de păpuși din capitolul 7 e una și aceeași persoană cu Mateiul ăla din capitolul 6 care „a suferit nespus cînd acel homo sapiens exemplar (exemplar? – n.m.), revoltat de apucăturile exploatatorilor rupeștri, a fost atins de o săgeată otrăvită și s-a prăbușit fără suflare la marginea unei mlaștini". Cum poate suferi, și mai ales nespus, un astfel de ticălos fără inimă? Nici eu nu prea pot să-mi explic cum vine treaba, dar vă asigur, pe ce am eu mai scump, că poate. Acum nu prea are rost să intru în detalii de ordin tehnic (Filip păstrează în linii mari atmosfera desenelor din revistă), dar simt nevoia să intervin cu o rectificare, știți, acolo unde scrie el că ploaia cu stropii ei deși, mari și pătrunzători și mai apoi o brunetă amețitoare (în fine, aici chiar nu mă bag, fiecare cu gusturile lui, plus că eram prea mic ca să observ detaliile de felul ăsta) i-au spălat veninul din rană și așa și pe dincolo, ar trebui spus, fără supărare, că Rahan a cam fost singur în momentul în care s-a trezit și că toată tărășenia cu săgeata otrăvită și moartea lui s-a dovedit a fi doar un coșmar cauzat de niște ciuperci otrăvitoare pe care le mîncase într-un număr trecut. Nu că ar fi mare lucru, dar n-aș vrea să rămîneți cu ideea că Rahan poate fi ucis de orice papă-lapte cu săgeți otrăvite în tolbă. Cert este că de suferit am suferit, chiar nespus (de unde era să știu că, de fapt, Rahan n-a murit?), și suferința asta mi-a fost întru cîtva folositoare, sau poate că doar amestec eu lucrurile, și a fost mama care s-o fi întrebat ce se întîmplă cu pila ei de unghii sau Filip care mi-a auzit strigătele și a tras niște concluzii, pentru că, lucru pe care nu mi-l pot explica nici acum, musafirii au încetat ca prin farmec să îmi mai dăruiască păpuși, iar lui Rahan i-a fost sortit să se războiască doar cu muștele. Nevinovată îndeletnicire! Și nu e vorba de confuzia, regretabilă ca orice confuzie, că între muște și pterodactili nu ar exista nici măcar o diferență care să merite a fi luată în seamă (jurasicul și comunismul se pot confunda oricînd în mintea unui Rahan de șase ani), cît despre conștiința adînc înrădăcinată că orice făptură e sortită, mai devreme sau mai tîrziu, pieirii (vezi dinozaurii) și că muștele, prin simplul lor bîzîit anacronic, desprins, nu știu de ce, din negurile preistoriei, nu pot face excepție. În privința lor, totul era hotărît: sfîrșitul sosise. După cum vă puteți imagina (orice încăpere cu ferestrele deschise poate sta drept mărturie pe timp de vară), Rahan nu a avut nici o șansă de izbîndă. Oricîte aripi a retezat cu lama (pur experiment științific care demonstrează, dacă mai era nevoie, uriașa adaptabilitate a acestor ființe care, la o adică, nu au nimic împotrivă să se transforme în gîndaci), oricîte piciorușe a smuls (cu infinită precauție, astfel încît zborul să le devină mai dificil, și nu doar imposibil), oricîți pterodactili musculoși au fost constrînși să trăiască cu un ac de gămălie înfipt în abdomen ca să ajungă mai apoi hrana păianjenilor pitulați după calorifer, la oricîte delegări subacvatice au fost obligați să ia parte în capsula transparentă a vreunui submarin cu formă de pahar, ca să nu mai vorbim despre atîtea și atîtea specimene care au servit cercetărilor medicale într-un sens strict chirurgical, bașca acelora care au folosit drept tapet în cele mai neașteptate locuri (perdele, oglinzi, ferestre, dulapuri, dulăpioare, cărți), nemaipunînd la socoteală cohorta celor care și-au dat duhul în temnițele de plastic ale cutiilor de vitamina C, neînfricatul erou blond a trebuit să se recunoască, dacă nu înfrînt (lucru incompatibil cu natura de erou care exclude prin definiție posibilitatea oricărei înfrîngeri), atunci măcar depășit numeric. Asta nu înseamnă că bătălia nu a continuat preț de mai mulți ani, timp în care lucrurile s-au mai lămurit cît de cît în măsura în care Rahan a redevenit Matei, iar pterodactilii au rămas, firesc, doar muște. Vă mai pot spune ca fapt divers că astăzi războiul a luat sfîrșit cu victoria prin abandon a muștelor și că nimeni și nimic din lume nu mă va convinge să le provoc la o revanșă. Singura plăcere pe care nu mi-o pot refuza este aceea ca din cînd în cînd să mai exersez formidabila lovitură de bobîrnac pe capul muscoilor care bîzîie prea tare. Genul acesta de pălitură are efectul unui tranchilizant moderat, iar în plus beneficiază de marele avantaj de a pricinui doar leziuni minore.

În schimb, tare aș vrea să știu ce fel de duh meschin și laș este acela care mă împinge să pun atîtea și atîtea mîrșăvii în cîrca lui

Rahan. Oare cînd mi se vor limpezi odată minţile ca să accept pînă la capăt, curajos şi demn ca fratele meu Filip, că anumite chestii trebuie asumate, din moment ce pînă şi ceva atît de grav şi cumplit cum e trădarea lui Dinamo cu Steaua se poate explica, justifica, scuza, totul e să nu te înspăimînţi şi să nu dai bir cu fugiţii, ci să stai calm şi să înfrunţi faptele, oricît de mişeleşti, cu argumente solide, cu puncte şi subpuncte, astfel încît vina de a fi pactizat cu diavolul să se şteargă, să fie uitată, să înceteze să te mai mustre sau să te urmărească. Aşa că, pînă una-alta, nu-mi rămîne nimic altceva de făcut decît să-l abandonez pe Rahan cu păpuşile şi pterodactilii lui şi s-o uşchesc afară. Să nu care cumva să credeţi că-mi acord vreo şansă, că vreau s-o tund din faţa mamei şi a lui Filip şi să mă pitesc pe după Wartburgul lui Florea ca să stau acolo pînă vine noaptea şi se termină capitolul. Nu, mi-am jurat să nu mai fentez pe nimeni, iar dacă la etajul doi vă voi spune că o să sun la uşa lui Migu şi a lui Pipiţă, atunci puteţi să fiţi siguri că exact asta am să fac. Poate vor să iasă şi ei afară, nu?

Da, ce sînt aşa prost?, normal că vor să iasă. Cînd s-a existat, să zic şi io aşa puţin, să nu vrea ei să iasă afară? Mm? Migu, şi să aibă teme de la şcoală, şi tot iese. Pe Pipiţă nu-l pun la socoteală, că e încă la grădiniţă. El iese oricum. Ce să faci în casă în afară să te baţi cu frati-tu? Băăă (ăsta e Migu), te baţi tu cu fraţii tăi, că eu nu mă bat cu tine, io te sparg. Adică, să nu îl facă Pipiţă să se facă Migu la el că atîta îi trebe, îl ține în palme pînă mîine. S-o creadă el (Pipiță nu vorbește cu Migu, Pipiță se încalță și vorbește cu mine), îl bat la orice oră din zi și din noapte, și în somn îl bat dacă vreau, ăsta în afară să se dea mare e vai de capu' lui. Ha!, și Pipiță a făcut o schemă dintr-un film cu Brusli pe care l-a văzut la video, Migu nu s-a impresionat prea tare, potolește-te, atît i-a zis, văzuse și el filmu'. Să stau să se încalțe. Primu'!, zice Pipiță și o taie în jos pe scări, se aruncă pe balustradă, alunecă, bufnește îngrozitor, se dă iar pe balustradă, cade pe trepte, se ridică, înjură de morți, frac'su rîde de se sparge, îl face prost, îi arată el cum te dai ca lumea pe balustradă, pe bune, Migu e artist, alunecă rapid, mai întîi pe burtă, apoi pe fund, aplauze, ceva?, mare lucru, îl îngînă fra'su, oricum el a ajuns primu'. Eu sînt al doilea, al doilea e cel mai bun!, stop, am zis!, nu sînt prost ca toți proștii care se dau pe balustradă, poate-și rupea o mînă, ceva, să văd io atunci, ce mai zicea, ăă? Zicea că sînt prost și nu știu să mă dau pe balustradă, aia zicea. Poate-i trag și una. Și d-aia nu mai poate el. Pipiță îmi scoate limba, are ceva viteză, m-am enervat și eu rău, sare gardu', încearcă să fandeze, stînga, dreapta, îl apuc cu o mînă de tricou, se trage ca nebunu', gata, te-am prins, se potolește, mă potolesc și eu, îi dau drumu', o ia din nou la fugă, da' să creadă el că mai alerg io după proști ca el. Lasă-l, mă, că e ofticos, zice și Migu, fricosu' ofticosu'!, Pipiță se dă mare, dansează din buric pe melodia fricosu' ofticosu', încearcă să ne enerveze, să vezi ce capace-i trag, zice iar Migu, n-alerg io după toți proștii zic și eu, s-a plictisit și Pipiță, pace, băi, pace, hai să jucăm un La Mălai, ceva, da' nu se duce el după minge, stop, a zis!, am zis și eu stop, și Migu, e clar, nu se duce nimeni, e prea liniște pe aleea Băiuț, toți fraierii sînt în casă și se joacă cu păpușile, sau cu soldățeii zic și eu, fraieri, și flegmez cu o precizie incredibilă pe ochiul stîng al unei zîne desenate cu creta, flegmează acum și Migu, și Pipiță, ce mai, nene, balcaniada Americii de flegmat zîne, faza pe sectoru' 6, cîștigător la puncte și medalia de aur, Matei Florian din București!, carasu' să mi-l belești, Migu e descalificat, nu se vorbește așa la o balcaniadă, medalia de argint Pipiță Nicușor!, un întreg stadion îl ovaționează, Pi pi ță!, Pi pi ță!, Migu s-a apucat, probabil de ofticä, să șteargă cu tenișii toate zînele, concursul s-a terminat, bună ziua!, o să facă spume proastele alea de Miruna și Tatiana, de parcă d-asta nu mai pot io, doar să chițăie puțin și văd ele pe dracu, zînele au devenit diforme, s-au transformat într-o pastă colorată, zici că-i borîtură, chiar că zici, borîtură de zîne, borîtură de zîne, ne-am pus pe rîs, nenicule, cam așa se fac prieteniile, te mai rîzi, mai faci o poantă, nu doar te joci și atît ca toți fraierii și ăștia care nu știu decît fotbal și fațea, damblagii, ne-a văzut Bebe, Bebe e a patra, să stăm că vine și el, sanchi că vine și el, Bebe chiar vine, are și idei, hai să facem o cazemată, să n-o mai frecăm degeaba, ca să faci o cazemată trebuie să mergi în grădina din spatele blocului, să rupi niște crengi cu frunze din copac, să le atîrni de gard, să le pui una peste alta, Bebe ne explică și noi ne executăm, șase la Șchiopu Bărbosu, șase la Constantineasca, ăștia se crizează rău, sînt în stare să ne alerge pînă poimarți, să sune la ușă și să te dea în gît, asta e, fiecare meserie cu riscurile ei, cazemata e gata, are și acoperiș, Bebe e mulțumit, lu' Pipiță îi e cam tîrșă, dacă ne prind, nici nu-i vedem din cazemată, Migu îi trage un șut în cur, hep, ofsaid poziție, i-a tras cam tare, Pipiță se bîzîie, se duce să-l zică lu' mamaie, vede el acasă, pe Migu îl doare fix în pix, puțoii de grădiniță n-au ce căuta într-o cazemată, eu tac chitic, să nu mă dau de gol, sînt în grupa mare, da' nu văd de ce n-aș sta cu ei în cazemată, ce?, și io am construit-o, Bebe își amintește, și ăsta e la grădiniță, ca să rămîn cu ei trebuie să le demonstrez că nu-s, știe Bebe un test, hai în cazemată să vedem cît de șmecher ești, Bebe rînjește, intru în cazemată, cam nasol, trebuie să stai chircit, să nu te miști prea tare, altfel riști să se prăbușească acoperișu', mă cam înțeapă și o creangă, oricum, barem sînt în cazemată, Bebe are ceva în buzunar, se caută, scoate chibrituri și un chiștoc de țigară cu filtru, be te, ză best, străine, de la bulgari, țigară mișto, le-am șutit din coșu' de gunoi, ia să te vedem acu' dacă ai sînge în tine, pe cuvîntul meu că nu prea vreau, s-ar putea să mor otrăvit, și dacă aș renunța la cazemată nu m-ar mai lăsa Bebe să plec, e prea fericit că o să mă oblige să fumez, am fost obligat, mama, îmi dau cuvîntu' de onoare, dacă aș fi putut să fug, aș fi fugit, mă țineau și Bebe și Migu, s-au prins și ei că nu vroiam să mor otrăvit, Bebe aprinde chibritul, trage din țigară, acu' să vedem dacă ești băiat de grădiniță sau nu, țigara e între buzele mele, am fost amenințat, jur, trage, trage tare, trag, trag tare, Doamne, o drăcie scîrboasă, înecăcioasă, puturoasă mi-a umplu imediat pieptul, o să mor otrăvit, aleluia, nici nu mă așteptam să tușesc în halu' ăla, minute în șir, parcă aveam o morișcă-n gît, puteai să dai și cu ventilatoru' și fumu' n-ar mai fi ieșit din mine, Bebe se spărgea de rîs, așa, mă, bravo, ești băiat mare, da' nu mai tuși ca bou' că ne dai de gol, îi dădeam în continuare de gol, oricît vroiam să mă potolesc, mai trage o dată, băi, nu, gata, ajunge, mîna lui Migu era acum ceva mai moale, am țîșnit afară, am mai apucat doar să văd cum se dărîmă acoperișu' cazematei, să-l aud pe Bebe cum se leagă de morții mei și de-o chestie a mamei, altceva nimic, adio Rahan, Doamne, lasă-mă să trîntesc ușa după mine ca să nu mă mai întrebe nimeni nimic.

Păi, da, ca să mă întrebe acum, nu? La chestii d-astea cu flegme, cu înjurături și fumat poți să dai tu orice explicație îți trece prin minte – că ai fost amenințat, că te-au silit, că naiba știe mai ce –, poți să faci pe dracu-n paișpe sau să stai în cap, că oricum nu ține. Părerea mea. Dacă Filip s-a eliberat, și sînt convins că a făcut-o, de coșmarul ăla urît cu Steaua, nu e sigur deloc că același lucru trebuie să fie valabil și pentru mine.

În cazul în care aș fi uitat, am o mîncărime în scăfîrlie care ține musai să-mi reamintească de asta. Și nu cred să fie de-ajuns să vă descriu blîndețea lui Uca, zîmbetul ei care-mi lumina orice amărîtă de dimineață, după-amiază sau seară, mîngîierile acelea care ștergeau într-o clipă orice complicație chinuitoare ca și cînd nu ar fi existat vreodată, atît timp cît în amintirile mele se strecoară blestemata aia de librărie, spre care, ca un escroc sentimental fără scrupule, aproape că o tîram, știind, oho, mult prea bine, că nu-mi va putea refuza niciodată nimic, că e destul să mă arunc pe jos și să urlu ca din gură de șarpe, să dau din picioare și să fac spume la gură, pentru ca ea să-și dea și ultimii bani din pensie pentru vreo mașină cu telecomandă care avea să sfîrșească fără roți, chiar din prima zi, pe undeva pe sub pat sau după bibliotecă. Nu, nu aveam nici o remușcare. Cum n-am avut nici măcar atunci cînd m-am jucat, cică, cu Monica, într-o după-amiază ploioasă de pe Lunca Siretului, bloc D 40 (tot Drumul Taberei, sector 6), blocul lui Uca de patru etaje, ticsit de pensionari, mai buni – doamna Buzescu, doamna Sandu – și mai răi – domnul Buzescu, domnul Sandu –, în care garsoniera ei cu oglinzi adăpostea atîtea și atîtca minunății: o bucătărie în care se dădeau pasiențe și jucam tabinet (nu știu de ce, dar cîștigam întotdeauna), o baie cu vitralii și un pahar cu castelul Peleș în care se odihneau o periuță, un pieptene și un tub de pastă de dinți Cristal cu gust de ananas din care degustam periodic, un dulap întunecos plin de bunătăți, dulceață și gem, sirop și suc de roșii, zacuscă și murături, o cameră cu draperii verzi numai bune ca să te țină ascuns cu orele, cu un fotoliu (ca tronul unui rege) din care Uca îmi croșeta tichiuțe și mănuși, cu un scaun care devenea poarta la care Oneață Augustin înscria gol după gol pînă cînd Duckadam sau Stîngaciu se acopereau de rușine și dispăreau, cu un alt scaun, nemaivăzut, cu vulturi de lemn sculptați pe care era înlănțuit mai mereu un indian pe post de Prometeu plecat să aducă focul și cu figura, tot de lemn, a unui îngeraș cu cîrlionți ce îl reprezenta, de fapt, pe hrăpărețul Zeus, cu o vitrină unde se afla un urs de fier cu felinar care, nu știu de ce, îi zbura tot timpul capul vecinului său arab așezat pe un covor zburător, cu o păpușă pitică și creață (n-am să mai spun nimic despre ea, cred că vă puteți închipui singuri), cu un pat cît vaporul Titanic în care mă pierdeam în cel mai dulce răsfăț ce a existat vreodată, cu un șifonier uriaș plin de cearceafuri și pături sub care stătea pitită o bijuterie de săpun Fa pe care gustul cleios, infect, tot nu m-a dezvățat să-l mușc, cu un dulap în care se găsea marele Manitu, zeul indian, altfel o biată lumînare cu chip de om hîd, și cu un radio rusesc, imens, la care ascultam teatru radiofonic în regia lui Rome Ochelaru, iar seara, invariabil, vocea plină de purici și mister a lui Neculai Constantin Munteanu la Europa Liberă.

Monica asta era fata securistului de la doi, singurul om de la scara de bloc în afară de nevastă-sa care nu era încă pensionar. Monica era mică, urîtă și proastă. Monica mă călca pe nervi întotdeauna, dar asta nu mă oprea ca, ori de cîte ori mă plictiseam de zei și de fotbal, de tabinet și de pastă de dinți, s-o chem pînă la noi la etajul trei ca să, dracu' știe de ce, se joace cu mine. Mă plictiseam repede. Era prea proastă, v-am spus. Avea și muci. Ce nu pot să înțeleg acum e de ce continua totuși să vină de fiecare dată cînd o chemam, deși (cred că asta îi intrase pînă la urmă în cap) era luată la palme și trasă de păr după numai cinci minute de cînd intra pe ușă. Poate că tocmai chestia asta îi plăcea, nu știu. Dar, dacă ar fi fost așa, atunci măcar trebuia să tacă din gură și nu să se smiorcăie ca un copil tembel de la primul șut în fund pe care îl primea. De cele mai multe ori îi promiteam că nu am să-i mai fac nimic, doar ca s-o bat mai tare cînd se astîmpăra din orăcăit. Zău, era un fenomen fata asta, pentru că, oricît m-aș chinui, nu țin minte să fi bătut pe cineva în viață mai sistematic și mai aplicat decît pe ea. În fine, în după-amiaza aceea începuse să plouă și poate că aerul închis, stătut sau cerul ăla posac și mohorît au fost suficiente ca s-o caftesc mai tare ca niciodată. Parcă eram apucat. I-am pus piedică în fuga ei spre ieșire, iar cînd s-a ridicat, am reușit, bravo, Pușița, bis, s-o dau cu capul de ușă. Plîngea ca o disperată, naiba s-o ia. Nu a contat nici un moment faptul că Uca mi-a strigat să mă potolesc și chiar a încercat să mă țină. Vedeam negru în fața ochilor. Iar acum am să mă opresc ca un laș, nu, ca ultimul dintre lași, ca și cînd nu s-ar mai fi întîmplat nimic atunci: nimic despre mîna care a lovit-o, nu pe fetiță, ci pe ea, pe Uca, nimic despre plînsul ei de bătrînică bună, mică și speriată, nimic despre orele lungi pe care le-am petrecut apoi sub plapumă, nimic despre sărutul pe care mi l-a dat mai tîrziu pe frunte, gata, Pușiță, nu mai fi trist, n-ai făcut nimic, a trecut, a trecut, nimic despre plăcintele cu mere, despre pufarinele, mentosanele, dropsurile și siropul pe care mi le-a oferit, culmea!, ca să mă îmbuneze, nimic, absolut nimic despre acea după-amiază ploioasă.

Nu, m-am hotărît: cel mai bine ar fi să vă povestesc despre Bogdan și cu asta, basta, fie ce-o fi, îmi trece sau nu-mi trece, gata, punct, pentru că deja simt că v-am încărcat prea mult cu toate mîrșăviile, ticăloșiile și fărădelegile mele și veți vrea, eu știu, să vă odihniți și voi puțin, să vă clătiți mintea sau să mergeți la culcare. Habar n-am. Fiecare cu ale lui.

Eu, de exemplu, îl cunoșteam pe Bogdan ăsta de la un joc de fațea, el avea șase ani atunci, iar eu vreo trei, în orice caz, jucam pentru prima oară în viață așa ceva, era noapte, întuneric beznă, dar nu mirosea defel a brînză, Bogdan se punea, capul se rezema de braț, iar brațul de un tomberon de gunoi, număra din zece-n zece pînă la o sută, evident, cine nu era gata era luat cu o lopată și mînca și niște ciocolată, bizară chestie, Bogdan nu vroia să-și plimbe ursul, iar ursului îi ruginea lanțul, oricum, a fost de-ajuns să se uite într-o direcție greșită ca să țîșnesc din spatele lui și să-l scuip, pe spate, frumos, ca la carte și nicidecum pe tomberonul de gunoi, Bogdan se crucea, mi-a explicat liniștit că nu așa se face, că doar așa se spune, înțelegi?, înțelegeam eu ceva, era cam ca treaba cu lopata, ciocolata și ursul, nu există, totuși sînt, eram și fericit, iar motivul era penibil de simplu: cînd s-a mai pomenit în istorie ca un băiat de trei ani să-l scuipe pe altul de șase și să nu pățească nimic? Bogdan deci, cred că v-ați prins deja, era un băiat de treabă. Mă chema cu soldățeii afară să ne războim împreună, lucru cu adevărat nesănătos, pentru că, or fi soldățeii de toate felurile, dar în mod sigur nu sînt politeiști, au nevoie de un singur Dumnezeu care să știe totul, cu mai mulți dai în bălmăjeală și bătăliile își pierd tot farmecul, încercam să-i explic toate astea, dar lui i se părea frumos și așa, fiecare cu ale lui, iar lui nu-i plăcea singurătatea, ce-ar fi să vii pe la mine, mi-e urît, sînt singur, mama și tata la serviciu, tataia la piață, stătea în D 14, la parter, avea un microscop stricat și un *Bunul gospodar*, avea opt ani și vroia să se joace de-a mama și de-a tata, el tata, eu mama, pentru asta, cică, trebuia să ne dezbrăcăm în puța goală, să ne băgăm în pat, el să se suie pe mine, iar apoi să ne rostogolim, cu rostogolitul mai era cum era, dar cînd se punea pe mine era mai nasol, era greu, ciolănos și mă sufoca, i-am spus asta, ce joc tîmpit, însă el ținea musai să continuăm, murea să fie taică-su, apoi l-am auzit pe tataia la ușă, suna ca disperatu', o fi avut plase, era încărcat, tataia ăsta era un tataie rău, am văzut asta după disperarea lui Bogdan, care a sărit să se îmbrace, îmbracă-te și tu, repede, repede, să nu ne prindă, m-am îmbrăcat și, înainte ca tataia să intre în cameră, Bogdan mi-a făcut vînt pe balcon și mi-a zis să sar, am sărit, așa mamă ca mine n-am pomenit în viața mea, noroc că stătea la parter și n-am rămas în puța goală. Bogdan nu a fost un soț bun, s-a făcut că nu mă vede pînă ne-am mutat în Dristor, în mintea lui, acolo, o fi introdus divorț (ca părinții mei), adio tată, o să-ți găsești și tu altă mamă, asta e, așa e dat să fie, fiecare cu ale lui.

Două precizări:

1. „E întuneric beznă și miroase a brînză“ îmi spunea Filip în nopțile de vară cu tunete și trăsnete în care ne prefăceam înspăimîntați ca să ne înghesuim sub plapumă.

2. Nu știu de ce, dar mîncărimea aia a încetat să mă mai zgîndăre așa de tare.

8

Tata n-a mers pe tractor

Dacă tata se bărbierea duminică dimineața, mergeam la film sau la meci. Tata iubea pantalonii de stofă, cu dungă (pe care și-i comanda la croitor), cămășile în culori pastelate (cu nasturele de la gît descheiat) și scurtele de velur sau de piele întoarsă. Băteam bulevardul Republicii în sus și-n jos și mie mi se părea de fiecare dată că bucata aia de-o sută de metri, dintre Gambrinus și Casa Armatei, aduna toate cinematografele din lume și toți oamenii fericiți. Umblam mult, ca două furnici năuce, prin ditamai furnicarul, pînă mă stîrneau un afiș, un titlu, un nume de actor. Atunci, tata mă lăsa să-l aștept într-un loc mai ferit, se pierdea în mulțime, cred că sufla flăcări pe nări ori se dădea peste cap, nu știu ce făcea, dar făcea sigur ceva ieșit din comun, fiindcă se întorcea întotdeauna cu brațul ridicat, cît să înțeleg de la depărtare că a reușit și să văd biletele fluturîndu-i între degete. Se întîmpla însă uneori ca ora de începere a filmului să nu se împace cu ora pe care-o arăta ceasul lui rusesc, așa că intram unde se nimerea și ne rugam să avem noroc. Cînd întunericul sălii ne învăluia, cînd lumea de-afară nu mai exista și în locul ei se întrupa cealaltă, cu culorile, cu muzica, cu replicile, cu împrejurările și cu personajele ei (și, fiți siguri, regula de căpătîi se respecta și acolo, lucrurile se împărțeau în bune și rele), cînd aparatul de proiecție torcea ca Fifi, pisica noastră, și cînd aerul stătut și acru începea să înghețe (din cauza vreunui bandit sîngeros, a unui neamț crud, a unui cardinal avid de putere, a unei femei elegante și prefăcute, a unei avalanșe, a unei căpetenii sioux sau a unor explozii devastatoare), ei bine, chiar în clipele alea, simțeam că aftershave-ul lui tata miroase ca scorțișoara și că mîna lui e tare caldă. La ieșire, era duminică la prînz și lumina zilei (chiar și în zilele înnorate) ne orbea pe amîndoi și ne obliga să ne ștergem ochelarii. Înainte să luăm troleul către casă, ne opream la o cafenea mică, lîngă Carul cu bere, unde el bea o vodcă mare, iar mie îmi cumpăra un Pepsi și cîteva senvișuri cu cașcaval. Nu știu de ce, tot sorbind din pahar, tata se uita pe fereastră la strădușa pustie și la tencuiala gri a Muzeului Național de Istorie.

Pe stadion era altfel, deși se chema tot Republicii, ca bulevardul cinematografelor. Fiind duminică dimineața, ne duceam la meciurile de la matineu. Și cine juca la matineu? Rapid. Atît. Cincizeci de mii de oameni se înghesuiau în tribune ca sardelele sau ca șprotul afumat (și tribunele chiar semănau cu o conservă), stăteau și pe scări, pe garduri, se cățărau pe stîlpii cu difuzoare și pe pancarta uriașă de la peluza a II-a, pe care scria cu litere roșii „Trăiască și înflorească R.S.R.!". Și cei cincizeci de mii (mai puțin doi, eu și tata) intrau într-o stare hipnotică încă de la ieșirea jucătorilor din vestiare, de cînd apărea în gura tunelului un șarpe lung și vișiniu, care cerceta un pic împrejurimile, pe urmă traversa grăbit pista cu zgură, se prelingea pe iarba tunsă scurt, se oprea la mijlocul terenului și se răsucea pe-o parte și pe alta, salutînd publicul înainte de-a se rupe-n bucăți, unșpe titulari și cinci-șase rezerve, după cîte vertebre avea. Ce se întîmpla în jurul nostru nu era nici cor, nici hărmălaie, nici vuiet, erau 49.998 de declarații de dragoste suprapuse. Acolo juca Rapid. Atît. Adversarul nu exista, mai ales că echipele din B, în seria a II-a, erau pricăjite și verzi ca broaștele, încît toată lumea aștepta să fie înghițite de șarpe. După ce fluiera arbitrul și după ce mingea începea să se învîrtă, conta doar cum mînuiau instrumentele lăutarii din teren. Dacă Nae Manea avea chef să ciupească vioara pe extrema stîngă, dacă piticul Paraschiv se îndemna să bată la țambal în linia de mijloc sau dacă plăvanul ăla, Damaschin, trăgea de acordeon prin careu, se încingea un chef pe cinste, cu strigături. Cîteodată însă, cîntăreții erau obosiți, fiindcă erau și ei băieți tineri, iar duminică dimineața urma după sîmbătă noaptea, cînd se făceau praștie, pulbere, mangă sau pilaf pe la tot felul de nunți, botezuri, chermeze, onomastici și cîrciumi. Atunci era jale. Jale mare. Mii de bărbați, cei mai mulți tuciurii (mai tuciurii decît plăvanul ăla, Damaschin, care avea pielea de cacao), se simțeau deodată înșelați de iubita lor cu nume băiețos, Rapid, și începeau să fluiere, să înjure, să huiduie, să amenințe și să blesteme, încît mă temeam (eu, nu și tata) că o să pună foc, o să-și pună capăt zilelor sau o să pună mîna pe răngi. Și nu m-am temut degeaba. Într-o duminică dimineața, însorită, veselă, nu în cea în care un gîscan bătrîn și înfoiat (Dobrin, ajuns la Oțelul Tîrgoviște) a prins șarpele vișiniu în cioc și a dat cu el de pămînt, în alta, cînd tata era puțin răcit, unul dintre bărbații ăia tuciurii, trădat de iubita lui (într-un meci amărît cu I.P.A. Aluminiul Slatina), a aruncat o bară de fier înspre teren, dar n-a nimerit pînă acolo, ci a lovit un om de pe rîndurile de jos, unul ca toți ceilalți 49.999, care-și plătise biletul și care ronțăia semințe de bostan. Iar omul ăla, care nici măcar nu văzuse bara zburînd în spatele lui, pentru că n-avea ochi la ceafă ca zmeii și suferea și el din cauza fetei cu nume băiețos, a căzut într-o baltă de sînge și a murit. A scris și-n ziar. Luni. În *Informația Bucureștiului*, la rubrica „Aflăm de la Miliția Capitalei“. Era după-amiaza, tata plecase pe unul din șantierele lui (poate se întorcea peste o săptămînă, poate peste două), mama moțăia, Matei nu se născuse, eu îmi construisem o colibă sub birou, cu pături, am aprins o lumînare (nu pentru omul care ronțăise semințe de bostan, ci pentru că-n colibă era întuneric) și mi-am dat seama că n-o să mai mergem niciodată la meciurile de pe stadionul Republicii. Și n-am mai mers.

Acum, mă tot gîndesc ce căutam noi acolo. Eu țineam cu Dinamo, tata cu Steagul Roșu, n-aveam nici o treabă cu mingicarii ăia de duzină din divizia B. Lucrurile au însă logica lor, așa cum și misterele (unele) se dezleagă într-o bună zi. Mai întîi, în preistoria familiei, o fată brunetă și subțire l-a întrebat ceva în șoaptă pe-un tip scund și clăpăug, chiar în timpul unui examen de admitere la facultate, mai precis la Filologie. El, care trebuie să fi citit pe chipul fetei o naturalețe semeață, s-a fistîcit puțin, a ridicat stiloul de pe coala velină și, măcar din orgoliu, dacă nu și din alte motive, s-a grăbit să-i răspundă. Numai că a făcut-o stîngaci, cu prea mult aplomb, și a fost observat de-un supraveghetor. I-au anulat lucrarea și l-au dat afară din amfiteatru. A așteptat-o la ieșire, nu cu reproșuri sau povești lacrimogene, nici cu scandal, nici cu flori, ci ca s-o invite la un concurs de atletism. S-au dus, pentru că ea era miloasă și avea remușcări (cu toată naturalețea semeață de pe chip), iar băiatul ăla (care fuma întruna și nu prea ridica ochii din asfalt) mai umbla și șchiop de cîteva zile, după ce-i cursese acid sulfuric pe piciorul stîng. Pe stadion, la startul unei probe de semifond, ea s-a speriat și a țipat tare, tare de tot, fiindcă n-a priceput cine și de ce trage cu pistolul. Lumea din jur a rîs în hohote, iar primul episod al serialului (nu o telenovelă, nu un sitcom, nici o soap-opera) s-a încheiat brusc, pe fondul muzical al vremii, să zicem pe-o melodie de-a lui Giani Morandi sau de-a Pompiliei Stoian. Din genericul de final, putem afla că rolul fetei brunete și subțiri a fost interpretat de mama, pe-atunci în vîrstă de 18 ani, iar cel al tipului scund și clăpăug de tata, care tocmai se certase cu tata-mare și, neavînd unde dormi, înnopta într-o tutungerie, pe-o saltea înghesuită sub tejghea. Și mai e un amănunt: concursul de atletism s-a desfășurat pe Republicii. Pe urmă, tot în epocile tulburi și îndepărtate de dinainte de nașterea mea, s-a mai petrecut un fapt (deloc de ignorat) aflat în strînsă legătură cu acel stadion. Tata a fost nevoit să se tundă chilug după ce a pariat cu un prieten, la un meci pe viață și pe moarte, că Steagul o să învingă pe C.C.A. și o să ducă tricourile de campioni, pentru prima oară, la Brașov. Or, n-a ieșit așa. Fiindcă la un șut ca din tun al lui Tătaru I, o vrajă rea, ceva în genul ăsta, mingea s-a oprit în vinclul porții (chiar s-a oprit, la propriu, a rămas înțepenită între bara de sprijin și plasă), cum se vede o dată la un sfert de secol. Cu capul lucind ca un bec, acel suporter mărunțel, în al cărui buletin de identitate, la rubrica *locul nașterii*, stătea scris Săcele, trebuie să fi arătat mai clăpăug și mai cătrănit ca niciodată.

Pauză de fumat. Și, cum n-o să-mi aprind țigara sub ochii lui tata, am să ies puțin din poveste și am să-l caut pe Matei. Noi, frații Florian, avem de lămurit niște chestii:

chestia 1 – mamă, ce nasoale sînt mîncărimile pe dinăuntru!

chestia 2 – mi-e milă de războinicii ăia căzuți în luptele din spatele ușii închise, în tundra nesfîrșită din camera Mateiului mic, acolo unde „noaptea se furișează duminica la ora două după-amiaza", unde există „o stîncă uriașă care seamănă ca două picături de apă cu o carte" și „un deal ca o cută de pernă", unde „răsăritul nu întîrzie să apară odată cu perdeaua trasă" și unde „mațele soldaților (după cum spune o voce din înaltul universului) n-au nici un gust". Dumnezeu să-i ierte pe Bil, pe grenadierul fără nume, pe Frenc și pe telefonistul generalului, iar Marele Spirit să-l primească cu brațele deschise pe indianul ciuruit de gloanțele lui Bob!

chestia 3 – dacă n-ar fi fost vorba de „cadavre minuscule de plastic din care se înfruptă o haită de coioți invizibili", dacă preria n-ar fi fost tundră și dacă generalul n-ar fi fost însoțit de-un telefonist cu mult înainte de inventarea telefonului, mi-ar fi fost și mai milă. Și s-ar mai fi ivit o problemă. Mirosul. Mirosul cumplit din camera lui Matei. Gîndiți-vă doar la moletierele puturoase ale yankeilor, la respirațiile lor duhnind a whisky prost și a frunze de tutun, la transpirația cailor și la ce trebuie să fi scăpat în pantaloni lașul de Frenc cînd s-a văzut trîntit la pămînt și încălecat de cuțitarul rănit.

chestia 4 – asta e istoria USA, cum bine zice frati-miu referindu-se la altă istorie (din D13), „un carnagiu dichisit cu teroare și sînge, cu spaimă și agonie". Și sînt mîndru de Mateiul mic, de ce făcea el acolo cînd își tot închidea ușa, fiindcă era un spirit liber și drept (Micul Spirit, un zeu amero-indian preșcolar), capabil să-l reînvie cu puteri înzecite pe Gioe Limonadă. Sînt fericit să aflu că, în apartamentul 40, soldățeii cu fețe palide nu ucideau copii și bătrîni, nu violau femei, fetițe și capre, nu împușcau lupi care dansaseră cu Kevin Costner, nu incendiau corturi și nu masacrau bizoni (și nu că n-ar fi putut s-o facă, dar degetele divine îi împingeau mereu în situații complicate, în rîpe cețoase, în trecători, în grohotișuri, unde soldățeii cu piei roșii reușeau să le vină de hac, bucurîndu-se de nenumăratele victorii din războiul pe care aveau să-l piardă).

chestia 5 – e clar că și eu am fost Rahan, dar mai mult și mai mult am fost Tarzan, fiindcă strigătul lui de luptă îmi plăcea mai tare (iar de Jane nu mai spun). Pe tutele alea cu ochi mari și bovini, Arădeanca, Oana, Luana și Sînziana, nu le-am înghițit niciodată și, de fapt, nici nu știam cum le cheamă și ce caută la noi în casă. Bine că Matei a pus mîna pe pila de unghii (pentru că, asta-i regula, cînd ești Rahan îți trebuie neapărat un pumnal) și le-a găurit pînă le-a făcut ciur. Ce păpuși urîte și proaste!

chestia 6 – lumea și revista *Rahan* (cu tot cu editorii ei socialiști) au existat și înainte ca Matei să-și dea seama. La fel, săgeata otrăvită care l-a doborît pe sălbaticul blond a existat înaintea ciupercilor otrăvitoare care i-au provocat visul despre moarte, iar ploaia care i-a spălat veninul din rană (vindecîndu-l miraculos) s-a pornit din cer, mai precis din niște nori suri, înainte ca el să fi mîncat bureții nebuni. Pentru cine nu crede, ferfenițata colecție a revistei *Rahan* stă mărturie prin biblioteci.

chestia 7 – după ce Mateiul mare a lăsat larg deschisă ușa camerei Mateiului mic, ochii mei nu s-au întunecat. Noroc că lui, coautorului (care a bănuit ori s-a temut că ochii mei se vor întuneca), i-a mai trecut mîncărimea aia pe dinăuntru.

...uite că am fumat trei țigări, nu una, iar tata s-o fi săturat să mă aștepte și să scruteze de unul singur negura vremurilor, închipuindu-și cum ar fi curs viața lui (și a noastră, a tuturor) dacă la șutul ca din tun al lui Tătaru I mingea nu s-ar fi oprit unde s-a oprit, ci ar fi mușcat bara și ar fi sărit în aut de poartă.

La început de tot, cînd ne-am mutat în Drumul Taberei, D 13 semăna cu un vapor ancorat într-un port aproape pustiu. La distanțe măricele se mai zăreau și alte nave, iar între ele, apa fremăta, mîngîiată nu de briză, ci de vîntul cîmpiei, o întindere de noroaie clisoase și gunoi. Dimineața, cînd pleca la serviciu, mama își vîra picioarele în pungi de-un leu (de culori diferite), pe care le lega cu sfori sub genunchi. Ajungea la asfalt abia după jumătate de oră, la Piața Moghioroș, unde scotea pungile alea stropite și mînjite de sus pînă jos (părînd în sfîrșit o pereche, ambele maronii), rămînea în pantofi și se suia în autobuz. Mai tîrziu, în port au început să se croiască diguri și digulețe, iar D 13 a ajuns să fie legat cu odgoane groase la dana botezată aleea Băiuț. Și exact atunci, în primăvara în care a devenit limpede pe unde se întind străzile și trotuarele și unde vor fi spațiile verzi, comitetul de bloc a ținut o ședință legendară, la care, nici în ziua de azi nu înțeleg cum, a fost convins să participe și tata. Iar tata i-a terminat, le-a luat mințile și i-a lăsat să viseze frumos. Le-a promis mesteceni, salcîmi, stejari și arțari roșii, brazi argintii, platani, pini cenușii, nuci, sălcii crețe, tufe de liliac și iasomie, rododendroni, ienuperi și tuia, de fapt șiruri întregi de tuia, gazon și flori, bulbi și răsaduri, butași de trandafiri și iederă. Afară era călduț și praf, noroiul se transformase în bătătură, se învîrteau întruna în jurul blocului, tata în frunte și comitetul de bloc la cîțiva pași în spatele lui, ei tot dădeau din cap și ziceau dom' inginer așa și dom' inginer pe dincolo, iar el descria cu mîna dreaptă linii și cercuri imaginare, romburi și ovaluri, vorbea cu înfrigurare, nota ceva într-un carnețel, rîdea, făcea schițe, mic de statură, dominator și foarte bine dispus. Cînd mama l-a întrebat seara „ce rău ți-au făcut, Aurele, oamenii ăștia?“, el a oftat apăsat, ca un motan atoateștiutor, și i-a răspuns „ai răbdare“. Și s-a dus să citească, în patul lui din bibliotecă, nu în dormitor. În orice caz, cam două săptămîni după ședința legendară, locatarii de la scările A, B, C și D au trăit cu convingerea că dom' inginer Florian, cu priceperea și cu relațiile lui pe la pepiniere, sere, ocoluri silvice și institute de horticultură, o să transforme maidanul din jurul blocului (și din jurul nostru, al tuturor) într-o neasemuită grădină botanică. Am simțit pe pielea mea cît de convinși erau, fiindcă Naghy și Florea îmi dădeau bomboane, Constantineasca îmi dădea clătite, Șchiopu Bărbosu mi-a dat o minge de ping-pong și un pix, iar Matilda, așa cum era ea singură pe lume, plinuță, cochetică și cu un cîrlionț pe frunte, mi-a dat într-o zi un pupic. Dup-aia au început să bată la ușă, să-l caute pe dom' inginer și să se intereseze cînd vine primul camion cu puieți. Mama habar n-avea, eu nici atît, iar tata ne făcea semne disperate să spunem că nu-i acasă. Cînd timpul plantării copacilor s-a dus și cînd s-a ales praful de sorocul multor bulbi, răsaduri și semințe de flori, cu alte cuvinte cînd se apropia vara, Naghy m-a urecheat fiindcă o făcusem pe fii-sa umflată, Florea a încercat să-mi tragă o scatoalcă atunci cînd m-am șters pe preșul lui (după ce călcasem într-un caca de cîine), Constantineasca, de la parter, și-a reluat țipetele și amenințările la coborîrile mele de la patru (și reușeam să cobor din șapte în șapte trepte, cu bufnete și izbituri în balustradă), Șchiopu Bărbosu se acrise, iar Matilda părea mai tristă și mai interiorizată ca oricînd. Pînă la urmă, încolțit din toate părțile, tata le-a zis că el e inginer energetician și să nu-l mai cicălească atît, că nu se pricepe la plante. Cineva l-a sfătuit, dacă tot lucrează în domeniu, să-și repare măcar soneria.

Or, în privința reparațiilor, tata era un iluzionist. Te convingea imediat, cu o mină gravă și cu explicații docte, că nimic nu poate fi reparat. Despre priza de pe hol, de lîngă ușa de la baie, a susținut trei-patru ani că nu primește curent, că trebuie să fie vreun fir întrerupt în perete. Ca să pornească mașina de spălat, mama se chinuia cu un prelungitor pe care-l întindea pînă-n bucătărie, unde anula ștecherul frigiderului. Pe urmă, într-o după-amiază, cînd a avut el nevoie, tata a înlocuit priza stricată în cinci minute.

Faptele lui, la drept vorbind, erau neprevăzute. Cînd aveam musafiri (și cam aveam), ba înflorea, făcea glumițe și stătea la taclale pînă-n zori, ba era ciufut, vorbea monosilabic și se închidea în camera lui. Iar felul ăsta de-a fi nu ținea de împrejurări, de persoane, de simpatii sau antipatii, pur și simplu astăzi era numai miere, iar mîine, mai mult chinină. Se certa des cu tăică-su, se întîmpla să nu-și vorbească cu anii, fiindcă mereu ieșeau la suprafață moroii și vîrcolacii trecutului, oricît de adînc i-ar fi îngropat. Tata-mare divorțase la sfîrșitul războiului, își împărțise copiii cu fosta nevastă și, ținînd un băiețel de patru ani de mînă (tata), începuse să colinde prin țară, pe unde se găsea de lucru și se cîștiga mai bine. Băiatul nici nu apuca să se obișnuiască într-o școală și pleca la alta, așa încît a terminat fiecare clasă în alt oraș, iar prieteni nu și-a făcut nicăieri. În plus, de cîte ori sub bolta palatină a lui tata-mare se ciocneau nori plumburii, plini de refulări și frustrări, puștiul atrăgea ca un paratrăsnet toate descărcările electrice. Iar fulgerele alea (bătăi, pedepse și o mulțime de meschinării) nu s-au domolit nici după ce a apărut în viața lor o unguroaică bună și caldă, căreia tata, din toată inima lui din anii '50, i-a zis lung timp tovarășa Irina, cum auzise că o strigau în secția de tapițerie, la Autobuzul. Și chiar dacă mama-mare era bună și caldă ca o franzelă (atît de bună și de caldă, încît motanul Pișta o conducea la fabrică, vreo trei kilometri, umblînd pe muchia gardurilor), tata tot fugea de-acasă, în primul rînd la Brașov, la mama lui adevărată. Femeia aia miorlăită îi dădea însă o farfurie de supă, îl pieptăna cu cărare într-o parte și-l trimitea la gară, spunîndu-i de fiecare dată „Auraș, mamă, n-are mămica unde să te țină, că, uite, am și eu bărbat și copii". Odată, pe la paișpe ani, tata a coborît unde s-a oprit trenul, la Hunedoara, și s-a angajat la combinatul siderurgic. Scăpa și el de descărcările electrice, măcar din cînd în cînd. Mai tîrziu, obiceiul de-a colinda pe întinsurile patriei și reflexul de-a fugi de acasă cred totuși că i s-au păstrat. Altminteri nu-mi explic de ce pleca întruna pe șantiere. Zicea că pentru bani, dar nu-l credea nimeni. Cîteodată, după discuții interminabile, mama îl convingea să rămînă în București, într-unul din posturile călduțe de la birouri. Erau perioade cînd aveam și eu un tată pe aleea Băiuț, unul în carne și oase, nu doar pe hîrtie și pe la sfîrșiturile de săptămînă. Dacă atunci s-ar fi montat în apartamentul 40 un aparat pentru măsurarea iubirii, precis acul ar fi săltat pe scală, ar fi lucit și ar fi dat zglobiu din coadă. Teoretic, în acele luni mă apăra și pe mine cineva (de Naghy, de Florea și de găliganii care-i supun la cazne pe puradei). Pe de altă parte, mi se tăia macaroana în multe privințe. Auzeam fraze neobișnuite, rostite sec: „Nu te ridici de la masă pînă nu termini din farfurie!", „Nu ieși afară înainte să-ți faci lecțiile!“, „Nu mergi la nici un fotbal dacă mai văd balamucul ăsta în casă!“. Și începea un război al nervilor pe care uneori îl cîștiga el, alteori eu. Indiferent de deznodămînt, pierdeam mult timp cu disputele alea tăcute, iar timpul însemna joacă și prieteni. Libertatea mea nemărginită se ciuntea serios cînd tata era zi de zi în Drumul Taberei, deși își respecta și acolo ritualurile de șantierist. Juca iams de unul singur, umplea tot felul de caiete cu calcule probabilistice pentru loto și pronosport, avea la capul patului, pe perete, o fotografie format A4 a marii lui iubiri (una, Ioana Domșa, care-l lăsase pe vremuri cu buza umflată), ținea radioul deschis și-n somn, citea mult, fuma industrial și bea în registru casnic, de preferință bitter și vodcă. În diminețile de duminică în care nu se bărbierea, deci cînd nu mergeam la film sau la meci, coboram din patul meu, lipăiam pe culoar, mă băgam sub pătură lîngă tata, mă lipeam de el și ascultam împreună teatru radiofonic pentru copii. Voi ați ascultat *Emil și detectivii*? Sau *Aventurile lui Tom Sawyer*? Sau *Comoara din insulă*? Dacă nu, vai de capul vostru!

Despre mama-mare ar fi bine să știți că făcea foarte des scovergi, care erau grozave fierbinți și tari ca piatra cînd se răceau. După ce m-am născut, cum nu putea ține minte numele ăsta, Filip (care trebuie să i se fi părut de pe lună), se lăuda în dreapta și-n stînga că are un nepoțel pe care-l cheamă Anton. Nu știu dacă ne-a vizitat în Drumul Taberei de mai mult de două ori, în doisprezece ani. O vedeam doar cînd ne duceam în Ferentari, unde eu, milogindu-mă să nu mai fiu lăsat acolo cu zilele, am spus cu voce tare (și cu o nesimțire precoce) că au o casă urîtă fiindcă nu sînt tablouri pe pereți. Tata-mare, în schimb, cred că a ajuns pe aleea Băiuț de vreo zece ori. Îmbătrînit, destul de bolnav și aflat pe teritoriu străin, parcă nu mai lansa fulgere scăpărătoare. Îmi dădea cîte-o fisă de trei lei sau cîte-o hîrtie de cinci și-mi zicea să-mi iau gogoși, mai meșterea ceva la o clanță, mai punea niște chit la un geam, mai schimba o garnitură pe la bateriile de la chiuvete, tot spera că între el și tata o să se aștearnă definitiv pacea și n-o să mai fie vorba doar de armistiții și de întreruperi sporadice ale focului. Tata însă nu abdica de la postura de beligerant nici în ruptul capului, cu toate insistențele și abilitățile de mediator pe care le arăta mama. Nu-l impresiona nici că tata-mare îmi culegea vișine cu hoțoaica, nici că m-a luat odată la pescuit (la Cărămidărie, o baltă de prin Pantelimon), nici că se plîngea de dureri cumplite de genunchi (de la o artrită nesuferită, care pînă la urmă s-a moștenit ca o descărcare electrică cu efect întîrziat). Războiul dintre ei se relua necontenit, iar arma devastatoare pe care-o descoperise tata era părăsirea cîmpului de luptă, nu ca o fugă, nici ca o abdicare, ci ca o condamnare a adversarului la a fi singur (singur cuc) și la a se topi de dor. Refuzînd categoric să ridice steagul alb, tata-mare cred că a suferit ca un cîine. Iar încăpățînarea lui era nemăsurată. Eu am încercat să o măsor într-o vară, la primul lui drum pe aleea Băiuț, dar n-am izbutit. Mă ținea de mînă (așa cum îl ținuse probabil și pe băiețelul cu care se alesese la divorț), îi arătam cu degetul ferestrele noastre de la patru, din D 13, la bucătărie chiar era lumină, iar el îmi explica enervat că nu locuim acolo, ci în blocul de peste stradă, tot la ultimul etaj și tot pe colțul nordic. M-a tîrît pe scări pînă sus, în D 14, nu l-a clintit nici faptul că pe ușă scria Fam. Eretescu, a sunat insistent (parcă vroia să anunțe o inundație) și l-a întrebat pe nenea care ne-a deschis ce caută acolo și unde e familia inginerului Aurel Florian. Pe urmă a coborît bodogănind, iar cînd am ajuns la noi, l-a certat pe tata că nu știe să facă o schiță precisă.

Și, dacă tot simțeam uneori că tata m-ar putea apăra de Naghy, de Florea și de găliganii care-i supun la cazne pe puradei, m-am gîndit că ar fi în stare să le domolească și pe profesoarele isterice. Așa că l-am rugat să vină la școală, după ce profa de fizică (al cărei nume nu mi-l amintesc nici picat cu ceară) mi-a ars din senin o palmă, în laborator, cînd tocmai o mîngîiam pe pulpe pe Nicoleta Neagoe. M-a nimerit cu inelul (un inel cu piatră verde) chiar în buza de sus și m-a umplut de sînge ca pe-un purceluș tăiat. Doamne, îmi visam, cum o s-o mai pedepsească tata! Iar tata a venit pus pe fapte mari, mi-a promis că rezolvă el totul, s-a oprit drept în fața cancelariei și s-a interesat unde e profesoara de fizică, ea era chiar acolo, în cancelarie, a ieșit curînd cu părul ei șaten și ondulat, cu un taior bej și o fustă plisată verde (ca piatra de la inel), cu pantofi cu toc cui pe mozaicul plin de ecouri și de sunete vii, cu mîna dreaptă ridicată, nu ca să lovească din nou, ci într-o plutire blîndă și leneșă. Îmi imaginam c-o să văd și o să aud multe, dar ce-am văzut și am auzit m-a lăsat fără aer. Tata s-a aplecat curtenitor și a sărutat mîna care mă plesnise, își tot cerea scuze pentru incident (de parcă eu aș fi mușcat-o de degete și m-aș fi rănit în inel) și se bucura aflînd că sînt un elev bunicel, căruia nu-i strica să-și dea un pic mai mult silința. Profesoara de fizică, mi s-a părut deodată, semăna cu tipa aia (Ioana Domșa) care ne privea de la capul patului lui tata și asculta împreună cu noi, mereu, teatru radiofonic pentru copii. Iar cu el, v-am mai spus, nu era greu să rămîi mut, paf sau cu gura căscată. În Deltă, de exemplu, în campingul de la Murighiol, a stat o seară întreagă la terasă (cu un amic, Sandu, un subinginer care-i spunea șefu' și care avea un Fiat 800 și o nevastă Sanda), m-a pus să umblu pe sub felinare și să prind rădaște (ca să dăm a doua zi la somn) și, la un moment dat, tîrziu, m-a trimis în cameră după un pachet de țigări. Mi-a zis să intru repede și să nu las ușa deschisă, ca să nu năvălească țînțarii. Și țînțarii nu s-au năpustit înăuntru, în schimb era ceva sub dulap, un animăluț care scîncea, chițăia, scheuna, rîcîia, nu știu ce sunete mai scotea, dar m-a speriat groaznic. M-am urcat pe masă și m-am uitat aproape un minut la podea, mă gîndeam c-o fi un șobolan sau un dihor, pînă cînd a ieșit un pui de cîine cît un borcan, puțin mai închis la culoare ca mierea și la fel de speriat ca mine.

Era puiul cu care mă jucasem trei zile, înnebunit, topit (fiindcă e o vîrstă cînd nu te îndrăgostești de fete, ci de cîini), puiul de lup alsacian al unor francezi care colindau cu rulota și care plecaseră în după-amiaza aia. N-am înțeles nimic, mi s-a încălzit pieptul ca după un ceai fierbinte, l-am luat în brațe și am fugit la tata. Tata rîdea, m-a luat și el în brațe (sînt sigur că și lui, cu toată berea rece, i se încălzise pieptul ca după un vin fiert) și mi-a șoptit că l-a furat pentru mine. Amicul lui, Sandu, subinginerul ăla care avea un Fiat 800, o nevastă Sanda și o față unsă cu toate alifiile, mi-a făcut cu ochiul. Apoi, pornind din acel punct și din acea clipă, două linii curbe au început să se întindă încet, insesizabil, se lungeau cu fiecare săptămînă scursă, cu fiecare lună, s-au întins pînă cînd, pe rînd, au închis două cercuri. Primul cerc a cuprins o poveste de șantier: lui tata i s-au aprins călcîiele după o fufă din Constanța pe care-o angajase să aibă grijă de niște hîrțoage; fufei, căreia nu i se distingea tenul sub farduri, dar i se distingeau sînii sub decolteuri și picioarele sub fuste mini, i s-a năzărit să profite de sfîrîitul călcîielor și să facă bani frumușei; subinginerul Sandu, viclean copil de casă, a pus ochii și pe fufă și pe banii frumușei; cînd lui tata îi era inima mai dragă, fufa și subinginerul Sandu au fugit cu Fiatul 800 și cu banii frumușei; miliția i-a prins, iar justiția R.S.R. i-a condamnat pentru furt din avutul obștesc, cu executarea pedepsei la locul de muncă; tata a venit negru de supărare la Sinaia, unde respirau aer de munte fiii lui (eu și bebelușul Matei) și i-a povestit totul, de-a fir a păr, soției (mama); ascultîndu-l, mama s-a făcut de piatră, ca scovergile din Ferentari cînd se răceau; de piatră fiind, mama era inimaginabil de frumoasă; Sanda, nevasta subinginerului Sandu, care avea și ea pe-atunci un bebeluș (nu ca Matei, fiindcă nici un bebeluș nu se compara cu el), a apărut odată în apartamentul 40, din D 13, și a bocit pînă i-au curs mucii. Al doilea cerc a descris o viață de cîine (la propriu), nu prea lungă, pînă la ultima suflare și la ultimul zvîcnet: Kita s-a dovedit a fi o corcitură mai grozavă decît toți lupii alsacieni; a ros pantofii din casă, cotoarele cărților de pe rafturile de jos ale bibliotecii, brațul unui fotoliu și o policioară de la vitrină; Florea o ura, Naghy se apleca s-o mîngîie; vara, pe șantierul lui tata de la Agigea, Kita lătra la valuri și încerca să prindă pescăruși; cînd a fost otrăvită de-o babă din C 37, a zăcut o zi și o noapte, dar m-a auzit cum plîng, m-a văzut cum dorm lîngă ea pe covor și s-a străduit să învie; Kita era capabilă de minuni, ca o zînă; poate n-ați uitat Miracolul C, din capitolul 4 („mă așezam pe sanie, țineam bine de lesă și doar șopteam hai, Kita, hai! și se opintea din trupușorul ei lunguieț, puțin mai închis la culoare ca mierea, pînă urnea sania din loc, asta era mai greu, după aia alerga ca o nebună, cu gura deschisă și cu limba atîrnînd într-o parte, în vînt, auzeam cum ne bat inimile, cum ticăie ca două ceasuri de bucătărie, cum își potrivesc încet, încet cadențele pînă se aude un singur ticăit, cine mai avea de la

Valea Ialomiței pînă la Valea Argeșului așa un cîine? nimeni, vă zic precis, nimeni“); odată, după Paște, a dibuit prin iarbă un craniu de miel și l-a cărat la etajul patru, îl păzea mîndră pe preșul de la ușă, parcă ar fi vînat și ne-ar fi adus un iepure de cîmp, nu un os împuțit dintr-o ciorbă; a plecat într-o toamnă pe-un șantier de-al lui tata, cînd el suferea de singurătate; de atîta singurătate, tata nu și-a amintit s-o vaccineze la timp; după ce s-a îmbolnăvit, Kita a devenit tristă, tare tristă, îmi lingea palmele mai des decît ar fi leorpăit apă, iar după ce a intrat în comă, a mai deschis o singură dată ochii, mari, uriași, înghețați, ne-am întîlnit pupile în pupile cînd medicul i-a înfipt seringa cu stricnină în inimă și cînd inima ei n-a mai ticăit ca un ceas de bucătărie.

Tata strîngea fise de trei lei într-o sticlă de lapte. Dar mai strîngea el și alți bani, de care noi nu știam mare lucru, pentru că nu s-a prea bucurat cînd o barză ciudățică s-a oprit la mama în burtă și s-a pus pe clocit. Atunci am aflat că tata își dorea nespus o mașină. Cred că nu un Fiat 800. Presupun că o Skoda sau o Lada. Mai important e însă că, după ce barza și-a dus treaba la bun sfîrșit, copilașul care a ieșit din ou a întrecut toți parametrii tehnici ai unui Rolls Royce sau ai unui Maserati. Recent, coborînd noi (autorii acestei cărți) pe o vale stîncoasă din Munții Bucegi, pot să jur că l-am auzit pe Matei Florian imitînd din buze, perfect, un Porsche ultimul tip. Privind-o pe mama vreme de nouă luni, tata n-a bănuit nici o clipă ce limuzină de lux crește în pîntecele ei. Pe urmă, privindu-l pe Matei atîția ani, a înțeles încet, încet.

Ca inginer, lui tata îi plăcea să fie șef peste cît mai mulți oameni, dar ca fotograf era un artist retras, care n-avea nevoie de public. Pozele lui alb-negru ar fi cîștigat destule premii și și-ar fi găsit loc în reviste dacă pe el l-ar fi preocupat asemenea lucruri. Nu-l preocupau. Îl interesau doar luminile, contrastele și contururile, cu care făcea experimente de alchimist în minuscula lui cameră obscură (amenajată în veceul de serviciu al apartamentului 40). Și, deseori, după ce tata stătea închis în încăperea aia de un metru pătrat, pe întuneric, vedeam cum apar fotografii ca nisipul aurifer sau chiar ca pepitele. Mă lua și pe mine cîteodată în atelierul lui vrăjit, mă ținea în brațe, îmi explica fiecare mișcare, în amănunt, mă lăsa să manevrez pîrghiile aparatului de mărit și să scufund hîrtiile expuse (9/13, 10/15 etc., Orwo, Azomureș ș.a.m.d.) în substanța revelatoare, descopeream împreună chipuri și locuri cunoscute pe filmele proaspăt developate, vorbeam vrute și nevrute (sau cîte-n lună și-n stele), nu ascultam teatru radiofonic pentru copii, dar era ca și cum am fi făcut-o. Cînd ieșeam de-acolo se întîmpla ca în unele duminici la prînz, la ieșirea din cinematografele de pe bulevardul Republicii: lumina zilei ori a becului de pe hol ne orbea pe amîndoi și ne obliga să ne ștergem ochelarii. În lungile perioade în care tata era plecat pe șantiere (susținînd că fără oameni ca el s-ar alege praful de țara asta), deschideam ușa camerei obscure și o cercetam pe îndelete. Mirosea urît, a aer stătut și rînced, fără tata mirajul camerei obscure se topea și se arăta cealaltă față a spațiului aceluia liliputan, un veceu de serviciu dezafectat. Într-o zi în care Matei se apropia în ritmul lui de maratonist de împlinirea vîrstei de doi ani, în tăvile cu lichid fixator au apărut o mulțime de poze noi. Eu și mama am crezut că sînt poze de-ale copilului, fiindcă tata îl tot fotografia, dar nu lucra filmele. Nu era așa. Erau pozele unei femei brunete, străine, în ochii căreia se citeau familiaritate, loialitate și răbdare. Cu aerul ăla superficial ce ascunde atîta jenă, tata s-a apucat să turuie o poveste cu o colegă de serviciu care se mutase în casă nouă și nu se găsise nimeni care să-i care mobila și să vină cu un aparat foto. Mama, am observat eu, deși era inimaginabil de frumoasă, nu mai părea de piatră ca scovergile din Ferentari cînd se răceau. N-au împietrit-o nici telefoanele pe care le-a primit de la un șofer dat afară de tata (un băiat răzbunător), din care afla că domnu' inginer vine foarte des în București, nu la două-trei săptămîni, ci la patru-cinci zile o dată, dar nu trage acasă, ci undeva în Calea Griviței, la o femeie (știți, zicea el, știți, zic și eu) nemăritată.

Mai tîrziu, cînd Matei trecuse de kilometrul trei ani și jumătate al cursei, în joia în care mama s-a întors de la unchiul ei Didi (căruia îi gătise ceva după ce tocmai îi murise nevasta), tata a cerut niște senvișuri. Mama și tata erau în divorț, cu acte în regulă și cu termene de judecată. Mama n-a vrut să facă senvișuri, fiindcă nu mai era cazul. Tata, care golise de unul singur o sticlă de vodcă și ar fi putut să plece oricînd în Calea Griviței și să mănînce o mie de fripturi, s-a gîndit că bătaia e ruptă din rai și a lovit-o pe mama, pentru prima și singura dată în căsnicia lor de două decenii, i-a învinețit un ochi cu pumnul și a trîntit-o peste un calorifer electric care, de obicei, îl încălzea pe Matei. Eu țipam ca mușcat de șarpe, am încercat să-l țin, să-l lovesc, dar m-a îmbrîncit și m-a lipit de-un perete, a trîntit ușa dormitorului și a continuat să dea în mama ca într-un sac de box.

În *Abecedar* scria așa: „Tata merge pe tractor/ Mama cozonaci ne face/ Și noi învățăm cu spor/ Cînd e pace". Ce minciună!

9

Patria e un borș cu știr

Sînt ca un fel de ceață. Lumina veiozei, scara blocului, chipul lui Filip. Ceața aceea mohorîtă care apare dintr-o văgăună a muntelui, mai întîi furișîndu-se, încă plăpîndă, încă străvezie, ca apoi, pe nesimțite, să se umfle, să se ridice, rece, sticloasă, opacă, pînă te acoperă cu totul (un fel de respirație vie, tăcută și amenințătoare), pînă ce lucrurile din jur încetează să mai fie lucruri, își pierd siguranța, tihna și sensul și devin vulnerabile, gata să dispară pentru totdeauna. Ca să le redescoperi, pentru că fără ele nu se poate, trebuie să bîjbîi, să orbecăi, să mergi cu băgare de seamă, să ai grijă să nu stîrnești Bau-Bai sau alte spirite care-și au culcușul acolo în ceață (nu atît înfricoșătoare, cît necunoscute și, tocmai de-asta, cu mult mai înfricoșătoare), să-ți obișnuiești ochii cu lumina difuză, lăptoasă, grea, să reciți vreo strofă dintr-o poezie cu șoimi ai patriei ca să prinzi puțin curaj: „Noi sîntem viitorul/ Și-n țara ce-o clădim/ În zborul către mîine/ Ca șoimii o să fim".

Ciudat. Poate că în momentul acela vreo incantație misterioasă a făcut ca spiritul de șoim să se cuibărească în mine, ca o mlădiță înmugurită din trunchiul strămoșesc, dar nu mi-am deschis aripile spre lumină, către patrie nici atît (patria era grasă, avea părul permanent și semăna leit cu tovarășa Stănescu de la grădiniță), ci am început să plutesc peste scaune și dulapuri prin apartamentul 40. Acolo, jos, era o ceață stătută, rea, poate de la țigările pe care le fuma tata, poate apăruse din senin din vreun cotlon neștiut al bibliotecii sau poate să fi fost o simplă nălucire (lumina veiozei? chipul împietrit al lui Filip? un bec pîlpîind din ce în ce mai stins pe scara blocului?), țin minte că abia mă mai distingeam prin aburul acela irespirabil, încremenisem pe un fotoliu roșu, îmi vedeam de undeva de la înălțimea tavanului doar creștetul, respiram, eram dintr-odată doi: unul sus, plutind, celălalt jos, pierdut, înspăimîntat, copleșit, bîjbîind prin ceață, neînțelegînd o groază de lucruri (încruntarea lui tata, explozia de înjurături, pumnii), un fel de carcasă inutilă, abandonată pe un fotoliu roșu; sus era mult mai bine, puteam să întorc capul cînd vroiam, să privesc doar ceea ce aveam chef să privesc, să trag cu ochiul meu de șoim, pentru o clipă, la mama în fața oglinzii de la baie încercînd să se spele pe față, cu pulovărul ei galben cu floricele pătat de un roșu violent (sînge? și dacă era vopsea, tempera, acuarelă?), „ieși, Mateiaș, ieși", intrase, se pare, și celălalt Matei, cel de jos, în baie, o privea pe mama nemișcat, tremura? (dar cine a mai pomenit o stană de piatră care să tremure?), mama era foarte frumoasă, cea mai frumoasă mamă din lume, singura, mama se spăla pe față, mama trebuia să-și schimbe pulovărul, pe Matei l-a scos de acolo Filip, așa e Filip?, tu l-ai tras de mînă pe Matei?, eu nu îmi amintesc atît de bine, pluteam liniștit deasupra, atingeam cu nasul petele de igrasie și pînzele de păianjen de pe tavan, se prea poate chiar să nu fi fost acolo, acolo era tata (n-are nimic a face dacă tata va mai veni vreodată va aprinde lumina va cere senvișuri va pleca), iar tata era cam supărat, toți tații se mai supără cîteodată, ca și cel mai bun, tatăl meu, care-mi spunea *Răsfăț pe băț* și o ruga pe Uca să nu-mi mai ia atîtea jucării, probabil vroia să mi le cumpere el, tații trebuie iertați cînd se supără, au și ei motivele lor, sînt obosiți, sînt singuri, sînt triști, și chiar dacă nu merg pe tractor, cunosc o mie de alte chestii, cum se construiesc avioanele din hîrtie și ce trebuie să faci ca o mămăligă să arate ca un tort, pentru mine a fost întotdeauna de-ajuns, n-am avut nevoie de tați d-ăia, cum aveau alții, care să vină cu tancurile pe aleea Băiuț și să distrugă într-o clipă totul, tați care aveau în apartamentele lor butoane pe care, dacă le apăsau, dispăreau și Europa, și tot cerul și luna și soarele și Asia, tați care erau prieteni cu Ceaușescu și care jucau table, tați care veneau cu toată miliția și armata și rachetele din lume, care le aduceau copiilor lor canguri și bomboane cubaneze (din bomboane mai rămînea cîteodată ceva, dar din canguri niciodată), care stăteau duminicile în maiou și ascultau *Fotbal, minut cu minut*, tați care erau tot timpul, nu ca al meu, care nu prea era, v-am spus, nu contează, tata e tata, altă definiție mai bună nu pot găsi (și nici n-am să încerc să găsesc), iar eu eram șoim și zburam deasupra ceții, cu patria n-aveam pe atunci nici o treabă, ceața se strecurase cumva pe sub ușa noastră, continua și pe scara blocului, nici nu m-a lăsat să văd dacă Filip plîngea, dacă îl strîngea pe Matei cel de jos de mînă sau căldura pe care o simțeam venea din altă parte, de unde Dumnezeu putea să vină?, treptele bufneau sub pașii lor, Filip și Matei, iar apoi, nu știu, poate noaptea de afară, poate felinare, poate cald sau poate frig, a dispărut și șoimul, m-a rugat Matei să mă întorc și am dispărut amîndoi înghițiți de ceață.

Am redevenit șoim (ceea ce-i totuna cu viitorul) atunci cînd am conștientizat (tovarășele noastre au avut grijă de asta) că limba aia roșie și ascuțită la vîrf, de elefant cu iatagan în gură, nu ne-a fost prinsă la gît așa, de florile mărului, că ea se numește cravată, iar cravata asta a fost lăsată pe pămînt ca să facă niște legături bizare între copii, șoimi, Patrie și Partid, în sensul în care copiii cu cravată sînt șoimi pe care i-a născut Patria ca să zboare și să-i mulțumească Partidului că i-a trimis la grădiniță. Trebuie să recunosc că ceva era putred în toată tărășenia asta. De fapt, erau chiar mai multe.

Unu la mînă: dacă unii copii se transformă în șoimi, n-o fac nicidecum de plăcere, ca să se afle în treabă sau ca să-și bronzeze, nestingheriți, aripile sub soare. Motivele sînt în general altele, zborul e scurt și haotic, iar amintirile cam triste.

Doi la mînă: cravata nu valorează în metamorfoza asta nici cît o ceapă degerată. Oricît te-ai ruga de ea, mai mult de o cîrpă pitică cu tricolor tivit pe margini nu va deveni niciodată.

Și trei la mînă: să presupunem că ați avea la îndemînă un prinos de fericire și n-ați ști ce să faceți cu el. L-ați da de pomană? L-ați păstra într-un dulap cu naftalină pînă în ziua în care cineva va reuși să vă explice ce-i acela un „prinos" și la ce folosește el? L-ați dărui, așa cum zic tovarășele, Partidului? Și de ce, mă rog? Pentru că v-a trimis la grădiniță ca să creșteți și să învățați? Și dacă la grădiniță e nasol? Pentru ce să-i dai Partidului chiar și un prinos de fericire, dacă el te trimite unde tu nu vrei să te duci?

Ar mai fi și patru la mînă: dacă despre Patrie mai știam cît de cît ceva, cum se îmbracă sau cînd se enervează, Partidul chiar nu mi-l puteam închipui defel.

În rest, n-aveam nimic împotrivă ca Patria să nască turme de șoimi (un fel de văcuțe cu aripi), pe care să le trimită la păscut lumină într-un plai ca o grădină. Era treaba ei de Patrie și cu chestii din astea e bine să nu-ți bați prea tare capul. Ce mi se mai pare un pic aiurea e că la grădiniță nu ni s-a vorbit niciodată despre Cristos care, dacă e să dau crezare statisticilor, e prima ființă zburătoare din acest roman. Poate că pe el, pe Cristos, nu-l făcuseră șoim (Coșuță a omis întotdeauna să-mi spună dacă zbura cu cravata la gît) sau poate că el fîlfîia peste blocuri cu toată șleahta lui de zărghiți din cu totul alte motive, necunoscute tovarășei Stănescu. Părerea mea sinceră (luați-o ca pe o paranteză) e că, în lipsa altor dovezi, Cristos a fost întîiul șoim al acestei patrii. Nu că ar avea vreo importanță și în nici un caz nu spun asta ca s-o contrazic pe tovarășa. Aș fi dus rău cu pluta (sau cu vaca sau cu sorcova) dacă m-aș încumeta la așa ceva. Oricine știe, puteți să-l întrebați și pe Coșuță, că pe tovarășa Stănescu nu e bine s-o contrazici. De parcă ar fi cineva în așa hal de nebun încît să-și dorească să i se înroșească urechile de la atîta smucit ori să i se umfle degetele de la atîtea rigle de treizeci de centimetri care lovesc peste ele. Ca să nu mai pun la socoteală palmele peste față, trasul de păr, pusul la colț și statul pe vîrfuri cu brațele-n sus. Așa că toate aceste lucruri putrede (unu, doi și trei și chiar patru la mînă) au rămas doar niște mici semne de întrebare pe care doar în siguranța camerei mele aveam curajul să le ridic. Mă rog (altă paranteză): asta cu ridicatul semnelor de întrebare sună atît de fals, încît mă pune serios pe gînduri. Ca și cum n-aș fi avut ceva mai bun de făcut. În fine.

Patria era tovarășa Stănescu pentru că ea era singura care se învrednicea să ne împuie capul cu asta. E foarte simplu dacă stai să te gîndești: noi eram copii. Copiii au cravată. Copiii care au cravată se numesc șoimi. Șoimii au niște datorii față de Patrie. Să fie cuminți, să stea încolonați, să-și țină mîinile la spate, să mănînce tot (nu numai tocana, pilaful și ciulamaua, chiar și borșul cu știr, care, pentru unul ca Paul, era un prilej de lacrimi, zbucium și eternă răzvrătire), să învețe poezia, să cînte cîntecelul, să-i dea în dar mămicii de 8 martie inima (și, în plus de asta, tot felul de ghiocei desenați și lipiți cu pelicanol pe cartoane), să numere un, doi, trei, patru, cinci, șase, atenție stăm, să se pîrască unul pe altul – spuse..., spuse lu' tovarășa... – atunci cînd tovarășa lipsește, să nu se audă nici musca, să facă curat lună, să construiască viitorul, să aplaude cincinalul, să știe pe dinafară planșele ilustrative cu frumusețile patriei (muntele, lacul, marea, blocul, macaraua, Dîmbovița, sfinxul), să spună pe unde au fost și ce au văzut (macarale, munți, lacuri, mări, grădina zoologică), să se poarte cuviincios acasă și pe stradă (săru' mîna și bună ziua), să cedeze locul din autobuz, troleu, tramvai la bătrîni, să-i ajute să treacă strada, să nu le spună moși și babe, să traverseze numai la culoarea verde a semaforului, să fie mici gospodari, să planteze flori în grădină, să ude florile din ghiveci, să nu rupă flori, să șteargă praful, să ajute la cozonaci, la reparatul prizelor și, în general, pe mama și tata care nu mai prididesc de treabă, și cu construitul socialismului, să se păstreze curați și să nu facă precum Murdărici (un jegos care nu a aflat ce înseamnă un săpun, o periuță, pasta de dinți și o batistuță, un leneș veșnic murdar sub unghii și plin de muci), să nu dea cu șutul în vrăbiuțe, pisicuțe și cățeluși (pentru că, unii dintre ei, au numai trei picioare și abia se mișcă – țop, țop), să nu arunce gunoaiele decît la tomberon, să nu aprindă focul în pădure, să dezvolte vorbirea (ca, de exemplu, Filip să spună o poveste, iar unul dintre șoimi să o ducă mai departe). În concluzie: datoriile le decretează tovarășa Stănescu. Dacă nu îndeplinești datoriile, tovarășa Stănescu, și nu Patria, se înfurie îngrozitor. Din moment ce nu se supără, Patria nu există. Din moment ce Patria nu există, deși toată lumea e convinsă că ea există, Patria nu poate fi decît tovarășa Stănescu. Q.E.D. Pe larg, Quod Erat Demonstrandum (pentru că între timp am fost pe la școală unde am dat de foarte multe ciudățenii, cum ar fi matematica și latina).

În momentele ei bune, cînd fața i se catifela cu un zîmbet aducător de bomboane fictive, tovarășa Stănescu o ținea șnur cum că am fi copiii ei. Era, adică, un fel de barză spirituală care, în lipsă de altceva, se pusese pe clocit șoimi cu cravate. Partea proastă era că ouăle alea ori nu fuseseră încălzite destul, ori erau prea diferite între ele, pentru că unii puișori erau cumplit de neascultători și de zbanghii. Era de ajuns un minut de neatenție ca șoimii patriei să devină niște draci goi, jigodii nespălate, niște javre mîncătoare de suflet. Iar dintre toate locurile și cotloanele grădiniței, nisiparul părea a fi existat anume ca să șteargă orice urmă de zîmbet de pe chipul unei tovarășe. Era genul acela de junglă împrejmuită cu roți de cauciuc înjumătățite, în care felurite triburi (de grupă mică, mijlocie sau mare) erau lăsate de izbeliște de către zeii lor, care se retrăgeau să croșeteze într-un loc sacru (o băncuță la umbră), atît de ferit încît ai fi jurat că nici nu există. Pătratul ăla cu nisip se transforma atunci, în absența divinităților, într-o patrie miniaturală cu războaie de independență, realizări mărețe și fasciști hrăpăreți. Fasciștii soseau întotdeauna de la nisiparele vecine, aruncau vorbe de ocară, insultau muncitorimea, pe toți acei bravi săpători de galerii și tunele, care trudeau prin forța brațelor și sudoarea frunții pentru propășirea, bunăstarea și mîndria colectivului. Orice gest (bunăoară acela de a păși peste granița de cauciuc) era considerat ca o agresiune de tip imperialist, o încălcare a tratatelor de pace, o mănușă aruncată în obrazul războinicilor, cărora nu le mai rămînea nimic de făcut decît să pună mîna pe arme și să oprească hoarda invadatoare. Eu, unul, eram războinic. Ca războinic, una dintre atribuțiile importante care-mi reveneau era să identific spionii și comportamentele suspecte, mai întotdeauna camuflate sub cuvinte meșteșugite și ipocrite de felul „ne împrumutați și nouă o găletușă" sau „aha, voi faceți un castel". Era de la sine înțeles că o țară cu principii morale solide, cum era a noastră, nu va împrumuta nicicînd unor venetici nici măcar toarta unei găletușe. Iar o chestiune cum era aceea legată de construirea unui castel, atingea deja proporțiile unui secret de stat. Concurența, în vremurile acelea, era atît de înverșunată, încît orice nefericit ce îndrăznea să divulge țărilor (triburilor) vecine și dușmane cîte ceva din tainele unei clădiri supraetajate era considerat automat turnător și trebuia să sufere în consecință.

Cu asta mă îndeletniceam eu. După o scurtă deliberare, consiliul bătrînilor (cei trecuți de șase ani) pronunța, în funcție de gravitatea faptei, cîte șuturi în fund sînt necesare pentru iertarea păcatelor. Pedeapsa varia, nu atît prin număr (cum s-ar crede), cît mai ales prin forța și tehnica întrebuințate în actul lovirii. Ca să fiu mai explicit, trebuie să vă spun că un delict grav era echivalentul unui șut bombă cu spițul, iar unul minor se traducea de cele mai multe ori printr-o atingere formală cu latul.

Războaiele, în schimb, erau scurte și haotice. Și nu pentru că luptătorii n-ar fi știut cum să pună o piedică sau cum să atîrne de gîtul dușmanului, cît pentru că mai mereu se trezea cîte o fetiță înspăimîntată care să o rupă la fugă spre teritoriul acela cu umbră și băncuță, de unde se întorcea cu o cohortă de tovarășe blestemînd. Era sfîrșitul războiului, al libertății, al zilei. Se întorceau zeii.

Cea mai memorabilă bătălie din istoria frămîntată a nisiparului (cea care a consemnat o îndelungată perioadă de pace și dreaptă ocîrmuire) a avut loc doar printr-un hazard al sorții. Cine și-ar fi închipuit vreodată că bucătăreasa poate avea un copil? Și cum de s-a întîmplat ca în acea zi să-l aducă la grădiniță? Nu vom ști niciodată. Ceea ce trebuie reținut e că acea ființă care tot dădea tîrcoale nisiparului cu priviri piezișe de animal la pîndă nu era ca noi. Era la școală. Și nu oricum, ci într-a patra. Era, dacă vreți, ca și cum Mircea cel Bătrîn ar fi fost încolțit de tancurile și mitralierele U.R.S.S.-ului. Un

U.R.S.S. amenințător și îngîmfat, o dihanie desprinsă din negura și oroarea viitorului. Cu un chiuit scurt, care ne-a înghețat inimile, granițele noastre au fost încălcate, ca și cum la mijloc n-ar fi fost decît niște biete roți de cauciuc înjumătățite. În mai puțin de o clipă, un zid care împrejmuia două baze muntoase s-a surpat sub tenișii lui nemiloși. Apoi o cetate. Întreaga noastră civilizație, rod al atîtor și atîtor sacrificii, se prăbușea întocmai ca un castel de nisip. Iar rînjetul, rînjetul și disprețul lui păreau să spună tot: „Io-s în clasa a patra, voi la grădiniță; io-s în clasa a patra, voi la grădiniță“. Atunci am înțeles pentru prima oară că fără demnitate și curaj nu se poate înălța o patrie. Atunci, privind chipurile îngrozite și neputincioase ale cetățenilor mei șoimi, am simțit cum prin vinele mele se scurge ceva din încrîncenarea răzeșilor conduși de Ștefan (sau de Mihai Viteazul?) care au dat piept cu nemții la Oituz și Posada. Cu o ură neîmpăcată mi-am șoptit atunci în barbă „pe aici nu se trece!“. Și tot atunci, un impuls năvalnic, o inimă ce palpită, un braț de fier și o mînă oțelită m-au făcut să-l îmbrîncesc. Și, ca prin vis, într-o explozie de mîndrie și triumf a poporului meu cel atît de asuprit pînă odinioară, i-am văzut zîmbetul trufaș ștergîndu-i-se de pe față, călcîiele atingînd jumătatea de cauciuc, iar corpul lui uriaș, de pionier în clasa a patra, prăbușindu-se la pămînt. Pe scurt: i-am spart capul, pentru că țeasta lui de invadator s-a dovedit prea fragilă în contact cu asfaltul de dincolo de nisipar. Inutil să spun că a dat bir cu fugiții.

Abia în acea clipă, în viața aceea cu totul și cu totul reală de șoim la grădiniță, și nu în cealaltă, mai puțin certă, de sosie a lui Rahan, am înțeles cu adevărat ce înseamnă destinul unui erou: să fii îmbrățișat, adulat, ridicat pe brațe, iubit... Un erou gata să fie căsăpit cu făcălețul de către o mamă bucătăreasă, dar lucrurile astea au deja prea puțină importanță. Consemnez în această filă de istorie că însăși Patria, adică tovarășa Stănescu, mi-a luat apărarea și i-a explicat nefericitei că eu nu am făcut nimic altceva decît să-mi apăr moșia și nevoile și neamul. Tovarășa Stănescu, mama noastră a tuturor, a susținut întotdeauna cu strășnicie că un asupritor nu poate avea altă soartă decît să stea închis tot restul zilei într-o bucătărie.

Dreptatea a fost făcută. Iar eu am îmbrățișat din tot sufletul și fără să stau prea mult pe gînduri cea mai frumoasă meserie dintre toate meseriile lumii. Aceea de legendă vie. Aceea de Atoatestăpînitor și Întîilegiuitor în hotărîrile, treburile și acțiunile unui regat. Nici nu vă puteți închipui cît pot fi ele de multe. Să-ți bați joc de Angelica mucioasa. Să primești cele mai bune jucării. Să ți se împartă întotdeauna colțul de pîine. Să nu care cumva să pretinzi că le iubești pe Roxana, Diana și Ana Maria, pentru că altfel vei avea de pătimit. Să nu le spui niciodată celor trei fete că sînt iubite în secret, pentru că rușine mai mare nici că există. Să mănînci doar cu lingura și furculița cu acoladă, semnul inconfundabil al celor aleși. Să te așezi doar pe tronul (scăunelul) din imediata apropiere a desenului cu minge de pe fața de masă. Să porți cu demnitate sceptrul puterii (un cerculeț roșu care, de obicei, se arunca pe gîtul unei rațe de plastic). Să nu ții cu Steaua. Să nu fii spus la tovarășa. Să joci *Ce fac eu să facă toți.* Să cînți *Alunelul* doar dacă ești constrîns. Să nu te atingi de păpuși. Să le rupi doar capul. Să nu dai în fetițe. Să faci tablouri cu pisici și floricele și pentru cei care nu știu să le facă (în cazul ăsta, eu). Să te ferești de dușmani. Să iubești indienii. Să taci cînd ți se spune să taci. Și cîte și mai cîte: o grămadă de îndatoriri și probleme de care eram nevoit să mă ocup în permanență.

Noroc cu bunul Dumnezeu. Care, de acolo de la el, din cerul acela îndesat de îngeri îngerași și steluțe sclipitoare, m-o fi văzut cît pătimesc pentru supușii mei. Și, pesemne ca să mă izbăvească de toată truda și chinul meu amarnic, mi-a trimis un ditamai semnul divin în timpul somnului de după-amiază. Acest semn, căci despre semne este vorba, avea forma și conținutul unei diarei feroce. E adevărat, la prînz înghițisem pe nerăsuflate o farfurie de mazăre stricată, dar, dacă acesta, și nu altul era motivul celor ce s-au petrecut atunci, de ce, dintre toți șoimii patriei, tocmai eu am fost cel desemnat să depună mărturie pentru calitatea îndoielnică a unei mese? Se prea poate, nimic nu e exclus, ca la mijloc să fi funcționat și blestemul bucătăresei. Cert este că, atunci cînd m-am trezit, și, credeți-mă, am făcut-o aproape instantaneu cu fenomenul acela răvășitor, am trăit niște clipe nu tocmai plăcute. Pentru că una este semnul lui Dumnezeu, și cu totul altceva să te așezi pe un scăunel atunci cînd în intimitatea pantalonașilor ăia de stofă zace un asemenea monstru de mazăre revoltată. Ca să n-o mai pun la socoteală pe tovarășa Stănescu, care, cu simțurile ei antrenate în detectatul spurcăciunilor, a rostit cu o forță crudă întrebarea retorică „care s-a căcat pe el" și apoi, ca o consecință implacabilă, „că pute de-mi mută nasu'". Întrebarea era, firește, retorică, pentru că tovarășa nu se aștepta să-i și răspundă cineva. Așa că, deja cu crucea pe umăr și proba strivită de scăunel, și în chiuiturile bezmetice ale poporului meu care o dădeau ca victimă sigură pe Angelica, tovarășa ne-a tras rînd pe rînd pantalonii în jos, descoperind fără milă vreo douăzeci și ceva de mărturii sincere (adică funduri de șoim) pînă cînd, mă rog, aripa destinului s-a oprit din fîlfîit în dreptul meu și cam asta a fost tot. Trebuie să vă spun că niciodată n-aș fi presimțit că o tăcere poate să spună atît de mult. Și, da, tăcerea poate fi totuna cu consternarea, numai că eu unul aș fi preferat să nu aflu nicicînd filozofia asta. Pe deasupra tuturor mai plutea ceva, aș putea s-o numesc o întrebare nerostită, dacă o întrebare ar fi atît de dată naibii încît să mai și plutească, în fine, eu zic că plutea și se putea traduce aproximativ în forma asta: cum s-a ajuns cu chestia aia pînă la mine?

Știu, știu, e demn de milă ce-am făcut în zilele ce-au urmat. Să le explici unor oameni care au crezut în tine că nu e tocmai vina ta, că blestemul bucătăresei, că mazărea a fost așa și pe dincolo, că, întocmai ca o replică dintr-un film pe care nu-l văzusem, „nimeni nu-i perfect“, că, vezi Doamne, am fost otrăvit de un dușman de-al meu, unu' Cristos, și cîte și mai cîte. Doar pe Dumnezeu l-am trecut sub tăcere. Și pe undeva trebuie să fiu și eu înțeles. Pînă la urmă, să devii legendă vie nu e o treabă chiar atît de rea.

Pe vremea aceea, cînd bunul meu renume încă mai făcea înconjurul grădiniței și ajungea pînă și la urechile sîngeroșilor gemeni Horia și Dragoș de la grupa mare și vecină, care își arătau respectul păstrînd o distanță regulamentară și față de cel mai neînsemnat scutier din tabăra noastră, pe cînd cealaltă grupă mare, a noastră, trăia pe piscurile semețe ale prosperității și dezvoltării maxime, Patria a încetat să mai fie tovarășa Stănescu. Pur și simplu, și nu atît pur, cît mai ales simplu, ideea asta de datorie mi-a fost înlocuită (înfrîntă, spulberată) de ceva mult mai puternic, mai puțin palpabil, dar cu adevărat răscolitor. Ca să fiu exact, era vorba de un ditamai simbolul proțăpit la noi în cuier. O stemă. Iar stema asta se afla într-o cîrdășie strînsă (atît de strînsă, încît, oricît m-am străduit, n-am reușit s-o dezlipesc de-acolo niciodată) cu un obiect aproape mistic, care îmi trezea tot felul de stări contradictorii, de la venerația cea mai înaltă pînă la disprețul cel mai negru. Acel obiect se numea chipiu. Mai încolo de el, pe undeva prin sufragerie și de multe ori în bucătărie, cu o sticlă de ceva în față, poate vodcă, se afla un nene.

Chipiul era al lui. Nenea era militar. Și servea Patria, adică stema aia cu stea, munți și brazi și holde atîrnată în cuierul nostru. Asta era meseria lui. Să poarte stemă. Adică să se plimbe cu Patria pe cap. Aveam, în sfîrșit, dovada clară, esențială și cutremurătoare că Patria există. Tovarăşa Stănescu era condamnată astfel la o soartă crudă: să redevină o simplă tovarăşă. Era la fel ca în pilda cu Mahomed: dacă tot nu reuşisem să dau de ea în carne și oase, Patria mi-a făcut hatîrul să vină ea la mine. Era simplu. Ca bună ziua. Ce nu puteam înțelege era ce făcuse să merite acel nene mic, gras și chel o asemenea distincție înălțătoare. Pentru că, hotărît lucru, nu părea să fie tocmai demn să îndeplinească așa o misiune. În primul și-n primul rînd, judecați și voi singuri, gestul lui automat atunci cînd intra pe ușă era să se descotorosească de Patrie și s-o atîrne în cuier. De parcă asta ar fi așteptat de nu știu cînd. De parcă ar fi fost o povară mult prea grea pentru capul lui transpirat și cu zulufi la tîmple. Apoi, între noi fie spus, atitudinea lui n-avea nimic grandios în ea, ca să nu zic că lăsa de dorit. El avea treabă cu mama. Iar mie îmi spunea „matenule". Trebuie să știți că nimic nu-mi displace mai tare pe lumea asta decît să fiu strigat „matenule". Matenule e un nume de prost. Asta e. Pe mine, mama și cu tata m-au botezat Matei. Doar atunci cînd, să zicem, vrei să mă lingușești sau îți sînt, cum ar veni, drag, poți să-mi spui „Mateiaș". „Motă" sau „Pușița" sînt, iarăși, cu desăvîrșire interzise. „Pușița" mi-a spus de cînd mă știu Uca, iar „Motă“, mama. Și, gata, s-a rezolvat. Pentru că în grupa mare ești mare și te enervează cumplit toate sclifoselile astea. „Matenule“, vezi Doamne! Ca să nu mai pun la socoteală că, atunci cînd apărea nenea, matenul ăsta trebuia s-o usuce afară. Mai precis, dacă tot nu v-ați prins despre cine e vorba, eu. Și aici chiar nu mai am nici o idee prin care să vă explic de ce, de fiecare dată cînd apărea el, eu îmi doream să rămîn acasă și să stau, așa, pur și simplu, cu mama. Nu se putea. Și mai nasol era că și mama gîndea ca el. Pe cînd mă încălțam, Patria se hlizea la mine din cuier. În momentele alea o uram, o făceam proastă, tută, vacă și cîte și mai cîte. Și să nu fiu înțeles greșit, dar era și vina ei. Eu, dacă aș fi fost patrie, nu m-aș fi lăsat purtat așa, de oricine. Mi-aș fi ales un om ca Old Shatterhand, puternic, frumos, nobil, care să mă servească și să mă apere toată ziua, de dimineața pînă seara. Și, de fapt, și toată noaptea. Păi, ce, poți să te abandonezi chiar așa, pe mîinile oricui? Și acum încă o chestie: nenea ăsta avea chiar și un copil, pe Florin. Și poate să mă bată la cap oricine cît ar vrea, dar eu sînt convins că e imposibil să-ți servești Patria atunci cînd ai un copil. Pentru că un tată d-aia și-a făcut un copil, ca să aibă grijă de el. Așa că, oricum ar fi făcut nenea, nu era bine. Dacă își servea Patria, însemna că e un tată prost, iar dacă nu o servea, degeaba se mai dădea mare cu chipiul. Din două una. Nu? Florin a venit de trei ori pe la noi. Mare greșeală. Pentru că mă enerva foarte tare. Adică, nu prea înțelegea că eu n-am chef să-l bag în seamă. Și insista. Prea mult. Nepermis de mult. De exemplu, odată s-a apucat să-mi explice la ce folosesc cuburile de lemn. Cuburile de lemn erau ale mele. Și, în afară de „matenule“, nimic nu mă enerva mai tare decît să mi se zică ce se poate face cu lucrurile mele. Măcar dacă avea și el vreo idee nemaiauzită. Dar nu, Florin ăsta, cu un calm incredibil, a început să-mi arate cum se construiește un turn. Asta-mi depășea orice putere de înțelegere. Cum poate să-ți treacă prin căpățînă, fie și pentru o secundă, ideea că un băiat care are cuburi de la trei ani nu știe cum se ridică un turn? E la mintea cocoșului: pui cub peste cub peste cub și gata, ăsta-i turnul. Mi-a fost mai clar ca niciodată că era ceva în neregulă cu băiatul ăla. În sensul că era cam tolomac. I-am și spus, cît se poate de normal, iar el ce credeți c-a făcut? Absolut nimic. A continuat să ridice turnul. Pe vremea aceea, ca și în zilele de azi de altfel, răbdarea mea avea o limită. Iar limita asta, cînd e trecută, te împinge la tot felul de fapte. De exemplu, fără să stai prea mult pe gînduri, să-i dărîmi dintr-o lovitură marea lui grozăvie și, ca să te faci înțeles ca lumea, să-l ținteşti cu un cub în cap. Să-l și nimerești. Și să-ți pară și bine. Cu ocazia asta, în principiu reprobabilă, am aflat însă un lucru bun: că poți să ai un tată care să servească Patria și tot nu-i mare scofală de capul tău. Florin, tot în grupa mare, n-avea nici o forță și se prăbușea ca o brînză la cea mai mică piedică. Nici cînd mă pîra lui ta-su nu se întîmpla nimic. Pentru că aia era casa mea. Și cuburile erau ale mele. D-aia. Iar nenea semăna foarte mult cu fi-su. I-au trebuit, v-am spus, trei vizite cu Florin la noi ca să priceapă că nu e rost să-l mai aducă. De fiecare dată se sfîrșea la fel, pentru că, după ce un om a înțeles cu cine are de-a face, simte, așa, o plăcere deosebită, să-i demonstreze ăluilalt că-i un papă-lapte. Nu-i mai dădeam chiar cu cubul în cap, dar pînă la urmă, cumva, cu o palmă sau un șut, el tot se pornea pe plîns. Nu, Florin n-a mai venit pe la noi, dar într-o bună zi a sosit cineva mult mai simpatic, mai frumos și mai iubit. Era, totodată, și mult mai plîngăcios. Era un bebeluș. Îl chema Mircea. Și era fratele meu.

Fratele meu Mircea, chiar așa bebeluș cum era, l-a justificat de-a binelea pe nenea ăla. Dacă pînă atunci nu se învrednicise deloc să-mi demonstreze că are vreun rost în apartamentul nostru patruzeci cu patru camere de la etajul patru, dintr-odată a devenit un personaj cu puteri depline. Era tatăl fratelui meu. Și, de parcă asta ar fi presupus te miri ce puteri șamanice (de povățuitor, învățător, înțelept sau mai știu eu ce), de parcă tatăl meu cel adevărat n-ar mai fi rămas tatăl meu, în mintea lui s-a produs acel gen de scurtcircuit ce trebuie să-i fi dat senzația că e nevoie să se ocupe puțin de mine. De unde pînă mai ieri (un ieri cam palid și indefinit) nu depășisem acel stadiu de-o candoare desăvîrșită, tip „și tu ce mai faci, matenule?“, „bună ziua, bine“, scurtcircuitul acela l-a redirecționat înspre bietele mele desene (de nota șase, dacă vă vine să credeți), spre mîinile și fața mea (evident, murdare), spre cunoștințele mele despre natură (invariabil puține față de cele ale lui Florin). Într-un cuvînt, pentru că uneori un cuvînt are darul să spună tot, a devenit un nesuferit. De suferit însă cel mai mult a suferit Patria. Patria, care a încetat să mai fie patrie în sine și, printr-un miracol al dedublării, al suprapunerii sau mai știu eu prin ce proces științific, a devenit un fel de extensie a lui nenea ăla. Prelungirea lui pînă în cuier. O fi reprezentat ea chestii teribil de mărețe, nimic de zis, numai că pentru mine toate astea semănau din ce în ce mai bine cu simptomele inconfundabile ale unei dureri în cot. E adevărat, mai existau și momente în care mă bucuram de existența ei: atunci cînd chipiul dispărea din cuier și se reașeza pe creștetul lui nenea. Însemna că misiunea lui pacificatoare de aici se încheiase și că treaba cu servitul Patriei avea să se desfășoare prin alte locuri și pe la alte mămici. Nu știu care să fi fost motivele ei, dar mama nu se bucura atît de tare ca mine. Și cred că nici Mircea. Care, în felul lui, ținea morțiș să ne arate asta. Cu o forță și o energie de speriat, se vedea de pe atunci că va fi un mare alpinist, se cățăra pe plasa metalică a pătuțului, se prindea cu mîinile de bara de sus și pornea să salte zdravăn cu picioarele, ore și ore în șir, pe saltea, pînă ce pătuțul devenea un fel de vehicul, un pătuț umblător, care se deplasa, încet, dar sigur, prin cameră. Să fi fost un om călare pe un bizon și tot n-ar fi ieșit zdruncinăturile alea. Vecina de la trei, doamna Hîncu, terorizată de bufniturile din plafon, n-a crezut niciodată că așa ceva se poate întîmpla. Era atît de pornită, încît mama a fost nevoită s-o cheme și să-i arate adevărul gol-goluț. Sau, în fine, cu niște scutece de bumbac. Țin minte doar că vecina Hîncu (care era totuna cu mama lui Remus) a căscat niște ochi, nu cît cepele, ci mai curînd cît pepenii, și-a făcut cruce și a rostit: „Așa ceva n-am văzut de cînd mă știu". Și apoi a plecat, ceva mai liniștită. Măcar acum credea.

Din respect pentru istorie și în conformitate cu adevărul, se cuvine precizarea că acel an a consemnat și debutul lui Mircea în alpinism. Traseul, o premieră absolută de altfel, prezenta în porțiunea lui de mijloc o surprinzătoare înclinare de grad zero, care, dacă e să ne luăm după limbajul profanilor, s-ar traduce prin termenul de orizontală. Ceea ce nu trebuie scăpat din vedere e aspectul, decisiv altminteri, privitor la etatea la care fratele meu binevoia să se afle. Bănuiesc că adjectivul „fragedă" e cel care rezonează cel mai intim cu vîrsta aia, cuprinsă, cu aproximație, între a șaptea și a opta lună de la naștere. Acest amănunt, pomenit în rîndurile de mai sus sub forma sinonimului său, substantivul „aspect", face ca termenii de comparație să nu mai funcționeze la parametrii lor normali. Ceea ce pare la prima vedere (un flecușteț, un mizilic) un gest de o banalitate lucie – faptul de a coborî dintr-un pătuț – capătă o însemnătate cu totul și cu totul aparte. Aș putea chiar să scriu și, după cum vedeți, deja m-am apucat, că acea coborîre din pătuț echivalentă cu începutul traseului alpin are toate datele necesare pentru a fi asemănată unui zbor de aterizare. Iar pentru un astfel de zbor ți se cer nervi de oțel, rezistență sporită la efort, un stoicism exemplar (ce altceva decît durere poți să simți atunci cînd ajungi pe covor cu o bufnitură surdă?), un plan dinainte stabilit, dublat de o doză consistentă din acel aliaj imponderabil cu care sînt înzestrați toți marii temerari ai lumii: curaj. Fără el, toată acea șerpuire de-a bușilea ce a urmat pe podeaua dormitorului, peste obstacole zornăitoare, căluți de lemn, soldăței prăbușiți și cuburi ascuțite, tot acel drum spre lumină (iar în contextul de aici lumina nu trebuie confundată cu o metaforă de doi bani, pentru că ea desemnează precis ținta spre care se îndrepta Mircea) n-ar fi valorat nici cît o ceapă degerată. Lumina aceea nu era nicidecum o luminiță și în nici un caz nu se afla la capătul vreunui tunel. Nu. Ea se lăfăia pe balcon. Iar din nefericire, ușa de la balcon era deschisă. N-am să intru în detalii de specialitate. Am vaga intuiție că pot fi plicticoase. Pot însă să depun mărturie că fratele meu a răzbit într-un tîrziu pe vîrful acela straniu și plin de rufe, balconul nostru de la etajul patru. Priveliștea (comparabilă doar cu splendoarea sălbatică a Ceahlăului la apus) cuprindea, pe lîngă felurite zări albastre, piscurile semețe și ințesate de antene ale C 37-ului, aburii lăptoși ai grădinii din spatele lui D 13, un fragment strălucitor din aleea Parva, blocuri răzlețe, arbori și arbuști, iar undeva, pierdută într-un orizont accesibil, clădirea pătrățoasă și veselă a școlii 57. Se prea poate ca Mircea să-și fi dorit să se abandoneze cu totul luminii acesteia în care se scăldau atîtea și atîtea minunății. Se prea poate să se fi gîndit cu tristețe la balconul care nu-i putea oferi totul. Și atunci, inima lui de explorator năvalnic trebuie să fi luat o hotărîre. Fără să fi avut la îndemînă spituri și pitoane bătute în stîncă (fapt de înțeles din moment ce el era primul care se încumeta pe acel traseu, iar despre stîncă s-ar fi putut spune că aducea mai mult a bloc), fără să se fi gîndit măcar o clipă la utilitatea unei bucăți de coardă sau de cordelină (indispensabilă atunci cînd ai de-a face cu un rapel), fără să fi folosit ham și chingi, ci doar scutece și bretelele de la bluzița cu rățușcă, fratele meu mai mic a început să se strecoare tacticos, întocmai ca un bebeluș de șapte sau opt luni, prin acea fantă minusculă dintre parapet și pardoseala balconului. A apucat să-și treacă picioarele în afară, apoi poponeața, puțin din burtică și totul a luat sfîrșit. La țipetele unei femei din blocul de vizavi, căreia, dacă i-aș enumera stările, ar trebui să încep cu stupoarea ca să sfîrșesc cu isteria, mama, care călca rufe în bucătărie, a înțeles cam pe unde trebuie să-i fi dispărut copilul și, fără să stea prea mult pc gînduri, a curmat acea glorioasă aventură pentru alpinism, groaznică pentru noi, ăștilalți, în modul cel mai logic cu putință. L-a înșfăcat de umeri, l-a tras înainte de-a aluneca în gol și, tremurînd, l-a așezat în pătuț.

Nenea nu prea era la curent cu toate astea. Venea rar, mă blagoslovea cu un „matenule“ (mă făceam, se pare, pe zi ce trece mai mare) – mai nou, îl căpătuise și pe Mircea cu un alint: „piciric“ –, mai stătea puțin, fuma. Tatăl meu însă nu mai venea deloc. Intrase, cumva, într-o zonă cam ciudată și cu foarte multă ceață. Nu-mi plăcea să-l caut acolo, era frig și mama avea un pulovăr galben. Patria, în schimb, habar n-avea de toate astea. Așa cum stătea, lepădată în cuier, aveam, nu știu de ce, senzația că puțin îi păsa ei de pulovărul mamei.

Într-o bună zi, am pîndit ca nenea să nu fie prin preajmă, m-am furișat precum Rahan cel de odinioară, am apucat chipiul de cozorocul lui tare și, cu mare băgare de seamă, am făcut pipi în el. Nu mult, cîțiva stropi, ca să nu intre nimeni la bănuială. M-am gîndit apoi să fac și caca, dar era deja prea mult și, ca să fiu sincer, nici nu-mi prea venea. Atunci am înțeles, fără să fie nevoie de demonstrații complicate, că, dintre toate lucrurile din lume, cel mai mult și mai mult Patria era o oliță.

10

Încurcate sînt căile domnilor

Cînd mama, cu pîntecele ei ca o proră și cu silueta de fregată, s-a grăbit să acosteze în portul acela agitat (*Spitalul municipal*) și a lăsat să se ivească pe cheiuri, înaintea prînzului, un bebeluș cu numele Mircea, un alt Mircea deja exista. Întîmplarea face că într-o ultimă zi de aprilie, cu zumzet de gîze, soare, vîntișor și fete care-și lepădaseră cizmele și dresurile de lînă, amîndoi erau pămîntii la față. Unul, bebelușul, din cauza cordonului ombilical care-l încurcase la coborîrea pe mal, celălalt, bunicul nostru, din pricina cancerului pulmonar care avea să-i fie descoperit curînd, pe la începutul lui iunie. Eram așa fericit! Încă. Am intrat în maternitate ca un fulger globular învelit în uniformă de liceu, portarul, brancardierii, doctorii și asistentele n-au îndrăznit să-mi bareze calea, mama golise un borcan cu cremă de ciocolată și se perpelea fără să doarmă. Ne-am îmbrățișat tare, tare de tot, pînă am văzut o mulțime de steluțe verzi, nu cîte trei pe-un epolet, aurii, cum purta tatăl nou-născutului. Cam la o săptămînă distanță, cînd, după consumarea formalităților vamale și medicale, noul Mircea a părăsit portul acela insipid și a pornit pe uscat, nu pe ape, către aleea Băiuț (ca să ia în stăpînire un pătuț metalic, o mulțime de scutece, o cădiță bleu și noțiunea de acasă), Uca l-a privit lung, cu palma la gură și a șoptit întrebător: „Ce copil negru! o să trăiască?". Mama n-a rîs, dar nici n-a făcut febra laptelui. Ca lehuză, auzise ceva asemănător cu șaisprezece ani în urmă, cînd vechiul Mircea, tatăl ei, spusese despre mine (cercetîndu-mi capul perfect chel, pentru care o moașă mă poreclise Gingis-Han) că arăt ca un avorton. Sînt convins că din patul în care tușea, transpira, își măsura regulat temperatura și trasa pe hîrtie milimetrică graficul unei febre stranii, de obicei 37 și cîteva liniuțe, cîteodată, din senin, dincolo de 39, ascultînd Beethoven, Mahler și Vocea Americii, recitind la sfîrșitul primăverii și în plină vară (tușind, transpirînd) cărți despre Himalaya, Tian Shan, Cordilieri, Alpi și Polul Sud, bunicul meu a transmis cale de șapte kilometri, tocmai pînă-n pătuțul metalic al fratelui meu cel mic, visul seducător al crestelor albe, tainele alchimiei alpine, limbajul norilor și al vîntului, frisonul escaladelor izbăvitoare. Un puf minuscul, asemănător funigeilor (dar care nu era unul din ei, fiindcă toamna nici nu se întrezărea), trebuie să-și fi luat zborul din centrul orașului, mai precis de pe strada Crăciun, de la numărul 21, să se fi înălțat și să fi plutit pe deasupra acoperișurilor, bulevardelor, copacilor, turlelor de biserici, piețelor și maidanelor, să fi ajuns într-un tîrziu peste blocurile din Drumul Taberei, iar acolo, deloc derutat, știind prea bine care-i sînt ținta și menirea, să se fi îndreptat către D 13 (spre colțul său nordic), să fi pătruns pe una din ferestrele deschise ale apartamentului 40, să fi căutat și să fi descoperit camera nou-născutului și, într-un moment în care el, pruncul, dormea dus (străbătut de amintiri intrauterine și de proaspete senzații extrauterine), să se fi strecurat pe una din nările lui, să fi fost inhalat ca un abur, să fi alunecat apoi prin vine și vinișoare pînă la dibuirea sufletului într-un cotlon al trupului mărunțel, unde (precis) s-a culcușit ca o sămînță vrăjită, din care avea să răsară iubirea în stare pură, cristalină, pentru munți. Atîta drum (cam șapte kilometri, cum ziceam), puful minuscul n-a fost purtat prin văzduh nici de adierile molcome ale arșiței, nici de furtuni, nici de îngeri, nici de puterile nevăzute ale telepatiei, nici de ursitoare sau de descîntece. Ci de harul omonimiei. În lunile calde în care un Mircea se înfiripa, iar alt Mircea se topea, cînd mama era prinsă ca într-o menghină între ei doi, fiu și tată, primul cerșindu-i laptele din sîni (cu insistența abia sositului pe lume), al doilea umplîndu-i obrajii de lacrimi (cu abandonul și lehamitea bolnavului incurabil), dualitatea prenumelui aceluia a făcut ca patima alpină a unuia să se prelingă în celălalt, ca dragostea lor comună să supraviețuiască.

O realitate mai veche, un fel de adevăr istoric blajin, e însă de neocolit. Înainte ca fregata aia cu profil de femeie însărcinată, cu prora ei ca un pîntece, să fi aruncat ancora și să-i fi îngăduit să debarce fratelui meu cel mic (după nouă luni petrecute la bord), o barză ciudățică își făcuse cuib în burtă la mama și clocise oul uriaș din care (tot după nouă luni) a ieșit fratele meu mijlociu. Așadar mult timp, foarte mult timp, aproape unsprezece ani scurși de cînd apărusem în orașul București complet chel și cu buricul gata să se usuce și să cadă, bunicul nostru (Mircea Chiril în certificatul de naștere religios, numai Mircea în actele de stare civilă) a fost doar bunicul meu. Al meu și atît. Or, cum el era doar al meu și eu eram singurul lui nepot, cum el, ca tată, avea două fete și eu eram băiat, vă închipuiți ce funii groase, ca parîmele, ne-au legat în chip nevăzut. În semn de prietenie, din clipa în care am izbutit să scot cîteva sunete, i-am și spus pe numele mic. Nu nimeream chiar sunetele potrivite și, poate tocmai de-aia, cînd am țipat ca din gură de șarpe la o petrecere de familie, nimeni nu înțelegea ce-am pățit. Sorbisem pe ascuns dintr-un păhărel găsit pe marginea unui birou, după care fugisem în camera în care erau strînși cu toții, uluit și îngrozit, convins că am înghițit flăcări, bălmăjind printre hohote de plîns „apița Mița“. A fost nevoie de răbdare și de perspicacitate (aici i-a ajutat și degetul meu arătător, care indica paharul mititel) pînă cînd au priceput ce se întîmplase. Apița era o țuică tare, iar Mița era Mircea. Mai tîrziu, după ce învățasem literele, nu doar sunetele, am urcat împreună pante abrupte, sufocante și am coborît văi amețitoare, am fost pe brîne, pe țancuri, pe povîrnișuri, prin prăpăstii și păduri, pe platouri și grohotișuri, în șei, la cascade, prin jnepenișuri, zmeurișuri și întinderi de urzici. Primul vîrf impunător mi s-a arătat, datorită lui, în masivul Retezat, dar nu în zona înaltă, a stîncilor cenușii și a ierburilor pitice, ci la cabana Pietrele, unde el și-a golit rucsacul pe un pat, iar pe salteaua hărtănită s-a ridicat un munte de pachete de țigări, toate Snagov, un pisc uluitor pentru un băiețel care încă mai mergea la grădiniță. Tot atunci, în zilele de august (cred) în care destui mă întrebau pe creste sau prin căldările glaciare „cîți ani ai, puișor? ", iar eu le răspundeam înfoiat ca un cocoș „cinci", am suit pe Peleaga, pe Păpușa, pe Judele și pe Slăveiu, am aruncat o mulțime de pietre în lacurile Galeșu și Bucura. Pe-o potecă marcată cu triunghi roșu, într-o dimineață, mi-l amintesc pe Mircea (căruia, jur, nu i-am zis niciodată bunicule, tataie sau mai știu eu cum) oprindu-se deodată și explicîndu-mi că trebuie să ude un fag bătrîn. Razele soarelui străpungeau frunzișul, picățele de lumină năpădiseră pămîntul, brusturii, ciupercile, lichenii și mușchiul de pe bolovani, ar fi putut foarte bine să iasă de prin scorburi zîne sau pitici (n-au ieșit), iar eu mă gîndeam cît de bun e el, înalt, bronzat, cu cafeaua lui fierbinte din termos și cu ciocolățelele pentru mine, cum are el grijă pînă și de-un ditamai copacul, stropindu-l cu un jet gălbui, lucitor, ca o limonadă. Încet, încet, ascensiune după ascensiune, traseu după traseu, anotimp după anotimp, descoperire după descoperire, m-am obișnuit cu ritualul lui montan și i-am devenit un discipol dăruit. Pe coastele noroioase sau înghețate, unde alunecam și cădeam pe rînd, cîntam din tot pieptul (*Dăăăm cu fuuundul de pămîîînt/ Văleeeleuuu/ Văleleu!*); pe culmile de unde zarea putea fi pipăită, mîngîiată sau strînsă în pumn, el deschidea un duet (*Bună ziuaaa, doamnăăă Simaaa/ Te rog să-mi spui, te rog să-mi spui, unde-i latrinaaa/ Căci eu nu știuuu ce să faaaaac/ Dar îmi vineee să mă... pliiiiimb*) și eu îl încheiam (*Mai la dreaptaaa, mai la stîngaaa/ Mai încoa peste Carpaaaaați/ Căci acooolo este bineeeee/ Dacă vreți să vă ... plimbaaaaați*); uneori, în zilele mohorîte, îmi mărturisea că și-ar dori o ceață groasă, groasă de tot, eu încercam ca blegul să aflu de ce, iar el mă lămurea („ca să nu te vadă nimeni cum mă pupi în fund"); în poieni ori în lungile drumuri prin păduri, recitam nenumăratele poezioare cu Artur, toate conținînd rima potrivită. Cu mîna pe inimă, declar că lucrurile astea (care-i contrariază pe mulți, fiind vorba de maniere, de educație, de felul în care se poartă un bunic cu nepotul lui) erau chiar izvorul bucuriei. Pe munte, diferența de vîrstă dintre noi era spulberată de vînt, patruzeci și opt de ani se duceau în hăuri ca polenul sau ca praful, cum eu nu reușeam să mă dau peste cap și să ajung bărbat, el redevenea copil, nu numai prin cîntecelele și poantele din adevărata lui copilărie, ci prin sute de gesturi, cuvinte și semne. Odată, la cabana Omu, după ce terminaserăm o ciorbă de fasole, am găsit întîmplător sub mușamaua murdară, pe cantul mesei, o iscălitură în lemn. Și scria așa: Mircea și Didi 1935. I-a tremurat bărbia, i-a tremurat și vocea, i-au tremurat multe pe dinăuntru (se vedea în licărul ochilor), recunoscuse înscrisul de-aproape jumătate de secol, de cînd el și fratele lui, unul de cincisprezece ani, celălalt de paisprezece, se jucaseră cu un briceag în aceeași încăpere strîmtă, poate după ce mîncaseră o altă ciorbă de fasole. Ei bine, eu cu acel puști umblam pe munți, cu micul licean care tocmai își incrustase numele pe masa unei cabane și care, întîmplător, își înlocuise fratele (ca partener alpin) cu primul lui nepot.

Serile erau altfel. Stingeam veioza, ușa de la balcon rămînea întredeschisă (oricît de frig ar fi fost afară), foșnetul copacilor se amesteca deseori cu fîșîitul focului din sobă, umbrele crengilor se împreunau pe pereți cu umbrele obiectelor, întunericul se umplea cu povești (nu cu zmei, prințese, motani încălțați, palate de cleștar, cai înaripați și babe știrbe), vîrît sub plapumă ascultam un alt fel de basme, cu Alexandru Macedon, Ulise, Domițian, Mucius Scaevola și Pompei, cu Magellan și Vasco da Gama, cu Edmund Hillary și Tenzing Norgay, cu poneii lui Robert Falcon Scott și cu cîinii lui Roald Amundsen, cu viscole cumplite și avalanșe, cu urși și lupi, cu Mozart și Salieri, cu nenumărații copii ai lui Johann Sebastian Bach, cu Richard Inimă de Leu, Henric al V-lea și Bonaparte, cu vikingi și constelații. Monologurile acelea nocturne (care pot și ele, în fond, să contrarieze) se adunau ca niște rîuri molcome într-un fluviu binecuvîntat, lucind ca arama, dar nu sub razele lunii, ci sub aura de lumină a bunicului meu. Mircea Chiril fusese șef de promoție la Colegiul Sfîntul Sava (unde, la partidele de țurcă, era poreclit Mitică Centaurul), avusese cea mai mare medie din țară la examenul de bacalaureat (cînd îl uluise pe Țițeica, în public, demonstrîndu-i că enunțul unei probleme este greșit), absolvise primul facultatea (deși se căsătorise în anul II cu o femeie superbă, care, cu pletele ei ca mierea, ondulate, făcuse cîndva să tresară gheața de pe patinoarul Oteteleșanu), cunoștea perfect latina (fiind capabil oricînd să reproducă pasaje din Cicero, din Horațiu, din Tacitus sau din Iuvenal), îl iubea mai ales pe Bacovia (pe care, incredibil, îl citea și-n spitalul de ftiziologie, după ce i se diagnosticase cancerul pulmonar), construise și proiectase, ca inginer, cam tot ce se putea construi și proiecta (adunînd zeci de brevete de inventator într-o mapă albastră, pe care-o păstra printre hainele puse la naftalină), era fascinat de Războiul celor două roze (descurcîndu-se cu ochii închiși în cronologia labirintică a dinastiilor York și Lancaster), îi admira, deopotrivă, pe Scipio Africanul și pe Seneca (prețuind bravura și stoicismul), vedea în invazia sovietică din Afghanistan doar un pas înspre Golful Persic (în tentativa Kremlinului de-a controla piața petrolului), nu suporta fotbalul (și, pentru că-l mîhnea nebunia mea dinamovistă, îi lăuda pe Jesse Owens și pe Emil Zátopek), punea cozile din magazine pe seama unei idei perverse a comuniștilor (de-a da oamenilor o ocupație și un scop în viață, ca să nu se gîndească la libertate, la drepturile lor și la alte prostii).

Mirosul de pîine prăjită se întindea în casă, ademenitor, înaintea tuturor meselor cu Mircea. Pe munte, mirosul acela ca de prăjituri nu ne urmărea, dar pîinea prăjită apărea întotdeauna din rucsacul lui, cînd ne opream să mîncăm. S-a întîmplat odată, vara, să scriu un minuscul roman, în patru părți, pe care l-am botezat *Patimile culinare ale bunicului meu*. Suna așa:

1. Tanti Frosa, trufe și șerbet

Cu obraji pufoși, cu gropiță în bărbie, cu pieptul pudrat pînă la decolteul rochiei și cu o aluniță tot pe-acolo, deasupra broșei (așa cum o știu dintr-un tablou mic, un portret în ulei cu ramă aurie și ovală), tanti Frosa mergea la rummy joia. Și joia, cînd juca pietre, se îngrijea încă de dimineață să comande un carton cu cofeturi la Nestor, frumos ambalat, neapărat în hîrtie cerată, după care, înaintea prînzului, cu părul ei alb și privirea semeață (din același tablou), ascundea pachetul în șifonier și-și închidea ușa camerei cu cheia. Mătușă bătrînă, nu cu brîul de lînă, ci cu umbrele de soare și pălării cu voaletă, Eufrosina poseda un simț aparte al pericolului, știa prea bine ce înseamnă copiii într-o casă de profesori tineri și exclama deseori „les barbares!“. Pe atunci, în chip bizar, bunicul meu era un băiețel. Iar băieții, dintotdeauna, au fost înzestrați și ei cu un simț special (nu olfactiv, precis) dacă apar în secret bomboane de ciocolată, prăjituri sau fursecuri sub propriul lor acoperiș. Mircea Chiril, neatent la înflorirea generației '27 și la înmugurirea crizei economice din '30, intra în odaia mătușii imediat după plecarea ei în oraș, se strecura sub pat, după draperii, în lada pentru așternuturi ori printre hainele puse la naftalină, îi auzea pașii la întoarcere, o simțea foșnind, ghicea după sunete unde era ascuns pachetul lucitor, o aștepta să termine și să încuie, să se îndepărteze, apoi ieșea din cotlonul lui și căuta tăcut, desfăcea fundele și hîrtia cerată, își umplea gura cu două-trei trufe deodată, își trecea degetele prin crema șarlotelor și le lingea pe rînd, compara și înghițea, praful subțire de cacao îi provoca tuse, dar nu tușea, pe urmă, ca un motan sătul și leneș, se străduia să lege panglicile colorate așa cum fuseseră la început. Doamne, cum se înroșea tanti Frosa joi seara, la partidele de rummy, cînd se serveau cofeturile ei!

Odată, nu într-o zi de joi, în alta (doar, în fiecare săptămînă, erau la îndemînă încă șase zile), băiețelul acela care avea să ajungă bunicul meu a descoperit pe raftul de sus al șifonierului, înfășurat într-un furou, un borcan cu șerbet. L-a golit în liniște, tolănit pe patul uriaș, ca un velier, al mătușii septuagenare, iar la sfîrșit, cuprins de plictis, a prins cîteva muște care se tot izbeau de fereastră și le-a închis în borcan. Tanti Frosa a năvălit în salon după-amiaza, exclamînd: „Fulvioaro, blestematele au mîncat tot! P-ormă au murit...". Fulvia (nepoata ei și mama lui Mircea Chiril) a rîs cu un ochi, iar cu celălalt s-a uitat tăios la copilul care desena un cocoș.

2. Armata lui de artilerie

Erau vremuri de război. Grele. Dar nu atît de grele cum ar fi putut să fie, fiindcă bunicul meu (devenit, prin legea firii, bărbat) se însurase curînd după căderea Odessei, iar apoi, în loc să fie trimis pe front, intrase (datorită intervenției unei generălese, o mătușă din Iași a bunică-mii) într-o școală de ofițeri de artilerie. În timpul unor manevre desfășurate la est de Turnu Severin, a fost vizitat de tînăra lui soție (care provoca mai multe răsuciri ale capetelor decît orice automobil de lux) și a primit permisiunea să-și petreacă un sfîrșit de săptămînă cu ea, într-un sat din apropierea taberei militare. Ca doi porumbei, și-au visat clătite, au gîngurit în bucătăria de țară, au dat puțin din aripi și, cu chiu, cu vai, au pus ceva pe foc. Zeama din tigaie bolborosea și scotea fum, nu se lega și nu se rumenea deloc, pînă cînd baba care-i găzduise le-a zis cu milă: „Puneți, maică, și niște făină în laptili ăla“.

3. Miracolul văratic al combinatului de la Ișalnița

În anii de început ai republicii, ceasul istoriei personale a bunicului meu ticăia lent și stins, cît să nu supere bătăile marelui orologiu al istoriei colective. Ca frate al unui deținut politic și ca ginere de industriaș, inginerul Mircea Chiril (fostul băiețel) lucra pe șantiere izolate, spre care dosarele de cadre răzbeau cu greu din pricina norilor de praf, a hărților aproximative și a drumurilor desfundate. La construirea releului de pe vîrful Coștila, a mîncat luni întregi mămăligă cu marmeladă, iar în drumurile prin burniță și cețuri către funicularul de pe Jepi, pe Valea Mălinului sau pe Valea Albă, a împărțit de cîteva ori țigări (toate țigările din raniță) unor bărbați cu bărbi și puști, fără uniforme, care nu-și descleștau buzele ca să-i spună ceva, dar îl salutau și-i mulțumeau din cap.

Mai tîrziu, cînd ticăitul ceasului s-a mai întețit, cînd cele două fetițe ale bunicului meu zburdau prin școli din centrul Bucureștiului și cînd el lucra pe șantiere legate de vreo șosea sau de calea ferată, mesele au devenit altfel. La Săvinești, unde pe-un afiș din holul blocului stătea scris „Interzis să creșteți porci în bae!", primea o mulțime de ouă proaspete, nu de țară, ci de balcon. La Ișalnița, întorcîndu-se într-o luni dimineața de acasă, prin iulie, colegul de cameră i-a umplut farfuria cu o ciorbă de pui. Dom' inginer, l-a întrebat celălalt, vă amintiți supa aia de săptămîna trecută? Se acrise rău de tot, așa c-am dat-o într-un clocot și a ieșit o ciorbicăăă... V-a plăcut?

4. Salamul din sobă

În vremurile în care orologiul bătea tot mai dogit, iar bunicul meu era de mult bunic (fiindcă eu mă născusem, gîngurisem, învățasem să merg, să vorbesc, să scriu, să pup fetele, să recit poezii patriotice și chiar să rezolv ecuații), lui, care nu mai pleca pe șantiere, ci lucra pe Calea Griviței într-un institut de proiectare, i-a venit ideea să închirieze cămăruța de la mansardă unei muncitoare de la o fabrică de mezeluri. Nu-i cerea bani, pentru că banii erau din ce în ce mai inutili, iar mezelurile, din cauza pensionarilor care le stocau în pivnițe, în peșteri și-n gropi săpate pe întuneric în spatele blocurilor, părcau noțiuni abstracte. Duduia plătea chiria în rude de salam, cîte șase pe lună, pe care le scotea temătoare pe poarta fabricii, vîrîte sub bluze vaporoase și transpirate, din vîscoză. Vara, cînd nu făcea focul, bunicul meu păstra salamul în sobă.

În ziua în care am împlinit nouă ani, în apartamentul 40 din blocul D 13 s-au înregistrat trei fenomene naturale tulburătoare. Mai întîi, cînd nici nu începuse să se întunericească, folosind aparatul de fotografiat al lui tata, am pozat patru picioare, două în dres alb, două fără dres, două ale Alexandrei Ștefănescu, două ale Magdalenei Dina. Ele, fetele, stăteau lipite una de alta pe marginea patului din camera mea, iar eu, rugîndu-le să zîmbească și prefăcîndu-mă că le fixez chipurile, am prins tot ce exista de la brîu în jos, mai ales ce se zărea sub fustițe. Pe urmă, pe la asfințit, jucînd noi trei fațea (după ce, la școală, Magdalena Dina tocmai ne lăsase pe toți cu gurile căscate, scriind pe tablă expresia aia ciudată și corectă gramatical, *de-a v-ați ascunselea*), s-a întîmplat s-o caut pe Alexandra Ștefănescu, s-o caut și s-o caut, în propria mea casă, unde cunoșteam toate ungherele, dulapurile, perdeluțele, subpaturile, nișele și așa mai departe, s-o caut și să n-o găsesc. Alexandra Ștefănescu, cu năsucul ei cîrn și cam în vînt, avusese fantastica idee (și cutezanță) să se ascundă sub fusta mamei mele, o fustă largă și lungă pînă la pămînt. Iar mama, continuînd să se învîrtă prin bucătărie, tot așezînd jumătăți de măslină, feliuțe de castravete murat și pătrățele de brînză peste senvișurile cu parizer, a îngăduit-o acolo pînă cînd eu m-am dat bătut, strigînd asta cît puteam de tare. Tîrziu, dar nu foarte tîrziu, la scurt timp după ce dl Dina și dl Ștefănescu și-au luat fetele acasă, a mai ciocănit cineva la ușa noastră (unde soneria, ca de obicei, nu funcționa). Era Mircea. Gîfîind puțin. Îmi adusese în dar un Pegas verde, modelul cel mai scump, cu ghidonul și cu șaua reglabile, gata potrivite pentru statura mea. Ca să nu se prăfuiască roțile, venise cu bicicleta în brațe de la Valea Argeșului, din stația de autobuz. Două-trei ore, pînă aproape de miezul nopții, a stat cu mine printre blocuri, eu gonind în față, departe, el venind în urma mea agale, într-o ordine răsturnată față de cea din munți. Mama susținea, ca o ultimă consecință a celor trei fenomene naturale petrecute atunci, că aș fi pedalat neîntrerupt în somn, lovind-o cu genunchii în burtă pînă-n zori, cînd a fost nevoită să se mute în patul gol din camera mea.

*

Gustul păcii e dulce. Ca halvița. Și vine o zi, în tumultul războiului cu oamenii mari, cînd orice copil îl descoperă, întîmplător, după zeci și sute de săptămîni petrecute în tranșee și pe cîmpurile de luptă, după asalturi, ambuscade, retrageri, marșuri, încercuiri și regrupări care sînt toate, absolut toate, acre ca lămîia sau ca zarzările. Din acea clipă, înverșunarea și curajul încep să scîrțîie, spiritul beligerant se înmoaie, punțile de legătură cu inamicul se întind tot mai des și mai trainic, iar lucrurile bîjbîie în zona armistițiilor și a bunăvoinței. Deodată, ghivecele cu flori ale Matildei nu mai sînt legate cu sfoară de clanța ușii (ca să zboare de pe suportul de fier forjat și să se facă țăndări), motocicleta lui Șchiopu Bărbosu nu mai are rezervorul de benzină burdușit cu frunze (ca să i se înfunde carburatorul și să nu pornească nici în ruptul capului), familia Ciocan nu mai calcă în căcățeii de pisică pe preș (renunțînd să confiște mingi și să întrerupă meciuri memorabile pe aleea Băiuț), nea More își așteaptă liniștit corespondența (fiindcă nu-i mai e umplută cutia de scrisori cu noroi și rîme). Inițial, echilibrul acesta e fragil, se poate nărui în orice clipă; la primul gest necugetat al adulților, dușmănia se reaprinde și ripostele sînt nemiloase. Matilda, bunăoară, dacă scapă vorbe oțetite sau trage pe cineva de perciuni, e pierdută, chiar pierdută, oricît și-ar păzi ghivecele de pe palierul de la etajul trei. Luni dimineața, în zori, tipul rotofei cu skodiță bej, inginerul agronom care înnoptează la ea sîmbăta și duminica, ajunge lac de transpirație (și pachet de nervi) tot dînd la pompă, o oră, o oră jumate, după ce găsește roțile mașinii dezumflate, cu ventilele smulse. Șchiopu Bărbosu trebuie și el să se poarte frumos cu puștii, altminteri suportă consecințe, chiar dacă motocicleta e închisă într-un garaj, departe. Iarna, după tiruri întețite cu bulgări în ferestrele lui de la sufragerie sau de la dormitor, face cunoștință cu asprimea gerului, mătură cioburi și e nevoit să caute un geamgiu. Se pot întîmpla multe, foarte multe, mai ales că trezirea unui conflict ațipit nu seamănă cu flacăra unei candele, ci cu o vîlvătaie. Gustul acela dulce, ca halvița, este însă ispititor și pervers, creează un soi de dependență, așa că perioadele de acalmie care precedă pacea finală se înmulțesc și se lungesc, din excepții se transformă (încet, încet) în regulă. Între altele, e tare plăcut să intri fără griji în scara D a blocului D 13, să nu te furișezi, să nu mergi pe vîrfuri cu ochii-n patru și cu urechile ciulite, să știi că nu vine nici o amenințare, de niciunde, să urci liniștit, cu pași normali, să nu te zgîrcești la săru' mîna, la bună ziua și la răspunsuri cumsecade date vecinilor. Iar în asemenea momente tihnite, cînd armele sînt puse în cui, cînd strategiile militare se prăfuiesc, iar redutele sînt părăsite vremelnic de combatanți, devin posibile gesturi și fapte de neimaginat în trecut. Spre exemplu, eu, Filip, care i-am provocat Constantineascăi atîtea crize de furie, care am adus-o în pragul nevrozei cu coborîtul meu duruitor din cinci în cinci trepte, cu izbiturile în balustrada metalică, cu replicile mele nesuferite și cu atîtea acțiuni de gherilă, eu, care am auzit din gura ei sute de ocări și blesteme, care am încasat palme, nuiele și curele usturătoare, ei bine, eu am rugat-o într-o zi de primăvară, senină, să-mi împrumute un ciocan, o șurubelniță și o daltă. Era puțin după prînz, tocmai ieșisem de la școală pe la începutul trimestrului III, făceam pe mine, simțeam că-mi explodează vezica și nu reușeam să descui cu cheia de la gît. Am bătut la ușă minute întregi, tare, cu degetele și cu pumnul, pe urmă, fără intenția de-a relua ostilitățile cu oamenii mari, am făcut pipi într-o oală vișinie, cu smalțul ciobit, în care creșteau niște garofițe ale familiei Cristache. Nu m-a văzut nimeni, așa că, după ce-am mîncat un măr găsit prin ghiozdan și m-am tot învîrtit pe casa scării, mi-a venit ideea să forțez yala. A fi spărgător, chiar spărgătorul propriei tale case, e o chestie ațîțătoare, un fel de castravete murat rîvnit în timpuri neasemuit de dulci, ca halvița. Constantineasca nu m-a întrebat nici la ce-mi folosesc uneltele pe care i le ceream, nici cînd aveam de gînd să i le restitui, mi le-a dat pur și simplu, cu mărinimie (fiindcă pînă la urmă pacea are un preț), iar eu le-am luat, am suit iute la etajul patru și m-am apucat să lovesc cu putere în toc, acolo unde bănuiam că trebuie să fie limba de la broască. Eram concentrat, înfipsesem dalta în lemn și izbeam cu ciocanul, zgomotul era asurzitor, casa scării vuia ca o hală industrială, cînd, deodată, în plină străduință a mea de-a vedea încuietoarea cedînd, s-a petrecut un lucru neașteptat, am auzit înăuntru o voce de femeie, un pic mirată, întrebînd „e cineva?“ și am văzut-o pe mama apărînd în cadrul ușii, cu cel mai nevinovat chip din lume. În spatele ei, s-a ivit imediat un nene scund și îndesat, desculț, în maiou și în pantaloni kaki, care-mi făcea cu mîna și-mi zîmbea.

La vremea aia a prînzului (și a primăverii), cînd mi-era cam foame, am înțeles că războiul are fețe nebănuite, că un nou front se deschidea unde mă așteptam mai puțin (adică în bucătăria noastră) și că inamicul parașutat acolo din niște nori fictivi (doar cerul era complet senin) nu era un luptător după ureche, ci unul bine instruit. Privind-o pe mama, care-și pusese o fustă de stambă și o bluză cărămizie, și pe tipul ăla, care se încălțase și îmbrăcase o uniformă militară, cu cîte trei steluțe pe epoleți, am înghițit în sec. Și am descoperit uimit că gustul războiului nu era neapărat acru, ca lămîia sau ca zarzărele. Putea fi amar ca algocalminul. Stăteam toți trei în bucătărie (Matei, slavă Domnului, era la grădiniță, cred că dormea dus și nimeni, dar absolut nimeni n-avea curaj să-i tulbure somnul, nici măcar „sîngeroșii gemeni Horia și Dragoș de la grupa mare“, conform capitolului 9), mama prăjea cartofi și, în chip neobișnuit, mă întreba cîte ceva despre școală, ofițerul cerceta atent terenul, se străduia să afle ce-i cu mine, iscoditor, învăluitor, căuta să-și facă o părere cît mai precisă despre trupele, fortificațiile, armamentul greu și munițiile de care dispuneam. Ronțăind cartofii prăjiți unul cîte unul, tacticos, doar nu mă zorea nimeni să termin și să plec (și oricum n-aș fi plecat, oricît m-ar fi zorit), am încercat să-l pun pe piste false, să împrăștii fum, fum gros, să nu-i dau nici un indiciu în legătură cu forțele mele și cu amplasamentul lor pe hartă. S-a apucat la un moment dat să vorbească despre avioane, închipuindu-și că-mi va lua mințile cu o rețetă căreia cei mai mulți dintre puști nu-i rezistau. L-am lăsat să turuie, m-am arătat interesat de cunoștințele lui aeronautice (mama căscase ochii, fiindcă ea știa prea bine că băiețelul Filip nu-și visase să se facă aviator, ci argitect și gebul), tipul bănuiesc c-ar fi vrut să-și frece palmele, dar se abținea strategic, se simțea călare pe cai mari, galopa, mă credea prins cu totul în plasa lui de păianjen kaki, amîna să-mi dea lovitura mortală doar de dragul oratoriei, pînă cînd l-am întrerupt, așa, într-o doară, mestecînd un dumicat de pîine, și l-am întrebat ce se întîmplă dacă pilotul și copilotul au diaree.

După războiul cald de pe aleea Băiuț, atins pînă la urmă, din cauza temperaturii lui ridicate, de un suflu de afecțiune între combatanți, în bucătăria noastră se instaura războiul rece. Unul de uzură, complicat și parșiv. Și nu conta doar faptul că puștii, topindu-se după limonadă și după corcodușe verzi, nu suportă algocalminul; atîrnau ca plumbul tot felul de alte fapte, ființe și principii. Ofițerul – pe care Matei îl botezase *nenea*, căruia Uca (între noi, luptătorii din Rezistență) îi zicea *Generalul*, pe care bunicul nostru nici nu-l numea și despre care unchiul nostru, Didi, spunea *ăla* – încerca să-i amăgească pe frații Florian, să le slăbească vigilența în propria lor cazarmă, apartamentul 40. Iar noi, băieți fiind, deci un fel de curcani tineri, cu mărgelele, penele și instinctele noastre, nu-l lăsam singur cu mama cît timp eram acasă și cît nu ne copleșea somnul. Prin urmare, ne blocam toți în bucătărie, unde era frig, grozav de frig, doar eram implicați într-un război rece. În ceea ce mă privește, i-am vorbit întotdeauna cu dumneavoastră, dar nu în semn de respect, ci ca să priceapă că, orice ar fi făcut (și ar fi stat și-n cap, precis, dacă l-aș fi tutuit, ar fi înghițit biluțe de sticlă), îl consideram un străin antipatic, un agresor. La rîndul lui, fără să-l intereseze cîtuși de puțin viața mea, mai mult așa, pentru a mă fixa într-o bancă școlară imaginară, să zicem în a patra pe șirul de la geam, mă chestiona cînd și cînd în legătură cu matematicile și cu literatura, domenii în care era convins că strălucește. Iar după ce strălucea, își aprindea o țigară, mai strălucea puțin, apoi se făcea alb-verde la față și-și turna un păhărel, observînd că ea, mama, nu gătește niciodată ciorbe și-și hrănește copiii cu multivitamine și cavit. Totdeauna, ofițerul s-a răfuit cu rămășițele mic și mari burgheze din apartamentul 40 și, în sens mai larg, din familia maică-mii, însă eu îl bănuiesc că uneori, cînd se închidea lung timp în baie, își injecta în venă cerneală Pelican, ca să i se albăstrească și lui sîngele, măcar un pic. E totuși incert ce se petrecea în baie, bănuiala e bănuială, iar adevărul e adevăr, tot ce pot să descriu cu mîna pe inimă este că atunci cînd intram după el (și eram obligat s-o fac, dimineața, fiindcă altfel întîrziam la școală) înăuntru mirosea tare amestecat. În aer pluteau vapori groși de deodorant, pentru că așa își imagina el că pot fi tăinuite sau reparate anumite fapte. Altfel, era drăguț. Cîndva, evadînd din bucătăria apartamentului 40 împreună cu mama și mergînd ei doi să se bronzeze și să se bălăcească în rîul Argeș, s-a scufundat în apele adînci pînă la șolduri și a prins cu mîna o babușcă sau un biban. Sincer să fiu, cred că mama e convinsă și în ziua de azi că peștișorul ăla a fost cel mai mare și mai frumos pește din lume. Și, în felul ei, are dreptate.

Războiul rece, după cum istoria recentă a dovedit-o, nu se cîștigă prin șarje la baionetă, ci prin tenacitate, viclenie și, ca în șah, prin mutări aparent inofensive făcute azi, cu scopul de-a buimăci adversarul mîine. Un asemenea registru, recunosc, nu ne prea era la îndemînă nouă, fraților Florian. Prinși în atîtea vîrtejuri (eu, bunăoară, după parafarea tratatului de pace cu adulții de pe aleea Băiuț, descoperisem farmecul discret al băncuței de la scara A, unde o fată șatenă și grăsăncioacă, Monica, practica un fel de pedagogie a sărutului; Matei, aflat la grădiniță în ipostaza aceea uluitoare, de legendă vie, era ocupat și el cu „o grămadă de îndatoriri și probleme“), nu ne stătea mintea la strategii perfide, cu bătaie pe termen lung. Fratele meu a făcut pipi în cascheta ofițerului (ajungînd la neasemuita concluzie că Patria e o oliță), iar eu m-am limitat la mărunțișuri. Cînd telefona, mă prefăceam că n-aud nimic sau, schimbîndu-mi vocea, ziceam că e greșeală, cîteodată mă împiedicam tocmai cînd țineam de toartă o ceașcă cu cacao, care, evident, se vărsa pe pantalonii ori pe pantofii lui. Serile, cînd luna pornea la plimbare peste uriașele antene colective și peste puzderia de antene rotunde orientate către Ruse și Vidin, în bucătăria noastră începeau să se audă pîrîieli, țiuituri, sîsîieli și bîzîituri. Știam precis că nu vin din pereți, fiindcă D 13 era un bloc solid (deși igrasios), construit din plăci prefabricate de beton. Și mai aveam un motiv să nu-mi pun întrebări în legătură cu proveniența acelor sunete bizare: chiar eu eram cel care deschidea radioul. Pe unde scurte. Roteam ușor butonul, urmăream cum liniuța verde se mișcă încet pe scală, treceam peste tot felul de muzici arăbești și posturi slave, prusace sau anglofone, mai răsunau pasager arii din opere, exclamații în franceză și hituri pop, roteam și roteam, pînă cînd, în zona uneia din frecvențele cunoscute, ajungea să se distingă o voce în română, uneori mai clar, alteori mai stins. Pîrîielile, țiuiturile, sîsîielile și bîzîiturile se întețeau atunci, ca și cum toate s-ar fi înfuriat cumplit și ar fi vrut să-l înțepe, ca niște viespi, pe domnul de la microfon. Tot atunci, se întețea și paloarea ofițerului. Își mai turna un păhărel și mă fixa cu ochii lui gri, în care licărea totuși ceva, cred că jarul oglindit al țigării. Nu spunea nimic, doar scotea un „mda" după salutul de final, „...al dumneavoastră Neculai Constantin Munteanu, să auzim numai de bine". Cum stăteam eu la masă și ronțăiam cartofi prăjiți, desenam ori înălțam turnuri din bețe de chibrit, felul în care vorbea domnul ăla mă topea. Era aliatul nostru, al fraților Florian, în războiul rece din bucătărie. Odată s-a întîmplat însă ceva neașteptat. Pe scala aparatului Gloria, sub geamul mic și pătat, se agita un gîndac roșu. Am țipat și am sărit de pe scaun, prilejuindu-i ofițerului, care avea și el aliații lui, un rîs batjocoritor. Tremurînd de neputință, m-am rugat ca mîna lui Neculai Constantin Munteanu să se ivească de sub carcasa radioului și, blînd, dar autoritar, să-l tragă pe nenea de nas. Mîna nu s-a ivit.

Într-o după-amiază cu ploaie, am înțeles că pierdusem războiul rece. Mama a intrat în camera mea (fosta cameră a lui tata), eu citeam tolănit pe covor, ea s-a așezat pe pat și am discutat o vreme despre romanul unui rus și despre cît de negru era cerul, m-a întrebat dacă vreau orez cu lapte și i-am răspuns că golisem deja două castroane, apoi mi-a spus, deodată, că o să mai am un frate. Înfrîngerea era așa frumoasă! Ca mama.

*

Așa a fost să fie și nimeni nu e vinovat. Mama a plecat pe la trei să-l alăpteze pe noul Mircea, unchiul meu Ionică, doctorul, a spus că lipsește cam un ceas jumate, poate două, ca să se odihnească și să aducă altă sondă urinară, bunica mea Veronica se închisese în camera ei ca un altar și se ruga neîntrerupt, unchiul meu Didi, al cărui nume e încrustat pe cantul unei mese de la cabana Omu (alături de-al fratelui lui și de un an, 1935), plîngea stins în bucătărie lîngă o sticlă cu palincă, Matei era mic și era la Uca, iar eu, abia apărut de la liceu, de data asta nu ca un fulger globular învelit în uniformă, ci ca un cîine bătut, l-am tot mîngîiat pe frunte pe vechiul și pe iubitul meu Mircea, i-am sărutat mîinile și i-am promis că o să urcăm în curînd la Cruce, pe Caraiman, mă poticneam în lacrimi și-n nodurile din gît, iar el, Mircea Chiril, despre care toți ziceau că e într-o comă profundă, a ridicat puțin un deget și mi-a făcut semn că nu, apoi a respirat rar, tot mai rar, pînă n-a mai respirat deloc. Cred că e la Cruce.

11

Rezistență, pace și cadență

S-ar putea ca nici o hartă din lume, oricît de detaliată, cu latitudinea și longitudinea fixate cu acea nonșalanță a lucrurilor imaginare de necontestat, cu puzderia aiuritoare, bramburită și sinuoasă a cohortelor de linii maro care desemnează curbele de nivel, cu triunghiurile ezoterice ale cotelor după care dibuiești o zonă înaltă sau joasă, cu venele acelea albastre continue sau punctate din care nu vei afla nicicînd originea aristocrată a unei regiuni, ci doar rețeaua sa hidrografică, cu petele verzi ale pădurilor și galbenul spălăcit al pășunilor, cu toate cuburile albe și pitice prin care știința îți demonstrează rapid și irevocabil că omul există, ba chiar că și-a construit sate sau orașe, cu liniile drepte sau frînte, rareori curbe, ale potecilor și drumurilor, în fine, chiar cu o toponimie riguroasă a locului (de felul: Valea Argeșului, Valea Ialomiței, Parva, Băiuț și așa mai departe), să nu pomenească vreodată despre crucea săpată în lemn. De fapt, sînt chiar sigur. Și asta nu pentru că hățișurile cu liane sau vegetația luxuriantă i-ar fi tăinuit existența ca pe a unui zeu bătrîn, uitat de curiozitatea păgînă a exploratorilor, nici pentru că importanța ei în rostul și mersul tainic al lumii ar semăna izbitor cu soarta unei legume (hai să spunem o ceapă abandonată în ger), nici măcar pentru motivul, altminteri chibzuit și pertinent, că hărțile nu s-au îndeletnicit pînă acum cu misterele grădinilor întunecoase și împrejmuite cu gard ale blocurilor de patru etaje, ci doar pentru că, în unele cazuri, numai memoria mai poate trasa granițele unor locuri, pentru a descoperi și decodifica în chiar inima lor punctul central în jurul căruia se învîrte totul. Și cum memoria, ca orice lucru lipsit de siguranța rece a unei hărți bine întocmite, se poate încețoșa într-atît, încît, bunăoară, din imaginea bunicului Mircea să rămînă doar reverberația gravă a unei voci și amintirea aproape fantastică a unor pași imenși, e nevoie ca pe undeva, prin cotloanele acelea abia știute ale creierului, să se furișeze și altceva, un fel de luminiță fistichie nenumită, care, în contact cu gărgăunii ăia de acolo, să producă un soi de scurtcircuit benefic prin care, să zicem, să-l vezi dintr-odată pe Coșuță oprit în mijlocul străzii, tîrșîindu-și piciorul drept prin praf, pînă cînd praful se va da la o parte și nu va rămîne decît asfaltul. Sînt aproape convins, fără vreun argument de bun-simț, ci mai mult pe baza unor intuiții difuze, că există o atracție bizară (sau măcar o simpatie îngăduitoare) între luminițele fistichii nenumite și troleibuzele Bucureștiului. Aș putea chiar, dacă s-ar afla vreun foc la îndemînă, să-mi pîrjolesc puțin degetele doar ca să vă demonstrez că, deși R.A.T.B.-ul nu a încheiat un contract cu partea nevăzută a lumii, există un traseu, poate aerian, din care, mai ales într-unul din momentele alea tembele în care nu poți să spui altceva despre tine decît că stai în troleibuz agățat de bară, se poate zări, ca un decupaj strălucitor, teritoriul acela dreptunghic și înțesat de blocuri, mărginit la nord de bulevardul Drumul Taberei, avînd hotarul de vest la Valea Ialomiței, iar cel de est la Valea Argeșului, pentru ca la sud să se găsească, o dată și pentru totdeauna, cîmpul. Și, la fel de bine cum harul omonimiei a făcut ca „un puf minuscul, asemănător funigeilor... să se fi înălțat și să fi plutit pe deasupra acoperișurilor, bulevardelor, copacilor, turlelor de biserici, piețelor și maidanelor, să fi ajuns într-un tîrziu peste blocurile din Drumul Taberei“, s-ar putea ca acest troleibuz ciudat să fie mult mai îngăduitor decît orice avion cu motor (despre care se știe că nu te va lua în zbor pe motivul năucitor că ești mic și te cheamă polonic) și să te lase să privești sau să-ți amintești (e totuna) cum de acolo, chiar din interiorul decupajului, ascunsă hărților și înțelegerii științifice, pulsează, straniu și imperceptibil, o cruce.

E greu de spus cine a avut curajul și răbdarea, sminteala sau pur și simplu cheful ca într-o noapte, după ce larma împușcăturilor va fi încetat demult și atît pistolarii vii, cît și cei morți își vor fi părăsit ascunzișurile provizorii ca să intre cuminți în case, cînd luminile din dormitoare și bucătării se vor fi stins treptat ca să lase străduțele în grija incertă și pîlpîitoare a felinarelor, să se fi furișat (cel mai probabil ca o pisică poate, sau ca un linx) pînă la acel copac de Drumul Taberei, ascuns printre alți copaci identici în grădina din spatele lui D 13, ca să sculpteze, ajutat poate de un cuțit, de o șurubelniță sau de o toporișcă, crucea aceea aparent banală care se colora însă în roșu ori de cîte ori avea să se întîmple ceva. S-ar putea chiar (dar de aici și pînă la apariția improbabilă a unor mogîldețe într-un borcan de muștar nu mai e decît un pas) să nu fi fost nimeni, iar crucea să se fi ivit așa, simplu ca bună ziua, fără să aibă nevoie de oameni cu cuțite, șurubelnițe sau toporiști. Oricare din variante ar fi cea corectă, unde mai pui că ar putea exista și o a treia, de compromis, în care omul, de preferință somnambul, a fost doar unealta unor duhuri neștiute, e clar că nu doar strălucirea vrăjită (ca de cer cu soarele pe ducă), ci însăși prezența ei pe un copac plicticos de Drumul Taberei era de ajuns să ne încremenească, să ne hipnotizeze, să ne certifice că ceea ce luam noi drept o simplă grădină devenise peste noapte un sanctuar în toată regula.

Lîngă mine mai era Radu. Iar dacă a existat vreodată, în istoria de decenii a cartierului, cineva dispus să încremenească și să se lase hipnotizat cu o ușurință mai mare decît cea a unei bătăi din palme, acela nu putea fi decît Radu. Dacă mai pun la socoteală și teoria lui (altminteri o revelație cu acte în regulă) care dădea drept sigură apariția zeului indian Manitu în spatele blocului D 13, probabilitatea ca o grădină să se transforme într-un ditamai sanctuarul căpăta dintr-odată firescul și siguranța unei certitudini. În prezența lui, cuvintele obișnuite se fîstîceau, se retrăgeau timide în spatele vreunui Migu sau Doru, încercau să riposteze la adăpostul unui meci de fotbal, ca apoi să dispară cu totul, împovărate de gravitatea imparabilă a unor expresii ca „această defensivă precară este sortită eșecului" sau „verticalizarea nu beneficiază de aportul înaintașilor". Radu era înzestrat cu acea abilitate rară de a dibui adevărul – benzi desenate și povestiri western – prin vraful prăfos și descurajant al almanahurilor, se strecura cu ochii închiși pe traseele stîncoase ale războinicilor apași, putea consulta oricînd pentru o veritabilă teză de doctorat cu titlul *Viața și aventurile lui Dr. Justice* colecția completă a revistei *Pif*, recita ca pe apă lista vrăjmașilor cu care a dat piept Rahan în toată existența sa zbuciumată, ținea adevărate prelegeri despre rostul jertfei omenești în consolidarea și strălucirea unor imperii numai de el știute, era în stare să-și dea viața pentru a legifera poziția de ofsaid în regulamentul fotbalului de stradă, avea intransigența și tenacitatea de a înlătura orice refuz al părinților atunci cînd venea vorba de înarmarea cu cuțite, săbii, arcuri, pistoale, puști și mitraliere a armatelor sale fictive, se dovedea extrem de grijuliu în privința numărului și extravaganței cohortelor sale de soldăței, se arăta neîndurător cu plebea dornică de a-i intra în casă și de a-i răvăși comorile, era gata oricînd să-și lipească urechea de asfalt ca să ne vestească sosirea lui Winnetou, nu dădea doi bani pe discurile cu *Neghiniță* și *Harap-Alb*, în schimb, era pregătit să jure credință veșnică celui ce se va învrednici să-i devină frate de cruce. Într-un fel sau altul, eu mă învrednicisem. E adevărat că poziția de ofsaid mă lăsa rece, ca să nu mai vorbesc că mi se părea de-a dreptul inutilă, aveam rezerve și la capitolul ăla cu urechea pe asfalt, și nu neapărat fiindcă mă nedumerea programul de lucru al lui Winnetou, ci doar pentru că asfaltul prăfos nu mi-a inspirat niciodată încredere, și e la fel de adevărat că, pe undeva printr-un loc tainic, inaccesibil chiar și fraților de cruce, simțeam o simpatie caldă și vinovată pentru țîșt-bîștul ăla de Neghiniță și chiar pentru coșcogea papă-laptele de Harap-Alb. Dacă am avut vreun motiv să nu-i mărturisesc toate astea, și să știți că am avut, el nu se explică prin atracția aproape magnetică pe care o resimțeam în preajma soldăţeilor lui nemaivăzuți, nici prin argumentul meschin că eram lăsat să trag cu arcul prin apartamentul lui de la etajul 1, scara B, ci doar pentru că o astfel de mărturisire aducea în ochii lui cu un act de trădare, iar ochii lui, pentru asta depun mărturie, s-ar fi umplut de furie și de lacrimi, iar ăsta era ultimul lucru pe care-l doream. Dincolo de gusturile lui fine în materie de basme și discuri cu povești, de adorația mistică pentru Rahan, de referințele savante privind studiul și aprofundarea civilizației apașe, Radu era capabil de o sinceritate fraternă și pătimașă care te topea. Pe mine, cel puțin. Știu că pare greu de crezut, dar erau zile în care uitam să joc fotbal, doar pentru că în drumurile noastre spre granițele regatului, bunăoară spre bucla bulevardului Drumul Taberei, poveștile deveneau aievea, eram spionați de la înălțimile blocurilor de zece etaje de tot felul de indivizi pictați în culorile războiului, eram atacați de haite întregi de coioți flămînzi, altminteri doi sau trei cîini vagabonzi dispuși oricînd să înceteze cu lătratul și să se lase mîngîiați, urmăream parada nesfîrșită a turmelor de bizoni cu burduf duruind și oprind în stația Piața Ialomiței, aveam cutezanța să ne îndepărtăm de civilizație și să privim ore întregi dansul vulturilor negri (așa botezaserăm ciorile) în jurul leșurilor de fețe palide care împînzeau, eram convinși, cîmpul acela de la marginea Bucureștiului și puteam să ne imaginăm că dincolo de Valea Argeșului, acolo unde oamenii mari susțineau că 368-ul ar avea ultima stație, se întinde teritoriul umbrelor din care nici un muritor, poate cu excepția aceluiași Rahan, nu s-a mai întors vreodată.

Era una din acele zile. Frunzele începuseră să îngălbenească și să acopere pămîntul, poate pentru că era toamnă, poate pentru că se plictisiseră să stea atîrnate atît timp în copaci, dimineața era umedă, jilavă, Radu bălmăjea ceva despre un canar pe care avea să și-l cumpere, cerul stătea bosumflat și morocănos, soarele lenevea probabil deasupra Marelui Canion, se încăpățîna să rămînă ascuns, nu catadicsea în nici un fel să lumineze grădina, era un fel de dimineață-noapte, genul acela de vreme în care ți se pare că timpului i se face lehamite să mai treacă, pentru ca, în doar cîteva secunde, atîtea cît să fii atras de-o lumină ciudată, să descoperi că niciodată nu te-ai putut înșela mai tare, că de schimbat s-a schimbat totul, iar o simplă grădină a devenit așa, peste noapte, un sanctuar. Nici eu, nici Radu nu am încercat să pîngărim cu degetele noastre minunea, era de ajuns că se află în fața noastră pulsînd, ca o dovadă vie că poveștile au fost întotdeauna adevărate și că troleibuzele se pot transforma în bizoni. Semnificația sanctuarului acela, despre care Radu credea cu tărie că semnalează prezența, poate în vreo movilă de pămînt, poate în vreo scorbură neștiută, a lui Manitu, am aflat-o un pic mai tîrziu, după ce ne-am dezmeticit cît de cît din transa hipnotică și încremenirea lucie, și, cu inima tropăind bezmetică, am găsit melcii și scorbura furnicilor. Întotdeauna crezusem despre furnici că nu merită nici cea mai mică atenție și că mai mult de-un ingredient de felul piperului într-o tocăniță absurdă (cu rîme și petale de flori) gătită de fete nu vor fi niciodată. Era evident că greșisem. Ceea ce se întîmpla în fosta grădină, actualul sanctuar, împrumutase ceva din sobrietatea unui ritual sacru, în care melcii (și nu era vorba de unul sau doi, ci de nouă sau zece) se lăsau cotropiți de furnici (care erau, cu siguranță, mii) într-un fel de sacrificiu nebunesc încheiat cu o metamorfoză aiuritoare, și anume: odată ce furnicile se înfruptau din carnea băloasă și mai mult ca sigur magică a melcilor, se grăbeau să urce spre o scorbură minusculă aflată pe trunchiul copacului cu cruce, intrau cu băgare de seamă în bezna aceea protectoare de unde, nevăzute și neștiute, se descotoroseau de viețile lor plicticoase ca să iasă din nou, la început nesigure și timide, în lumina cam decolorată a dimineții. Ceea ce ne era dat să vedem nu mai semăna deloc cu o banală poveste despre furnici. Insectele alea, fostele furnici, căpătaseră aripi. Nu, nu începuseră să vorbească sau să ne țină predici despre coborîrea pe pămînt pentru a doua oară a lui Cristos, la ora aia, el era demult Cristi și probabil se plictisea de moarte în apartamentul lui cu carpete, nu aveau de gînd nici măcar să aducă ploaia, ci doar își deschiseseră aripile străvezii și micuțe și începuseră să zboare într-un roi bramburit în jurul capetelor noastre și, mai apoi, al grădinii. Era poate pentru prima oară cînd nici măcar Radu nu mai era în stare să găsească vreo explicație. Crucea se înroșise de-a binelea, iar în culoarea ei aveam, nu știu de ce, senzația că se oglindește imaginea unui căpcăun aflat la balcon cu o căldare imensă în mîini, un căpcăun rînjit care aducea ca două picături de apă cu Șchiopu Bărbosu, un căpcăun care pîndea doi copii, iar ceea ce mă nedumerea pe de-a-ntregul era că ceva din senzația aia îmi spunea că, așa aplecați deasupra unor melci sau furnici, acei copii eram noi. De abia cînd, chirciți din nou deasupra melcilor și a furnicilor, am simțit cum o apă din cale-afară de rece se strecoară printre haine și ne inundă pînă la piele, cînd de la balconul unui etaj unu a rînjit chipul ca de căpcăun al lui Șchiopu Bărbosu și cînd în urechile noastre au sosit, odată cu apa, cuvintele „vagabonzi și golani blestemați“, am înțeles că ceea ce puneam eu pe seama unei senzații era adevărul gol-goluț: crucea era un fel de oglindă de avertizare în care viitorul se deslușea, uneori, într-un roșu aprins. În ziua aceea, pentru că Radu era ud fleașcă și, în plus față de mine, găsise de cuviință să plîngă ca un disperat, n-am mai apucat să-i comunic acea descoperire uimitoare.

A trebuit să se facă duminică. Știu sigur că era duminică pentru că lumina dospea dincolo de geamuri, blîndă, calmă și neclintită, Filip se prefăcea că sforăie ca un tigru, iar eu, cuibărit la pieptul lui, încercam din răsputeri să-i imit ferocitatea, peste noi plutea un miros de pîine prăjită și ceai, duminica intrase cumva și în aparatul de radio, torcea ca o pisică uriașă printr-un concert de pian al lui Ceaikovski, se ghemuise prin colțuri și unghere și se rostogolea leneșă peste stradă, se aciuase pînă și în cadența molcomă a copitelor de cai, în asfaltul aleii Băiuț, în căruța țiganilor, în stigătul lor prelung și tremurat care-și pierdea treptat sensul ca să se transforme într-un liniștitor „tiche goaee, oo ooooo!“, aș fi putut jura, atîta vreme cît Filip credea că poate sforăi ca un tigru și să-și gîdile fratele în același timp, că nimic nu se va mai schimba vreodată, că lumea va rămîne așa, veșnic încremenită într-o duminică ca un glob luminos, că toate descoperirile uimitoare nu valorează mare lucru în comparație cu certitudinea că nu ai nimic altceva de făcut decît să aștepți desenele animate și cele cinci minute de Stan și Bran și că, de fapt, nici desenele și nici Stan și Bran nu sînt în stare să-ți dăruiască o bucurie mai mare decît nimicul ăla cu muzică simfonică și pîine prăjită în care un frate mai mare, după ce s-a prefăcut mort, tocmai a înviat ca să te urmărească pe sub plapumă. Dacă mai exista un viitor – și o cruce strălucitoare și roșie ca să-l anunțe –, el trebuia să mai aștepte. Cam pînă ce după-amiaza apărea grăsună după un colț, căscînd și frecîndu-se la ochi, toropită de nemișcare și de inutilitatea albumului duminical, trimițîndu-i pe frații mai mari la un fotbal în curtea școlii, iar pe cei mijlocii pînă la scara B, etajul 1, în fața ușii unui băiat pe care-l chema Radu.

Despre acest băiat Radu s-ar putea spune că, în lipsa unui frate mai mare (orice ați zice, o soră nu se pune), miracolul unei zile de duminică nu-l atingea deloc. Altfel, agitația cu care își mișca brațele și cu care încerca să mă convingă că nu există o trădare mai cumplită decît aceea de a-ți abandona sanctuarul nu-și găsea o explicație vrednică de luat în seamă. Era de la sine înțeles că îmi dădea dreptate în privința crucii. Ceea ce părea mai greu de crezut era stăruința cu care susținea că nu eu, ci el ar fi descoperit mai întîi adevărul. Nu avea nici un sens să-i amintesc că în timpul în care căpcăunul de Șchiopu Bărbosu se distingea tulbure în desenul de pe scoarța copacului, el era preocupat (fascinat, vrăjit, acaparat) de aripile furnicilor. Era la fel de clar că, odată pornit pe panta enervantă a contrazicerii, Radu ar fi negat pînă în pînzele albe chiar și chestiunea, mai mult decît evidentă, că nu a rezistat căldării cu apă rece și a bufnit într-un plîns vecin cu isteria. La cît era de pornit, nu m-ar fi mirat să-l aud spunînd că un războinic ca el nu cunoaște dezonoarea lacrimilor. În fine, chiar dacă nu avea nici un sens, eu totuși i-am amintit. Iar dacă m-a șocat într-adevăr ceva, acel lucru n-a fost nicidecum tăcerea de gheață cu care mi-a întîmpinat cuvintele, ci, din contră, ardoarea incandescentă a feței lui pînă atunci palide și pistruiate. Radu mocnea. Am coborît treptele puține pînă la ieșirea în stradă fără să ne adresăm vreun cuvînt. Ne-am îndreptat apoi, fără să ne privim, spre grădina din spatele blocului. Crucea părea să ne aștepte. În schimb, furnicile și melcii dispăruseră fără urmă. Era liniște și duminică. Începuse etapa. La Vîlcea, Nicolae Secoșan anunța deschiderea scorului. Chimia conducea încă din minutul trei pe Corvinul Hunedoara. Nicolae Secoșan preda legătura. În rest, nimic. Stăteam într-un fel de tăcere posacă și priveam cum crucea, pînă atunci liniștită, cuminte și chiar banală, începe, încet, să se coloreze în roșu. Nu era nimic legat de Dinamo. Orac punctase din lovitură liberă. Iar dacă mai existau dubii, meciul se juca în Ștefan cel Mare. F.C. Bihor cu semifinalista Cupei Campionilor. N-aveau nici o șansă. Asta mi-a spus și Radu. Nu despre orădeni, despre mine. Urma să încasez o bătaie. În numele tuturor mincinoșilor și al trădătorilor de pe pămînt. Mă prevenise. Hangar, pusichet! Sau ceva în felul ăsta. Am fugit. Nu vroiam să pîngăresc sanctuarul. Radu vorbea. În sfîrșit. Gîfîit. Alergînd. Blestematule, ticălos fără pereche, laș mizerabil, față palidă (palidă?, el era cu mult mai palid decît mine sau, mă rog, nu chiar atunci, ci, așa, în general), băutor de apă de foc, insectă vrednică de milă, șoarece cu față umană, invidios corcit cu o muscă, cherchelit în stare pură, cobră cu ochelari, babirusă, facocer, gibon, magot, crotal, haterie, imbecil sadea, iubitor de păpuși ce ești. Aici m-am oprit. L-am văzut venind și, fără să stau prea mult pe gînduri, l-am lovit. A căzut ca secerat. S-a ridicat cu lacrimi în ochi, m-a privit cu ură și mi-a strigat printre dinți „ai să mi-o plătești!". Atît. Apoi a dispărut în casă. Zîmbeam și-mi venea să plîng. Îl lovisem pe fratele meu de cruce. Cel cu care făcusem un legămînt. Cu care descoperisem un sanctuar. Cu care priveam turmele de bizoni. Granițele. Cactușii preriei. Comoara din lacul de argint. Cred că mai mult și mai mult îmi venea să plîng. Și nu pentru că, așa cum spera Aura Brontozaura, faptul că ea mă trăgea din senin de ureche mi-ar fi fost învățătură de minte. Nu-mi era. Și nici nu mă durea. Și chiar mi-a fost simplu să mă smucesc din mîinile ei de ochelaristă urîtă și de aragaz cu patru ochi. De brontozaură. De sisi și nebună. De cum o cheamă, soarbe-zeamă, de cum o împușcă, cu gălușcă. Și să-i scot limba. Așa. Ca să nu se mai bage niciodată unde nu-i fierbe oala. În certurile fraților de cruce. Habar n-avea ea că exista o cruce în care am văzut-o trăgîndu-mă de ureche și așa mai departe. N-o să știe niciodată:

Cum am ajuns acasă, m-am închis în baie, am plîns pe săturate, mi-am jurat că nu voi mai privi vreodată în oglinda roșiatică a crucii, am gustat, atent și tacticos, din stropii ăia micuți și sărați ai lacrimilor, m-am șters bine de tot cu un prosop, m-am liniștit, am intrat în sufragerie, am deschis televizorul și-am început să mă uit la un meci de pe bulgari. Levski Spartak-Lokomotiv Plovdiv. S-a terminat 2-1. Duminicile erau urîte. Ca meciurile de la bulgari.

Evident că am cedat în fața ispitei. La urma urmei, Dinamo nu juca în fiecare zi în semifinalele Cupei Campionilor Europeni. Trebuia să știu, ce mai, era o chestiune de viață și de moarte, dacă băieții aveau vreo șansă să elimine echipa aia cu nume atît de fantasmagoric și înfricoșător: Liverpool. Iar pentru asta, era de ajuns să uit de promisiunea făcută, să dau o fugă pînă la cruce și, în loc să trec țanțoș și sfidător prin fața ei (ca în toate acele luni în care simțeam că am un jurămînt de respectat), să rămîn acolo pînă ce ea va binevoi să se înroșească sau nu. Nu era chiar așa mare scofală. În fond, după ce m-aș fi lămurit cum stăteau lucrurile, îmi puteam cere scuze. Nu, hotărît lucru, nu prea era timpul pentru bătăi de cap sau mustrări de conștiință. Se însera. Dinamo juca pe Anfield Road.

De văzut, n-am văzut cum mustața lui Ian Rush se zburlea într-un vestiar, nici cum pupilele lui Kenny Dalglish prindeau să sfîrîie și să scapere ca jarul, nu l-am auzit nici pe Whelan fornăind și, cu siguranță, mi-a scăpat fenomenul acela ciudat care făcea ca palmele lui Țețe Moraru, aflat în celălalt vestiar, să crească văzînd cu ochii, împreună cu chica țînțarului și cu pofta de samba a lui Gigi Mulțescu. În schimb, pot să depun mărturie că liniștea aceea țiuitoare, care bîzîia ca un transformator electric și care s-a auzit întîia oară spre sfîrșitul capitolului patru, pusese stăpînire nu doar pe inima lui Filip (ajunsă, după metamorfoze complicate, la dimensiunile unui purice), ci și pe vietatea aceea ascunsă între blocuri, pe care Radu și cu mine o botezaserăm, demult, sanctuar. Și cum orice vietate, fie ea și o grădină sau un sanctuar, are nevoie pentru a supraviețui poate nu chiar de cămăruțe cu atrii și ventricule, dar, în orice caz, de un organ asemănător unei inimi, crucea preluase funcția asta și pulsa încet de pe coaja copacului, în ritmul globulelor invizibile de tăcere asurzitoare. S-ar fi zis că eram înghițit de un chit străveziu prin care, dacă eram atent, puteam să întrezăresc lumini aprinse, umbre de oameni alunecînd ușor prin apartamente sau chiar cîte un petec întunecat de cer și că nu-mi rămăsese nimic altceva de făcut, dacă țineam cu tot dinadinsul să evadez, decît să mă rog acestei cruci ca o inimă, în speranța că dihania se va milostivi de mine și mă va lăsa, întocmai ca o fregată pe bebelușul Mircea, în orice port, fie el și agitat, al acestei lumi. Îmi mai aduc aminte că inima strălucea nebunește și că nici vorbă să fi văzut în ea bara lui Augustin și golul insipid al lui Graham Souness. M-am trezit în casă. Dormeam.

În noaptea aceea în care mama a lăsat veioza cu lumina verde aprinsă, iar Bau-Bau (un fel de om cu ochi fosforescenți care plutește într-un sac negru, invizibil, un fel de bucată de întuneric mișcătoare) m-a pîndit după colțul umbros al camerei lui tata, așteptînd să-mi țiuie urechile de atîta beznă și tăcere ca să se desprindă de unde era ascuns, l-am visat pe Matei mare. Se făcea că era la o masă de scris, nebărbierit, cu un pix în mînă cu care bălmăjea ceva greu de înțeles despre timp, amesteca alandala niște cocori zburători cu o bară a lui Oneață Augustin, sufrageria cu luminile unor reflectoare, îmi vorbea despre tata și despre nu știu ce senvișuri, părea din cale-afară de agitat, o ținea întruna că fără Bau-Bau ne-ar merge mult mai bine, nu încercam să-l contrazic, mai ales că eram de aceeași părere, aș fi vrut însă să-i spun să se ferească, să nu se mai ia în halul ăla de Bau-Bau (îl făcea jigodie, rînjit, tîmpit, dihanie parșivă), putea s-o pățească în orice clipă, știa și el asta și cică se pregătise, într-adevăr, n-a durat mult și din tăcerea aia țiuitoare, mai exact din colțul umbros al camerei lui tata, s-a desprins o bucată de întuneric care gonea spre noi, cuvintele dispăruseră ca de obicei (oricît se străduiau să rămînă scrise, erau șterse, literă cu literă), cumva, nu știu cum, pentru că nu mă puteam uita de frică, Matei l-a atras înspre lumina bucătăriei, monstrul a căzut în capcană, era cam tîrziu pentru el, oricît de înverșunat părea să fie să ajungă pînă la Matei, să-l hipnotizeze, să-l încremenească, am apucat să trag cu coada ochiului, să-l văd orbit, începînd să se destrame, mugind fioros și parcă tîmp, realizînd că nu mai e decît un pas, o clipă, iar Matei mare îl va înșfăca de glugă și-l va tîrî spre geam, îl va șterge de pe fața pămîntului ca pe-un gîndac mare și negru, Bau-Bau se zbătea deja fără scăpare, în strălucirea clară a becului nu mai părea chiar atît de înfricoșător, putea fi învins, putea fi aruncat pe geam, putea să încaseze un ditamai pumnul în bot, clipa aceea părea să fi trecut, pentru că dintr-odată Matei se așezase lîngă mine în lumina difuză, liniștitoare și verde a veiozei, îmi cerea să-l iert pentru tot felul de lucruri nemaiauzite, o carte și un capitol cinci, încerca, nu știu de ce, să mă înduioșeze, îmi vorbea scriind despre dragul meu Filip (care părea să fie și fratele lui și pe care, oricît l-ar fi contrazis, se vedea clar că-l iubește enorm), despre Uca, despre Știm și Ștam, despre nevoia lui de a-și aminti că cea mai frumoasă căsuță din lume e sub plapumă, despre o groază de chestii de-ale mele (pe unele nici n-aș fi vrut să le aflu, ca, de exemplu, că Dinamo va pierde returul cu F.C. Liverpool), în fine, aș fi vrut să-i spun să se liniștească, să-i arăt că Bau-Bau a pierit demult, că atunci cînd voi fi mare voi vrea să fiu ca el, cel mai mare învingător al Bau-Bailor, dar cuvintele se încăpățînau să rămînă nerostite, era un vis ciudat, în care nu puteam vorbi, nu puteam face nimic, era de parcă nu eu l-aș fi visat pe el, ci el pe mine, cu chiu, cu vai, am reușit să-l opresc puțin din scris atît cît să-l strîng tare, tare de tot la piept și să scîncesc încet, șoptit, Matei.

12

Lui Tudor Vladimirescu, cu uimire și presupuneri

Dacă pantalonii de uniformă stau ghem pe calorifer și haina atîrnă de încuietoarea ferestrei, dacă un papuc e în holul apartamentului 40 și celălalt s-a ascuns după un fotoliu din camera mare, dacă o înghețată Polar, de vanilie, se topește pe biroul elevului Filip și zeama se prelinge peste cărți, caiete, foi mîzgălite și fotografii, dacă sub pat zac laolaltă un ciorap roșu, o minge de tenis, o riglă, un cotor de măr, coji de alune, o insignă de pionier, un creion cu vîrful tocit și un extensor (între corzile căruia păianjenii țes ca la gherghef), în fine, dacă toate sînt așa cum sînt, nu înseamnă că lucrurile se petrec alandala. Dezordinea e una, iar haosul e alta. Exemple:

1. pe Elena Ceaușescu o chema, de fapt, Ramona. Dar, pentru a afla asta, a fost nevoie ca un camion cu cabină albastră să intre în curtea grădiniței și să verse patru tone de cărbuni sub un plop, ca o sută de copii în șorțulețe să se strîngă în jurul cărbunilor și să-și imagineze că a aterizat avionul prezidențial, ca eu și Ramona, după ce ne cocoțaserăm în vîrful grămezii de sub plop, să coborîm agale treptele avionului, fericiți, făcînd cu mîna mulțimii care ne ovaționa frenetic.

2. vasele de laborator, cît de sofisticate, se fac una-două zob. În boxa Țăcănitului, al cărui tată era chimist și director de institut, am deschis prin august, seara, zeci de cutii brune, verzui și bej, cu înscrisuri nemțești și franțuzești, am scos dinăuntru obiecte din sticlă nemaivăzute, boluri mari, fragile, cu forme ciudate, prelungite cu tuburi subțiri și spiralate prin care, credeam noi, puteau țîșni polimeri. Țăcănitu aranja vasele pe rafturi, ne înarma pe toți cu bolovani pregătiți într-o sacoșă cadrilată, urla ca un războinic pornit la atac, țintea și ne îndemna să țintim cu precizie, tirul era nimicitor, obiectele alea delicate se făceau țăndări, fără să geamă, fără să țipe, împroșcînd cioburi, nu polimeri. Părinții Țăcănitului tocmai divorțaseră, iar taică-su plecase la mare cu o cercetătoare creață, aflată la început de drum.

3. cînd multe, multe chipuri sînt aplecate asupra ta, cînd auzi voci îngrijorate și cînd simți răceala pardoselii întinsă în tot spatele, observi mai clar ca niciodată pîlpîielile becului din tavan. Nu știi cine sînt oamenii care te privesc, nu deslușești ce spun, nu înțelegi de ce ești lungit pe mozaicul înghețat, dar constați cu uluire că filamentul becului, la nivelul zecimilor de secundă, își schimbă culoarea. Pe fondul acela de încîntare, gata să le împărtășești și celorlalți descoperirea ta, intri într-o altă uluire. Brusc recunoști figuri, cuvintele capătă sens, pricepi că ai leșinat și că ești plin de sînge. Spaima lor e contagioasă, uiți de licăririle becului și te întorci grăbit în lumea reală. Cineva te curăță pe frunte și în păr cu o batistă umedă, altcineva te bandajează cu un fular peste ochiul drept, apoi acel tu *generic, prin care curge povestea, devine* eu, *persoana a doua singular se diluează și dispare, lăsînd locul persoanei întîi. Și nici nu m-a prea durut cînd asistenta medicală mi-a cusut arcada. Eram în tabără la Poiana Izvoarelor, în vacanța de iarnă dintr-a șasea, înnebunit de-un joc secret, cu care ne umpleam serile în dormitor, după ce aprindeam focul în sobă cu bucăți de burete smulse din perne. Pe rînd, fiecare dintre noi respira adînc, foarte adînc, de douăsprezece ori, apoi era strîns puternic de plex, pînă își pierdea cunoștința. În mai puțin de-un minut, visam lucruri fantastice, cu o intensitate și o claritate de necrezut. La trezire, unul cîte unul descriam amănunțit ce-am văzut în lumea aia paralelă, pe care-o botezasem cosmos. O singură dată am fost lansat pe orbită din holul sălii de mese. Așteptam cu toții prînzul, o fată cu năsuc cîrn, Daniela, nu credea o iotă din descrierile mele de astronaut, iar un tip care făcea rugbi, Guțanu, s-a oferit să mă propulseze în spațiu și să mă țină în brațe cît voi pluti prin cerurile străbătute de meteoriți strălucitori. A explicat pe urmă că, în timpul zborului, m-aș fi mișcat tare, tare de tot, încît a fost sigur că revenisem pe pămînt. Și îmi dăduse drumul. Am căzut ca o cîrpă, peretele era grunjos, cu boabe mari de calcio-vecchio, l-am șters cu fața de sus pînă jos. O fată cu năsuc cîrn mă curăța pe frunte și în păr cu o batistă umedă.*

4. două ecleruri cu frișcă nu se cîștigă ușor. Dar după ce-ai fost în cimitir cu Cerasela și cu sora ei, după ce te-ai jucat de-a mama, tata și copilul și după ce-a trebuit să le fixezi cîte-un băț între piciorușe, de milă, poți paria liniștit cu Ionuț Costov, cînd el zice că fetele au puță fiindcă altfel n-ar reuși să facă pipi. Ne-am certat pe drumul dintre D 13 și cofetăria din C 7, pariul l-a tăiat Dodan Sorin, poreclit Șobolanu, alintat Șobi, iar lămurirea ne-a dat-o Despina Tudorache, de la a IV-a F, care se întorcea de la sifoane. Noi, eu, Ionuț și Șobi, eram într-a treia, în clase paralele, la D, la I și la B.

5. marionetele sînt niște morți pictați, din lemn, care din cînd în cînd învie și-i fac pe copii fericiți. Multă vreme nu m-a crezut nimeni, mai ales că atunci cînd mergeam la teatru cu școala, pornind spre centrul orașului cu cîte-un autobuz lung, pufăitor și fără stații, dădeam cu ochii pe scenă de ființe zvăpăiate, care numai ca ieșite din sicrie nu arătau. Degeaba spuneam că mama lucrează la „Țăndărică", unii își imaginau că toate păpușile au suflet, ca Pinocchio, alții luau de bună părerea lui Gigi Maimuță, care, avînd un unchi mașinist, la circ, văzuse cum animalele se mișcă, respiră și fornăie nu doar în timpul reprezentațiilor, ci și la menajerie. A trebuit să organizez un fel de excursie, eram cinci sau șase băieți de pe aleea Băiuț, mama ne-a plimbat prin sala pustie, prin cabinele actorilor, prin atelierul de tîmplărie, prin culisele încărcate de decoruri, prin biroul unei scenografe care tocmai alegea stofe și broderii pentru rochița lui Gretel, am mers apoi pe un culoar strîmt, la capătul căruia, într-o încăpere fără geamuri, dar cu multe lămpi de neon, se aflau nenumărate stative metalice, ca niște cuiere, de brațele cărora atîrnau sute de păpuși legate cu sfori. Tăceam mîlc, iar Nicu Pantof l-a mîngîiat pe Tigrișorul Petre, l-a ciupit ca să-l trezească din somn, l-a zgîlțîit încet, pe urmă zdravăn. Și a început să plîngă. Pantof, nu Tigrișorul Petre.

Cinci exemple sînt totuna cu cinci experimente și, în bună tradiție empirică, se pot lega într-un *Moment filosofic* (înrudit cumva cu emisiunea *Moment poetic*, de la radio). Ca o concluzie, nimic în Drumul Taberei nu era la voia întîmplării. Poate și în trecut, în negura istoriei, nu de pomană pandurii lui Tudor își opriseră marșul și-și întinseseră corturile într-un asemenea loc. Cu mintea înfierbîntată de flăcăruia libertății și cu picioarele încinse în cizmele cu carîmb, Vladimirescu trebuie să fi adulmecat un fel de ordine celestă care sălășluia pe cîmpurile alea pline de ciulini, măselariță și coada-șoricelului, de unde cîinii Bucuresciilor se auzeau lătrînd pînă-n zori. Eu sigur am simțit ceva în genul ăsta, chiar dacă, la un secol și jumătate distanță, dincolo de Răzoare, bălăriile mai creșteau doar în spațiile verzi dintre blocuri, în crăpăturile asfaltului și în cele trei văi importante – a Argeșului (unde întorceau autobuzele 68, 108 și 118), a Oltului (unde avea cap de linie 105) și a Ialomiței (unde opreau troleibuzele 84 și 93).

Într-o zi, să zicem vineri, a sosit epoca boxului. Și epoca boxului a coincis cu perioada marilor hemoragii nazale. Nu prin intermediul pumnilor, cum s-ar putea bănui, ci cu totul altfel. Giani Pascu s-a apucat să arunce troacele de la subsol, avînd binecuvîntarea tatălui și a bunicului, unul șef de sală la „Lido", celălalt șef de unitate la „Drumețul". L-am ajutat și noi, mai ales că știam ce plănuiește, iar planurile lui ne surîdeau tuturor. Am dus totul, pînă la ultimul ac, la tomberoanele de gunoi, am măturat și am spălat pereții cu furtunul. N-a fost greu să facem curat, fiindcă familia Pascu, avînd frigiderul plin cu cotlete, cașcaval, șuncă de Praga și whisky, nu-și încărca beciul cu saci de cartofi, butoaie de varză, gemuri, gogonele și vin de țară. De altfel, proiectul ăla se bizuia pe o confrerie lingvistică, transformînd o boxă într-o sală de box. Domnii Pascu, tată și bunic, și-au scos portofelele din buzunarul de la spate al pantalonilor, și-au umezit buricele degetelor cu același gest, au scos cîte bancnote a fost nevoie, s-au agitat vreme de-o săptămînă să facă cumpărături, să plătească furgonete, cărăuși, zugravi și un muncitor cu o bormașină, după care, mîngîindu-l pe Giani, au privit încîntați cum ajunsese să arate boxa lor de la scara D. Într-un colț, fixat de tavan cu trei lanțuri groase, era un sac uriaș din piele maronie, ca un cilindru sau ca o felie lunguiață dintr-un trunchi de brad, în alt colț atîrna o pară îmbrăcată în vinilin negru, pe peretele dinspre C 37 apăruseră un spalier și o oglindă mare, înaltă cît încăperea proaspăt văruită, pe podea se găseau o saltea și haltere de mai multe greutăți, iar pe o policioară așteptau două perechi de mănuși noi-nouțe. N-au așteptat mult. Mai întîi am fost cuceriți, parcă nu era destul aer cît să fie respirat de atîtea piepturi de băieți, pipăiam sacul, para și mănușile ca pe niște pahare de cristal gata să se spargă, pe urmă am început antrenamente asidue, în care ierarhiile și gloria se răsturnau, Boniek (care era Ică) nu strălucea în arta pugilistică la fel ca în driblinguri, Platini (eu) dădea la sac, dar se ferea să lupte cu adversari în carne și oase, Șobolanu, un ghiolban pus mereu în apărare, un fundaș rupestru, știa să încaseze pumni și lovea năprasnic. În doar cîteva săptămîni, topul boxului arăta complet diferit de topul fotbalului; singur Giani figura în ambele, în primul ca luptător de categoria pană, cu joc bun de picioare, cu plămîni rezistenți, cu garda ținută sus și cu croșee sîcîitoare, în al doilea, autobotezat Paolo Rossi, ca o nouă frunză așezată într-un arbore genealogic strîmb, prin care încerca să ne convingă că se trage dintr-un neam de italieni. Cele mai aprige partide îi aduceau în ring (în extremitatea sudică a lui D 13, sub bara unde se băteau covoarele) pe Gigi Maimuță, înalt de doi metri zero trei, slab, inter stînga la handbal, la juniorii de la Steaua, și pe Șobi, îndesat, mai mult gros decît gras, cu palmele ca niște lopeți, cu degetul arătător de la dreapta îndoit la 60 de grade, după ce, cu ani în urmă, băgase un cui în priză. Gigi, cu brațele lui lungi, cu alonja pe care și-ar fi dorit-o orice campion, își ținea la distanță adversarul, îl izbea deseori în creștet, nu decisiv, mai degrabă se ferea de ceea ce ar fi putut să se întîmple, decît să provoace fapte memorabile. Dodan Sorin, poreclit Șobolanu, alintat Șobi, gîfîia ca o locomotivă cu aburi, se tot rotea în jurul plăvanului din fața lui, arunca o sumedenie de lovituri în gol, parcă ar fi prins muște, îndura țăcăneala aia de pumni primiți în cap și, cîteodată, prindea un upercut la ficat, care-l îndoia pe Gigi, îi cobora fața la o înălțime rezonabilă față de pămînt, cît să-l facă accesibil unei directe clare, din rărunchi, care-l termina. Au fost cele mai frumoase meciuri de box pe care le-am văzut în viața mea, mai ales că se stringeau zeci de spectatori, care nu făceau pariuri, dar chibițau cu suflet. În rest, într-o duminică în care familia Pascu era la mare și ceilalți locatari din D 13 erau acasă și căscau gura la ferestre, la ei, la etajul doi, s-a produs o inundație cu torenți și prăpăd, eforturile lui Naghy, More și Florea de-a sparge ușa n-au dus la nici un rezultat (așa yale nu mai pomenise nimeni!), iar Constantineasca, de la parter, inundată și ea, a dibuit în cartea de telefon numerele unor rude. Pe aleea Băiuț au parcat în după-amiaza aia șapte mașini, între care un Mercedes bej, din care n-au coborît macaronari sosiți în ajutor, ci vreo douăzeci de femei cu fuste înflorate, papuci, aoleuri și basmale legate la ceafă și zece bărbați care păreau să-și fi lăsat viorile, acordeonul și țambalul cine știe pe unde. Erau mătușile și unchii lui Giani, veniți să salveze ce se mai putea salva. Dup-aia, Giani a continuat să fredoneze melodiile lui Toto Cutugno și Celentano, iar mie a continuat să-mi curgă sînge din nas, oricînd și oricît, din senin. Îmi curgea în autobuz, pe stradă, cînd citeam sau dormeam, odată mi-a curs în cada de baie, cînd moțăiam, așa că, atunci cînd am deschis ochii și am văzut apa roșie, am țipat ca din gură de șarpe. Umblam cu tampoane în nara stîngă cu săptămînile, purtam în buzunar un medicament dederist, un fel de burete care se topea și uneori oprea hemoragia, totdeauna erau puse la înmuiat cămăși, pulovăre și tricouri, cu pete mari, negricioase, pe piept. După zeci de cauterizări, doctorii au declarat că vena nu mai poate fi lipită cu nitrat de argint, iar mama m-a dus la Fundeni și la Colțea, unde un chirurg a vrut să-mi vulcanizeze nasul cu o bucată de piele decupată de pe spate sau de pe fund, iar un orelist s-a gîndit la un tratament cu raze, care să mă repare. Matei, care mă văzuse de atîtea ori izbind sacul de box, dar nu m-a văzut niciodată boxînd, suferea tare. Mai ales că prietenii lui, Migu și Pipiță, erau chiar frații lui Giani și-i împuiau capul cu definiții ale bărbăției și cu trucuri pugilistice. Mititel, pierdut în mulțimea înfierbîntată din extremitatea sudică a lui D 13, se uita la Șobi, la Țăcănitu, la Gigi Maimuță, la Giani, la Dan Apostol, la Popou, la Nicu Pantof și la Luigi ca la camarazii lui Rahan. Ei își cărau pumni cu nemiluita, cu mănuși adevărate, eu îi asistam din colțul ringului și cronometram reprizele. Tot atunci, în epoca boxului și a marilor hemoragii nazale, tot la subsolul scării D, s-a petrecut un alt fapt însemnat, desprins și el din regula impusă de *Momentul filosofic*, anume că nimic în Drumul Taberei nu era la voia întîmplării. La cîteva luni după ce bunicul nostru încetase să mai respire și, cred eu, plecase la Cruce, pe Caraiman (unde sufletul îi bîntuia pe Brîna Portiței, pe Albișoare, pe Colții Picăturii, pe Vîlcelul Spumos și, mai cu seamă, în primul circ glaciar, La Verdeață), bunica noastră Veronica a vîndut sufrageria lor florentină, cu banii și-a cumpărat o garsonieră, iar nouă, fiindcă vroia să scape de ele, dar se rușina să le arunce, ne-a adus o grămadă de pachete, pline cu obiecte personale ale vechiului Mircea. Ei bine, în timp ce noul Mircea, căruia îi ieșiseră trei dințișori de lapte, umbla de-a bușilea sus, în apartamentul 40, eu mi-am petrecut unsprezece zile jos, în boxa care era și nu mai era a familiei Florian, fiindcă mama, după divorț, își reluase numele de fată. Am desfăcut singur pachet cu pachet, am cercetat dosar cu dosar, plic cu plic, hîrtie cu hîrtie. Erau puse acolo, de-a valma, scrisori și cărți poștale, proiecte inginerești, fotografii, brevete de invenție, articole decupate din ziare, diplome școlare, referate tehnice, facturi, graficele riguroase ale unei febre moderate, agende de șantier, însemnări intime, radiografii pulmonare, desenele unor fetițe cu numele Cristina și Ioana, trei exemplare dactilografiate ale unei cărți netipărite, *Zări nemărginite*, sute de flori ale reginei și de gențiane presate, un refuz sec – standard – și pustiitor al Editurii Sport-Turism, o ilustrată agramată a unui băiețel

Filip, rețete medicale, certificatul de garanție al unui aparat de radio, o felicitare fără cuvinte, doar cu o căsuță străjuită de-o floare și cu semnătura lui Matei. În pachete era viața bunicului meu. Cu grijă, cu curiozitate și cu o iubire stranie, care uneori mă ferea să mai aud prin pereți larma din sala de box, am pus viața aceea în ordine. La ultimul pachet, nu chiar în ultimul plic, dar în orice caz într-unul dintre ultimele, am găsit un teanc subțirel de bancnote. Erau zece hîrtii de o sută de lei, expediate prin mandat telegrafic de pe vîrful Caraiman, cînd îngerii au profitat de ninsoare și de vîntul dinspre nord.

De fapt, toate s-au petrecut cu o noimă, la vremea lor. Dacă Matei nu s-ar fi născut (iar „copilul care a ieșit din ou a întrecut toți parametrii tehnici ai unui Rolls Royce sau ai unui Maserati", cf. cap. 8), tata și-ar fi cumpărat o mașină. La ce i-ar fi folosit? Mai tîrziu, cînd s-a recăsătorit și noua lui soție avea o Dacia 1300, n-a fost în stare, în trei rînduri, să treacă examenul de la școala de șoferi. În plus, prin capitolul 6, „tanti Lucica a spus că, fără Matei, ar fi murit și n-ar fi știut ce e iubirea", iar Știm și Ștam, vă zic sigur, dincolo de numerele capitolelor, s-ar fi plictisit cumplit. La drept vorbind, dacă părinții mei nu s-ar fi despărțit, a) tata n-ar fi avut parte de o căldură domestică, oricît ar fi dogorit caloriferele din D 13, b) mama n-ar fi „convinsă și în ziua de azi că peștișorul ăla a fost cel mai mare și mai frumos pește din lume", fiind vorba de-o babușcă prinsă de ofițer, cu mîna, în apele Argeșului, c) eu n-aș fi spart cu dalta și cu ciocanul ușa apartamentului 40 și nici n-aș fi zărit-o pe mama, „cu pîntecele ei ca o proră și cu silueta de fregată", aducîndu-l pe lume pe Mircea, d) n-ar fi și nu s-ar mai povesti că „bunicul meu a transmis cale de șapte kilometri, tocmai pînă-n pătuțul metalic al fratelui meu cel mic, visul seducător al crestelor albe, tainele alchimiei alpine, limbajul norilor și al vîntului, frisonul escaladelor izbăvitoare". La fel, în logica rostului și temeiului oricărei întîmplări, într-o vacanță de primăvară din liceu am mers la Sinaia împreună cu Mateiul mic și cu doi prieteni; și nu doar că am mers la Sinaia, dar, la rugămintea unuia dintre ei, ne-am dus într-o după-amiază la bazinul de înot (pe unde nu mai călcasem de ani buni); și nu doar că ne-am dus la bazinul de înot, dar, cînd noi intram și ea ieșea, m-am trezit față în față cu o fată brunetă, subțire, parcă era o căprioară; și nu doar că era o căprioară, dar, cum îi licăreau ochii, cum clipea și cum lăsa ușor capul într-o parte, era așa de frumoasă, încît am amețit.

Sfîrșit 1

N-aveam nici un chef să desenez bastonașe. Și, de parcă n-ar fi fost de ajuns, în mijlocul foii albe băltea de minute bune o pată uriașă de cerneală. Nu era nimic de făcut. Poate doar să inventez sugativa. Și nici de asta nu mă simțeam în stare. Mai mult ca sigur că Radu desena și el bastonașe. Și Cristi. Și Pipiță. O alee întreagă de copii condamnată să deseneze bastonașe. Pînă și Migu și Doru și Bebe trecuseră prin asta. E adevărat, nu muriseră, dar nici nu cred că le-a făcut bine. Se prostiseră. De la bastonașe. Am ieșit. Ce, parcă poate cineva să-și facă tema cînd îi curge stiloul!? Crucea se plictisise. În afară de mine, n-o prea mai băga nimeni în seamă. Din cauza școlii cred. În fine.

Se făcea că rătăceam într-un labirint cu alei Băiuț, întortocheate, identice, obositoare, căutam să mă liniștesc, să găsesc blocul D 13, se lăsase un întuneric beznă, mirosea a brînză, străzile începeau să se șteargă încet în jurul meu, îmi șopteam întruna „rezistență, pace și cadență, cine nu mai poate, o mînă la spate", pe undeva trebuia să existe o scară de bloc și un etaj patru, ursuleț de catifea, ce se dă nu se mai ia, apăruse un fel de soare de carton, se chinuia să lumineze, să-mi arate blocul și scara, răzbeam într-un tîrziu, împleticit, greoi, totul intrase în părăsire, oamenii dispăruseră sau poate că nici nu existaseră vreodată, Constantinescu, Florea, Naghy, Hîncu, în cutia de scrisori zăceau mii de plicuri, încercam să ajung la ele, dar ușița metalică se încăpățîna să rămînă închisă, mirosea a stătut și a pînze de păianjeni, la geamurile blocurilor din jur fîlfîiau perdelele (și doar era imposibil ca în tăcerea aia bezmetică să mai poată adia vîntul), urcam treptele cu grijă, una cîte una, etajele arătau la fel de mohorîte și pustii ca labirintul aleilor Băiuț, de dincolo de ușa familiei Pascu nu se auzea nici o bufnitură, nici un glas, puteam să jur că Migu și Pipiță nu locuiau acolo, etajul patru se preschimbase într-un fel de pod mucegăit, nu înțelegeam de ce mai trebuie să ciocănesc, știam că nu-mi va răspunde nimeni, am intrat în apartamentul 40, ochii mi s-au obișnuit greu cu lumina egală, nemișcată, coclită, altcineva, nevăzut, se afla acum aici, lucrurile noastre fuseseră înlocuite de chestii bizare, necunoscute, de șifoniere și carpete, de fructe de plastic și borcane cu murături, încercam să pricep, s-o chem pe mama, să facă o vrajă și totul să redevină ca înainte, îmi dispăruseră însă pînă și cuvintele, apoi m-am trezit în fața ușii lui Radu, băteam ca un nebun cu pumnii și picioarele, ușa nu s-a deschis, Radu plecase sau poate că era în grădină, în grădină însă nu erau decît întuneric și aceeași tăcere de nepătruns, nici urmă de cruce sau copaci, doar, așa, un fel de noapte care nu mai părea să treacă vreodată, aș fi rămas acolo o veșnicie, dacă Filip nu mi-ar fi zîmbit, nu m-ar fi chemat la el, ca să ieșim, apoi, tăcuți dintre blocurile alea fantomatice.

A doua zi, tovarășa Cană Jeana m-a urecheat destul de rău fiindcă nu-mi făcusem tema. Puțin îmi păsa mie. Auzisem că venea vacanța cu trenul din Franța. Ceea ce nu aflasem încă era că în vacanța aia trebuia să traversez definitiv Valea Ialomiței, să ajung pe Lunca Siretului și să rămîn pentru o vreme la Uca. Se făcuse timpul să învăț o expresie nouă: ne mutăm.

Sfîrșit 2

...uruitul motorului, brrruuuummmmm, primul uruit, care a făcut să tremure mobilele, sacii cu cărți și haine, cutiile cu vase și obiecte mici, covoarele rulate ca niște clătite. Atunci, la primul uruit, ochiurile de geam ale vitrinei au clănțănit ușor. Pe urmă, nu știu de ce, uruitul s-a întețit (poate fiindcă așa uruie camioanele care transportă mobilă, mai tare decît celelalte camioane), ne-am mișcat, încet, la coborîrea de pe bordură mi-a căzut în cap o pungă cu jucării. Alunecase de pe-un dulap. Prelata din spate a început să fluture, iar cînd am cotit de pe aleea Băiuț, s-a dat într-o parte, cît să văd că, în extremitatea sudică a lui D 13, pe la prînz, în lumina aia limpede din aprilie, nu zbura nimeni...

Cuprins

În colecția TOP 10+

au apărut:

45. F.M. Dostoievski, *Frații Karamazov*
46. Ian McEwan, *Amsterdam*
47. Petru Cimpoeșu, *Simion liftnicul*
48. George Orwell, *Ferma Animalelor*
49. Ilf și Petrov, *America fără etaje*
50. Haruki Murakami, *La capătul lumii și în țara aspră a minunilor*
51. Cătălin Dorian Florescu, *Zaira*
52. Charles Bukowski, *Femei*
53. Jack Kerouac, *Pe drum*
54. N.V. Gogol, *Mantaua • Nasul • Însemnările unui nebun*
55. Nora Iuga, *Sexagenara și tînărul*
56. José Saramago, *Evanghelia după Isus Cristos*
57. Marguerite Yourcenar, *Ca o apă care curge*
58. John Kennedy Toole, *Conjurația imbecililor*
59. Filip Florian, Matei Florian, *Băiuțeii*

www.polirom.ro

Coperta: Radu Răileanu

Bun de tipar: iulie 2020. Apărut: 2020
Editura Polirom, B-dul Carol I nr. 4 • P.O. Box 266
700506, Iași, Tel. & Fax: (0232) 21.41.00; (0232) 21.41.11;
(0232) 21.74.40 (difuzare); E-mail: office@polirom.ro
București, Splaiul Unirii nr. 6, bl. B3A,
sc. 1, et. 1, sector 4, 040031, O.P. 53
Tel.: (021) 313.89.78; E-mail: office.bucuresti@polirom.ro

crprint® start printing smart

Contravaloarea timbrului literar se depune în contul
Uniunii Scriitorilor din România
Nr. RO44RNCB5101000001710001 BCR UNIREA